COLLECTION MICHEL L...

ŒUVRES COMPLÈTES

DE

Mme ÉMILE DE GIRARDIN

CHEZ LES MÊMES ÉDITEURS

ŒUVRES COMPLÈTES

DE

Mᵐᵉ ÉMILE DE GIRARDIN

Format grand in-18

— SEULE ÉDITION COMPLÈTE —

LE VICOMTE DE LAUNAY . . . . 4 vol.

MARGUERITE . . . . 1 —

M. LE MARQUIS DE FONTANGES . . . . 1 —

CONTES D'UNE VIEILLE FILLE A SES NEVEUX . . . . 1 —

NOUVELLES . . . . 1 —

POÉSIES COMPLÈTES . . . . 1 —

THÉATRE

L'ÉCOLE DES JOURNALISTES, comédie en cinq actes, en vers.

JUDITH, tragédie en trois actes, en vers.

CLÉOPATRE, tragédie en cinq actes, en vers.

C'EST LA FAUTE DU MARI, comédie en un acte, en vers.

LADY TARTUFFE, comédie en cinq actes, en prose.

LA JOIE FAIT PEUR, comédie en un acte, en prose.

LE CHAPEAU D'UN HORLOGER, comédie en un acte, en prose.

UNE FEMME QUI DÉTESTE SON MARI, comédie en un acte, en prose.

Paris. — Imprimerie A. WITTERSHEIM, rue Montmorency, 8.

TABLE DES MATIÈRES

—

Évreux. — Imprimerie de Hippolyte RODT.

MARGUERITE

OU

DEUX AMOURS

PAR

Mme ÉMILE DE GIRARDIN

« Pour ce que l'amour est une pa-sion violente
ensemble et piperesse, il se faut remparer contre
elle, et se garder de ses appasts; plus elle vous
mignarde, plus deffions-nous-en, car elle nous
veult embrasser pour nous estrangler, et nous
appaste de miel pour nous saouler de fiel »

CHARRON. *De la Sagesse*, 1601.

NOUVELLE ÉDITION

PARIS

MICHEL LÉVY FRÈRES, LIBRAIRES-ÉDITEURS

RUE VIVIENNE, 2 BIS

—

1859

Reproduction et traduction réservées.

Qu'il est doux d'être aimé !

Tout le monde a dit cela et tout le monde l'a pensé, et cependant, si l'on était de bonne foi avec soi-même, chacun avouerait que toutes les inquiétudes, tous les orages, toutes les larmes, toutes les angoisses, tous les remords de sa vie lui sont venus de ce bonheur si doux.

Inspirer un amour sincère, pur, noble, délicat, exclusivement dévoué, c'est le rêve favori, l'idéale félicité d'une âme chaste et généreuse. On ne commence à vivre que du jour où l'on est aimé ; c'est de ce beau jour seulement que doivent dater les souvenirs ; c'est pour être aimé que l'on cherche la gloire, que l'on aspire à la fortune, que l'on désire la beauté.

Être aimé, c'est être compris, c'est être béni, c'est être consolé, c'est être heureux ; c'est marcher avec un guide protecteur dans les sentiers périlleux de ce monde, guide charmant qui détourne les ronces loin de vous,

1

qui vous aide à franchir les fleuves, à gravir les monts,
qui sait trouver pour vous un abri pendant la tempête,
un asile pour le repos; c'est avoir un conseiller plein
de prudence, qui connaît vos qualités et sait les faire
valoir; un juge intéressé, sévère par orgueil, mais indulgent par tendresse, qui rêve pour vous la perfection
et qui vous chérit à cause de vos fautes; c'est avoir un
ami à qui l'on ose tout dire, parce qu'on lui laisse tout
deviner; être aimé enfin, c'est vivre de confiance, d'affection, de délices; c'est avoir trouvé le bonheur!...

Mensonge!... C'est l'avoir perdu pour jamais! Être
aimé... c'est être maudit, c'est être voué à la douleur
sans retour! Sitôt que vous êtes aimé, le malheur et la
mort vous regardent et vous forcent à choisir entre eux;
ces divinités jalouses veillent sans cesse à notre porte;
elles écoutent nos pensées, elles retiennent tous les noms
chéris que les voix émues ont prononcés... et il vous
faut choisir, malgré vous, entre un amour fatal, désespéré, qui vous laissera vivre, et un amour sublime et
religieusement partagé, qui vous fera mourir.

Un amour noble et pur inspire plus d'envie que tous
les honneurs, toutes les richesses et toutes les puissances
de la terre... Être aimé, c'est de tous les succès celui
que l'on pardonne le moins. Le véritable amour attire
les tempêtes du monde comme les hauts rochers attirent
les tempêtes des cieux. Deux êtres qui s'aiment, ce sont
deux parias, mais des parias qu'on envie.

La société tout entière se ligue contre eux. Les femmes,

les hommes, en les montrant du doigt, se disent avec
rage : Ils s'aiment! c'est-à-dire : Ils nous méprisent et
nous ne sommes plus rien pour eux! Ils s'aiment! c'est-
à-dire : Ils passent devant nous sans nous voir; ces richesses que nous avons acquises avec tant de peine, ils
n'en font point de cas; ces titres pompeux auxquels nous
ayons sacrifié notre cœur et notre jeunesse, ils ne les
désirent point; ils ont un orgueil plus haut que notre
orgueil; ils possèdent un trésor plus précieux que nos
trésors... ils ont leur amour! Ils ne connaissent rien de
nous que nos défauts, et ils en rient ensemble. En effet,
cette fidélité est un outrage; ces deux êtres qui se suf-
fisent à eux-mêmes, qui vivent isolés dans la foule, sont
des révoltés qu'il faut punir, et la société tout entière
s'entend pour faire justice de leur insolent bonheur.

Alors une conjuration tacite s'organise contre eux
dans le monde. De sourds bruissements annoncent que
le sol va bientôt trembler sous leurs pas. Ils se tiennent
par la main, ils se regardent avec confiance, et chacun
dit à l'autre en même temps : Je ne te quitterai pas.

Mais bientôt les ennemis et les ennemies fondent sur
eux de toutes parts, ceux-là avec des outrages, celles-ci
avec de douces et perfides paroles. Un homme aimé paraît toujours si charmant! Quelle femme est assez généreuse pour dédaigner la conquête d'un homme qu'elle
sait être passionnément aimé?

Et quel homme, quel parent même est assez généreux
pour ne pas médire devant une femme de celui qu'elle

aime, lors même qu'elle l'aime légitimement? Et la lutte
s'engage terrible, et le bonheur est à jamais détruit. Et
si par hasard l'amour résiste à tant de rage, s'il est tellement dévoué, exclusif, que rien ne puisse l'altérer,
alors c'est le Destin lui-même qui vient vous poursuivre
de ses coups : les revers les plus cruels vous accablent,
l'exil, la ruine, le devoir fatal, vous séparent violemment... Enfin si l'amour courageux brave encore de tels
coups, s'il affronte l'exil, la ruine, s'il brave tout jusqu'au
devoir, si la flamme du cœur est tellement ardente que
rien ne puisse l'éteindre, c'est la mort, la jalouse mort
elle-même qui se charge de l'étouffer.

L'amour ne peut vivre que par la souffrance; il cesse
avec le bonheur, car l'amour heureux, c'est la perfection
des plus beaux rêves, et toute chose parfaite ou perfec-
tionnée touche à sa fin. Oh! l'amour lui-même a bien
l'instinct de sa durée : il sait qu'il doit se nourrir de
tourments, et il est ingénieux à se créer sans cesse des
aliments nouveaux; il sait que les tourments sont les ga-
rants de sa durée, et il invente mille peines afin de vivre
plus longtemps; il sait qu'aux yeux du Destin ses joies
sublimes sont des priviléges injustes, et il se hâte de les
expier par des supplices qu'il s'impose afin de se les faire
pardonner; il s'inflige des tourments artificiels qu'il choisit pour écarter les malheurs réels qu'il redoute; il se fait
jaloux sans sujet de peur de l'être avec justice; il s'inquiète follement devant des périls imaginaires pour éloigner l'affreux moment d'un trop véritable danger; il se

plaît à faire couler des pleurs inutiles et qu'il peut arrêter d'un seul mot, pour tarir les larmes amères de l'absence et de l'abandon. Souvent, hélas! il va jusqu'à trahir
son amour pour le sauver en le profanant.

Donc, la vérité, la voici : c'est le contraire de ce qu'on
invente.

Être aimé!... c'est vivre de tourments, c'est errer dans
un désert sans bornes avec un aveugle pour guide; c'est
trembler à chaque pas, et trembler pour ce qu'on aime;
c'est avoir un juge malveillant et faible dont les conseils
intéressés vous égarent; qui ne connaît ni ses défauts,
ni les vôtres, et qui vous reproche toutes vos belles qualités parce que ce sont elles qui le font souffrir; c'est
avoir un ennemi perfide qui a le secret de votre faiblesse,
qui vous reproche comme des crimes toutes vos plus nobles actions, et qui s'arme contre vous, dans sa haine
factice, de vos confidences et de vos aveux; c'est avoir
pour allié un traître, un adversaire implacable qui
lutte sans cesse secrètement contre vous, épiant toutes
vos pensées; c'est installer dans sa demeure le plus
terrible de tous les espionnages : celui de l'esclave ré-
volté.

Être aimé... c'est vivre d'abnégation et de défiance.
Pour un homme, c'est renoncer à la fortune, à toutes
les affections de famille, à toutes les douleurs du foyer,
à tous les succès, à toutes les gloires, quelquefois même,
c'est se laisser déshonorer. Pour une femme, être aimée,
ou du moins consentir à être aimée, c'est mentir à toutes

les heures, c'est perdre le repos, la gaieté, la raison, la pudeur et l'esprit!

Oh! les premiers jours sans doute l'orgueil est flatté, le cœur est touché et la femme aimée semble plus belle; elle a plus de confiance en son pouvoir; mais bientôt cette confiance se dissipe, car l'ennemi ne songe qu'à l'étouffer. Par degrés il s'empare de toutes les idées, il absorbe tous les sentiments, il balaie et chassé tous les souvenirs, il s'établit en maître dans cette âme, et plus il se sent dominé, plus il se fait absolu. Une hostilité orgueilleuse s'engage entre lui et la femme bien-aimée, ou plutôt trop aimée. La guerre se déclare involontairement; l'amour... c'est la suprême injustice... une préférence est une injustice toujours... mais comme il fait payer chèrement cette préférence! que de reproches, que d'aigreur, quelle malveillance inépuisable, quelle jalousie minutieuse et agaçante!... Chose étrange! comment cela se fait-il? Tout dans cette femme lui plaît; et cependant tout ce que fait, tout ce que dit cette femme lui déplaît! A-t-il à se plaindre d'elle? — Non. — Pourquoi donc la tourmente-t-il sans cesse? — Parce qu'il l'aime!...

Pourquoi donc cette femme, si spirituelle, si amusante, est-elle maintenant toujours triste et inquiète?

— Parce qu'elle est aimée.

Pourquoi donc cette autre jeune femme, qui était si élégante, si coquette, qui donnait la mode, qu'on voyait briller dans toutes les fêtes, cachée maintenant sous de longs voiles, sous de lourdes étoffes, est-elle froide et maussade pour tout le monde? — Parce qu'elle est aimée.

Pourquoi cette femme, dont la voix est si belle et qui chantait si bien, ne chante-t-elle plus? Parce qu'elle est aimée... et cependant c'est pour sa voix qu'on l'a aimée.

Pourquoi cette femme, qui écrivait des pages si pleines de feu, et dont l'imagination était si fertile, n'écrit-elle plus ni drame ni roman? — Parce qu'elle est aimée, et que l'amour, qui est jaloux de ses poétiques pensées, ne lui permet aucunes rivales chimères, parce qu'il a la prétention de réaliser tous ses rêves, et qu'il est envieux de toutes ses créations.

Consentir à être aimée, c'est abdiquer, c'est perdre son libre arbitre, c'est anéantir son individualité.

« L'amour embellit la vie; quand on aime, le ciel » semble plus beau, l'onde a plus de fraîcheur, le soleil » a plus d'éclat, les oiseaux ont un plus doux ramage. »

Où donc les poëtes ont-ils trouvé cela? Quand on aime, au contraire, on ne voit que l'objet aimé; s'il n'est pas là, on ne voit rien, on n'entend rien, on le regrette et on l'attend : s'il est là, on ne voit que lui, on ne pense qu'à lui, et peu importe alors, vraiment, que le ciel soit pur, que l'onde soit claire et que les oiseaux chantent bien.

N'est-ce pas, au contraire, l'amour qui vient lui seul gâter tous les autres plaisirs? Croyez-vous, par exemple, que deux êtres qui s'aiment, le jour où ils sont mécontents l'un de l'autre... et plus on s'aime et plus on est facile à mécontenter... soient très-sensibles aux beautés

d'un site agréable et champêtre? Croyez-vous que le di-
lettante, jadis le plus passionné, écoute avec le même
délire son air favori, quand une pensée jalouse le préoc-
cupe? Croyez-vous qu'une femme s'amuse d'une conversation spirituelle, quand celui qu'elle aime n'y veut point
prendre part? Est-il une admiration que l'amour per-
mette? est-il un autre amour qu'il laisse même végéter
auprès de lui? L'amour divin, l'amour filial, l'amour
maternel lui-même, l'amour du pays, l'amour des arts,
l'amour de la nature, il détruit tout... il fait la solitude
autour de vous. Donc être aimée, c'est être isolée, dé-
pouillée, dépossédée, dévalisée... C'est perdre en un jour
ses affections, ses talents, sa valeur, sa personnalité, sa
volonté, son passé, son avenir; en un mot, tout!...

Voilà comment une belle existence peut être boule-
versée par un amour. Que sera-t-elle donc si elle est en
proie à

DEUX AMOURS?

MARGUERITE

I

C'était un mardi, le 1er septembre, le jour de l'ou-
verture de la chasse; il y a de cela six ans. On entendait
de moments en moments des coups de fusil tirés au loin
dans la campagne. La chaleur était excessive; cette année-là, nous avons eu deux étés. Toutes les fenêtres,
volets et rideaux, étaient prudemment fermés dans le
grand salon du château de la Villeberthier, où régnait la
plus fraîche obscurité. D'un côté seulement le pan des
rideaux d'une fenêtre, située au nord, était à demi relevé; et quelques rayons, ménagés avec art, venaient
éclairer une table à dessiner, devant laquelle était assis
un jeune homme, et un lit de repos d'une forme élégante.

1.

couvert de coussins de soie bleue, d'oreillers garnis de
dentelles, sur lequel était étendue une jeune malade. Il
n'y avait que ces deux personnes dans le salon, mais les
autres habitants du château s'y faisaient représenter par
leurs attributs. On voyait sur une chaise un vaste panier
à ouvrage, couronné d'une paire de bésicles scintillantes.
ce qui trahissait une mère. Dans un angle du salon se
pavanait un superbe cheval de bois, ce qui trahissait un
enfant.

La jeune malade, pâle, mais souriante, avait la tête
appuyée sur un oreiller; elle restait immobile, et le jeune
homme, assis en face d'elle, attachait sur elle de doux et
longs regards, sous prétexte de faire son portrait.

Quelquefois même il semblait avoir tout à fait oublié
ce prétexte; sa pensée se perdait, absorbée par cette
tendre contemplation. Les plus amers et les plus joyeux
souvenirs venaient l'assaillir tour à tour; il levait les
yeux au ciel avec effroi, et puis il regardait la jeune
femme avec délices; il essuyait une larme, et puis il
souriait de bonheur.

Enfin, exprimant par un seul mot toutes ses craintes
passées et toutes ses joies présentes :

— Est-ce bien vous, Marguerite? dit-il en soupirant.

— Oh! vous avez raison d'en douter ; cette fois, j'ai
cru que j'allais mourir, répondit-elle; vrai, j'ai eu
peur.

— Ne dites pas cela ! s'écria-t-il.

Et le jeune homme, cédant à son émotion, jeta ses

pinceaux sur la table et vint se mettre à genoux devant
Marguerite.

— Jamais, reprit-il, jamais je n'ai pensé qu'il y eût
le moindre danger dans cette fièvre, mais je vous
voyais si...

— Ne mentez pas, Étienne, interrompit la jeune malade, vous aviez peur, et plus que moi... et vous n'êtes
pas encore très-rassuré.

Il pâlit, et ses yeux se voilèrent de larmes une seconde
fois.

— Je vous aime tant que tout m'effraye; mais ce
danger-là est passé : ce n'est plus pour vous que je m'inquiète.

— Alors, que pouvez-vous craindre ? Maintenant il
n'y a plus que ma mort qui puisse nous séparer.

— Tant que vous ne serez pas ma femme, je ne serai
pas tranquille.

— Hélas, mon cher et malheureux cousin, je vous ferai
languir encore longtemps.

— Je le sais, votre mère est impitoyable.

— C'est-à-dire qu'elle a pitié de moi.

— Mes soins auraient dû lui donner plus de confiance;
elle me connaît assez pour comprendre que...

Marguerite, posant sa jolie main bien pâle et bien
maigre sur la bouche de son cousin, l'interrompit en
disant :

— Étienne, parlons d'autre chose. Montrez-moi ce
portrait!

Il prit le portrait qui était sur la table.

— C'est charmant, dit-elle, mais cela ne me ressemble pas du tout; il y a longtemps que je n'ai plus ce teint frais et rose.

— Vous l'aviez retrouvé tout à l'heure, vos belles couleurs étaient entièrement revenues; à présent vous êtes moins animée; mais je remarquais avec plaisir, en peignant ce portrait, que de jour en jour votre fraîcheur revient; bientôt on ne devinera plus que vous avez été malade si sérieusement.

—Ah! c'est cela que vous remarquiez en me regardant, reprit Marguerite avec défiance, et est-ce cela aussi qui vous faisait pleurer ?

— Je ne pleurais pas... je... Alors Étienne s'empressa de plaisanter, et dit en souriant : Je *m'attendrissais*.

— Vous êtes un flatteur, continua Marguerite ; je sais bien que je ne suis plus jolie.

— Oh! mon Dieu, jamais vous n'avez été plus belle, et la preuve, c'est que ce dernier portrait est cent fois plus joli que tous les autres.

— Je ne trouve pas cela, dit Marguerite ; celui que vous avez fait il y a trois mois, celui dans lequel je suis en habit de cheval, est beaucoup mieux dessiné.

— Oh! c'est un croquis. Puisque vous parlez de dessin, je vous avouerai que le mieux dessiné est celui que j'ai fait cet hiver, celui de la robe bleue et de la couronne de roses; celui-là est mon chef-d'œuvre, et il vous ressemble!...

— Non, je ne l'aime pas; il est maniéré; ma mère en a un qui me plaît mieux; vous vous rappelez... celui de la branche de lilas?

— Ah! si je m'en souviens!... C'est le premier que j'ai fait en revenant d'Asie. Comme j'étais heureux ce jour-là! avec quelle joie je vous retrouvais après une si longue absence! Oh! quel affreux voyage! que j'ai souffert dans ce maudit pays! C'est à Smyrne que j'ai appris votre mariage. Je déteste Smyrne. J'en suis parti sur-le-champ, je n'ai voulu visiter ni le port ni les bazars. J'étais fou de désespoir. Ce mariage m'avait toujours semblé impossible, et malgré la résolution de votre père et sa cruauté, je me flattais encore qu'il surviendrait quelque obstacle... Et puis aussi, je pensais que vous auriez plus de courage pour résister... Ah! Marguerite... Marguerite... vous avez été bien docile! Et vous voulez que je sois rassuré! Vous me demandez ce que je crains! Hélas! c'est votre caractère qui me fait trembler... Oui, demain, par un caprice, votre mère viendrait vous dire: « Je ne veux plus que vous épousiez votre cousin, » que, pour lui plaire, vous me diriez une seconde fois, en pleurant, juste assez pour ne pas être détestée: « Étienne, il faut nous quitter, adieu!... »

Marguerite, par un mouvement d'impatience, reprit son écharpe de dentelle avec laquelle Étienne jouait depuis un moment, et le regardant d'un air fâché, elle dit: — Je ne suis plus une petite fille de quinze ans que l'on marie malgré elle; je suis libre d'avoir une volonté

maintenant, et si jamais je vous dis encore : Il faut nous
quitter, adieu! c'est que je croirai, comme il y a un
mois, que je vais mourir.

— Ne te fâche pas, dit-il, ma pauvre malade, et ne
va pas te donner la fièvre en me grondant, ce qui retar-
derait encore notre mariage. Je ne me plaindrai plus.
Je sens bien qu'avec mes gémissements éternels je dois
être très-ennuyeux, mais il faut me pardonner... Savez-
vous, madame, qu'il y a bientôt vingt ans que je vous
aime?

— Ne dites pas cela si haut, on va penser que je suis
une vieille femme; d'abord, il n'y a pas vingt ans.

— Il y a dix-huit ans, c'est déjà beaucoup.

— Est-ce que vous comptez les années d'enfance?

— Certainement. Ce sont les plus importantes de nos
amours; c'est à cette grande passion de mon jeune âge
que je dois tous mes petits talents. Quand on voulait me
faire apprendre des vers latins, on me disait : Travaille
bien, et tu iras jouer avec Marguerite; quand on me forçait d'étudier mon piano, on me disait encore : Tu
joueras des sonates à quatre mains avec Marguerite; on
m'a appris à dessiner en me répétant : Tu feras le portrait de Marguerite...

— Oh! dit-elle, voilà une prédiction qui s'est réalisée
bien des fois! Je crois, en vérité, que vous avez fait une
douzaine de portraits de moi, au moins.

— Une douzaine... j'en ai fait bien davantage.

Étienne ouvrit son album et compta successivement

onze portraits. — Onze déjà dans cet album, dit-il; votre mère en a cinq, mon père en a un, lady Héléna en a deux, Gaston en a un qu'il a fait accrocher hier dans sa chambre et au bas duquel il a mis lui-même cette inscription :

Portrait de maman.

Ce qui n'est pas très-flatteur pour le peintre.

Cela fait vingt en tout, et ce n'est que la première série ; quand nous serons mariés, on commencera une seconde série.

— Vous êtes fou, dit-elle en riant ; mais est-ce Gaston lui-même qui vous a demandé mon portrait ?

— Lui-même, et cela m'a fort étonné, car je sais qu'il ne m'aime guère.

— C'est sa nourrice qui lui a inspiré cette sotte jalousie ; mais vous-même, vous n'êtes pas non plus très-disposé à l'aimer ?

— Si, je trouve qu'il prend chaque jour plus de ressemblance avec vous, et cela change mes sentiments. Il est venu me voir ce matin ; il a daigné jouer avec les pipes que j'ai rapportées de Constantinople. Oh! quel souvenir ! Oh! que j'aime Constantinople ! C'est là que j'ai appris que vous étiez veuve. Oh ! j'aime Constantinople! quelle admirable ville, et avec quel plaisir je l'ai quittée pour revenir vers vous, qui étiez libre, que je pouvais retrouver encore !

— J'admire votre manière de voyager, dit en souriant Marguerite; vous ne visitez pas les villes où de mauvaises nouvelles viennent vous chercher, et vous quittez tout de suite les pays où vous en recevez qui vous plaisent.

— Hélas! je ne voyageais pas pour m'instruire, je fuyais bien loin pour oublier... Heureusement, on m'a permis de revenir sans avoir rien oublié.

Etienne dit ces mots avec tant de grâce et d'émotion que Marguerite en fut touchée. — Un amour de dix-huit ans, c'est très-beau, dit-elle, surtout pour un héros de votre âge.

— Un amour que ni le temps, ni l'absence, ni le désespoir, n'ont pu altérer un seul instant!

— Et vous avez peur que je sois ingrate?

— J'ai peur de tout: j'ai peur de votre mère, de votre enfant; j'ai peur d'un rival.

A ce mot, Marguerite partit d'un éclat de rire.

— Et de quel rival, s'il vous plaît? Nommez-le! nommez-le!

— Je n'en connais point jusqu'ici, mais il en peut venir un tout à coup, qui vous paraîtra plus aimable que moi.

— Oh! ne faites pas le modeste; jamais personne ne me plaira plus que vous.

— Pourquoi?

— Parce que personne ne sera jamais à la fois si bon et si spirituel, si plein de courage, de générosité, de talent.

— Je ne crois pas un mot de tout cela; mais c'est égal, c'est bien agréable à entendre.

— Parce qu'enfin, continua Marguerite, personne ne m'aimera jamais autant que vous.

— Eh! mon Dieu! qui sait? Cela n'est déjà pas si difficile, que de vous aimer.

Marguerite regarda son cousin avec une expression de joie charmante, un mélange d'étonnement et de fierté. — Eh bien! dit-elle, voilà ce qui me plaît en vous; jamais vous ne tombez dans les vulgarités d'usage; ordinairement, les gens qui ont la prétention d'aimer n'admettent pas qu'on puisse les égaler en amour; vous, au contraire, vous permettez la concurrence; à la bonne heure! c'est nouveau.

— Ce n'est pas de ma part originalité, je vous jure; si quelque chose me surprend, c'est qu'on puisse vous voir et vous aimer autrement que je vous aime. Aussi, je ne compte pas sur la supériorité de mon amour pour me rassurer; et, d'ailleurs, qu'importe celui qui aime le mieux? Aimer n'est rien, plaire est tout.

Comme il parlait encore, une grande rumeur se fit sentir dans tout le château. Des cris affreux partaient du côté de l'avenue. Etienne descendit aussitôt dans la cour pour savoir ce qui était arrivé, et Marguerite, trop faible encore pour marcher, s'appuya sur le balcon, pâle et tremblante, en appelant son fils avec effroi.

II

Étienne regardait de tous côtés autour de lui, cherchant vainement à interroger quelqu'un... Tous les habitants du château couraient avec empressement vers le
bas de l'avenue, comme des gens inquiets qui vont au
secours d'une personne en danger. Etienne se mit à
courir aussi; mais l'avenue était très-longue : il ne pouvait de si loin distinguer ce qui se passait. Ce qu'il
éprouvait ressemblait à ces angoisses irritantes de l'impossible, qui vous tourmentent dans un cauchemar; il
avait beau hâter le pas, l'avenue semblait s'allonger à
mesure qu'il s'avançait; la distance ne diminuait point;
le but qu'il voulait atteindre fuyait devant lui, et ses
forces, épuisées par la rapidité de la course et par l'oppression de la crainte, étaient près de l'abandonner.

Une jeune paysanne passa dans le champ voisin.
Etienne lui cria : « Qu'est-ce donc ?... qu'est-il arrivé ?...»

La jeune fille, qui avait l'air épouvanté, répondit en patois, en pur patois... et le malheureux Etienne ne put rien comprendre à sa réponse.

Peu à peu les objets devenaient plus visibles. Etienne aperçut plusieurs groupes tous très-agités ; des personnes allaient d'un endroit à l'autre, comme s'il y avait à ce malheur plusieurs victimes auprès desquelles on s'empressait tour à tour.

Etienne courait plus vite, mais il ne pouvait encore expliquer ce qu'il voyait.

Il reconnut la place d'un banc où il s'asseyait souvent avec Marguerite. Six ou sept femmes, — on voyait leurs bonnets blancs reluire aux rayons du soleil couchant, — entouraient ce banc ; quelques-unes levaient les bras au ciel en signe de désespoir et de détresse.

Le vent, qui soufflait de ce côté-là, envoyait des cris, des sanglots; Étienne reconnut une voix d'enfant, la voix de Gaston.

Tout son sang s'arrêta dans ses veines; ses yeux éblouis ne voyaient plus, ses pieds se clouaient au sol; le sable leur semblait une montagne à soulever. Mais Etienne pensa à l'anxiété de Marguerite, il reprit courage et hâta de nouveau sa course. Il vit alors un autre groupe, plus loin que celui qui avait d'abord attiré son attention ; des paysans ébahis et effrayés étaient au milieu de l'avenue et contemplaient, avec une curiosité consternée, un objet qu'Etienne ne pouvait voir, mais qui était étendu par terre sans mouvement. Eux aussi levaient

les bras en signe d'étonnement et de colère... Étienne
aperçut devant eux un des domestiques du château ; il
le reconnut à sa livrée et l'appela de toutes ses forces :
François ! François !... mais François, les deux mains
posées sur ses genoux, regardait... regardait... et n'entendait rien. Étienne n'était plus qu'à cinq cents pas en-
viron de l'endroit où se passait ce drame inexplicable...
Il put remarquer un autre groupe, invisible jusqu'alors
pour lui ; une douzaine de personnes, la tête en l'air,
gesticulant, parlant avec chaleur, entouraient un jeune
arbre et paraissaient très-occupées de ce qu'il y avait
sur les branches de cet arbre.

Etienne, parmi ces personnes, reconnut, à son habit
noir, M. Berthault, le précepteur de Gaston, et cette
vue tout à coup le rassura. Il pensa avec raison que si
Gaston était dangereusement blessé, M. Berthault le
tiendrait dans ses bras, le soignerait, le consolerait, et
qu'il ne resterait pas là comme un curieux à regarder
un oiseau dans un arbre.

Etienne atteignit le premier groupe. « Ah ! voilà
M. d'Arzac, » dit une paysanne. Elle s'approcha de lui,
elle pleurait. « Mon pauvre cher monsieur, un grand malheur ! » s'écria-t-elle ; « un loup qui a mordu l'enfant à
la Louise... voilà qu'on lui brûle le bras... » L'enfant
poussait des cris affreux.

Etienne, effrayé, appela : Gaston ! Gaston !

« Ils jouaient tous les deux ensemble, » continua cette
femme ; « les pauvres petits, elle les aura mordus tous

les deux, la vilaine bête; elle était enragée, c'est sûr!
par cette chaleur! Grâce au ciel, on l'a tuée... C'est bien
heureux, sans quoi elle aurait pu faire encore d'autres
malheurs. »

Étienne ne l'entendait plus; il avait rejoint le second
groupe. Les paysans se séparèrent, pensant qu'il voulait
voir ce qu'ils regardaient. C'était une énorme louve étendue tout de son long par terre, dans une mare de sang.
Étienne jeta sur elle un coup d'œil et demanda en tremblant où était l'enfant de madame de Meuilles.

— Il est là-haut, monsieur le comte, dans ce petit cerisier; il n'en veut pas descendre; il dit qu'il a peur.

— La louve l'a mordu?

— Je le croirais volontiers, et que c'est pour ça qu'il
ne veut pas descendre; il a entendu dire que le maréchal allait venir avec un fer rouge, pour brûler le bras
du petit Charlot, et il ne veut pas qu'on voie s'il a été
mordu, voilà l'affaire.

Étienne arriva au pied de l'arbre. Gaston, pâle, les
cheveux hérissés de frayeur, se cramponnait aux branches de l'arbre avec ses petits bras convulsivement cris-
pés. Il criait d'une voix forte et résolue : — Non! je ne
veux pas descendre! je ne veux pas! je ne descendrai
pas!

A l'aspect d'Étienne, il se tut. M. d'Arzac regarda
Gaston rapidement; mais il comprit, à une certaine quiétude de l'enfant qui se trahissait à travers ses craintes,
que Gaston n'avait pas été mordu par la louve.

— Il n'y a pas un moment à perdre, disait M. Berthault, il faut absolument cautériser la plaie. Et M. Berthault s'apprêtait à monter dans l'arbre, alors Gaston
grimpait plus haut, et comme on craignait qu'il ne tom-
bât du sommet de l'arbre ou que l'arbre trop jeune ne
se brisât, on recommençait à parlementer.

— Tu n'as pas été mordu, n'est-ce pas? lui dit
Etienne.

— Mais non! mais non! ils ne veulent pas me croire,
ils veulent me brûler... tout de même...

— N'aie pas peur, Gaston; viens voir ta mère, elle est
bien inquiète; tu vas encore la rendre malade, viens vite
la rassurer.

— Vous me promettez qu'on ne me brûlera pas?.

— Je te le promets, descends vite.

Et Gaston se laissa tomber dans les bras d'Étienne. Il
regardait autour de lui avec effroi. A peine fut-il à terre,
qu'on lui ôta ses habits; il n'avait ni une morsure ni une
égratignure; sa blouse était déchirée, mais il l'avait ac-
crochée dans l'arbre, en se défendant contre ceux qui le
forçaient à en descendre.

M. Berthault voulut raconter à Etienne l'événement;
mais M. d'Arzac ne pensait qu'à Marguerite, à ses craintes, à tout ce qu'elle devait éprouver pendant cette attente mortelle; il savait de l'événement ce qu'il en voulait savoir, c'est-à-dire que Gaston était sain et sauf, et il
retourna en hâte au château, en portant sur ses épaules
Gaston, qui faisait des signaux à sa mère et agitait sa

petite cravate blanche et rose au-dessus de sa tête comme
un pavillon de bon augure.

A la moitié de l'avenue, Gaston, voyant distinctement
Marguerite sur le perron, lui envoya des baisers. Marguerite, qui comprit ce gentil langage, tomba assise sur
un fauteuil, n'ayant plus la force de supporter·sa joie
après une si violente inquiétude. Elle était à peine re-
mise de cette émotion, quand Etienne déposa Gaston
dans ses bras.

Comme l'enfant n'avait plus, pour tout vêtement,
qu'une petite chemise brodée, elle crut d'abord qu'il
était tombé dans l'eau; mais la chemise n'était pas
mouillée. On lui dit qu'on venait de tuer une louve, que
cette louve avait mordu un enfant avec lequel Gaston
jouait dans l'avenue, et que, par un bonheur incompré-
hensible, elle n'avait pas atteint Gaston. Madame de
Meulles, après avoir bien regardé ces jolies petites jambes et ces jolis petits bras blancs et noirs — car lès enfants, à la campagne, hâlés par le soleil, ont l'air de deux
marbres différents, — et s'être assurée qu'il n'y avait pas
de trace de morsure, demanda à Gaston si la louve avait
couru après lui, et comment il avait pu lui échapper.

— Elle venait tout tranquillement de la forêt, dit
Gaston; le petit Charlot a dit : « Ah! v'là le vilain chien
à la Pierrette! » Il s'est mis à courir, la bête s'est jetée
sur lui; alors, je me suis enfui; elle a quitté Charlot et
elle a couru en sautant après moi; je voulais aller vite,
mais j'avais mal aux jambes, je ne pouvais pas marcher.

.

Tout à coup, pan!... un coup de fusil... ça m'a fait encore plus peur, je suis tombé... Aussitôt un chasseur m'a pris comme ça, — et l'enfant expliquait que le chasseur l'avait pris d'une main par ses vêtements, — et il m'a mis dans un arbre, en me disant : « Gaston, — il me connaît, — reste là jusqu'à ce qu'on vienne te chercher ; ne bouge pas ! » Quand j'ai été dans l'arbre, j'ai regardé... j'ai vu la louve couchée par terre ; le chien du chasseur était un peu plus loin ; il faisait comme ça, — l'enfant imita le hurlement du chien ; — *alors* la louve s'est relevée, et elle a sauté sur le chien ; ils se sont mis à se manger l'un l'autre ; *alors* le chasseur, voyant qu'il n'avait pas assez tué la louve, est venu tout près, tout près d'elle, et a encore tiré une autre fois... Cette fois-là, c'était la bonne, la louve n'a plus remué.

M. Berthault arriva ; il était à quelques pas des enfants, dit-il ; mais tout cela s'est passé si rapidement, qu'il n'a rien vu. J'ai couru les rejoindre. Le chasseur avait déjà franchi l'avenue ; il était loin de nous, de l'autre côté de la route.

— Étienne, dit Marguerite, allez vite chez la jardinière demander des nouvelles de son pauvre enfant ; dites-lui que si je n'étais pas malade, j'irais la voir moi-même... Allez vite.

La morsure était légère ; mais tout faisait craindre que la louve ne fût enragée, et l'on était très-inquiet. Le garde-chasse avait beau dire qu'il n'avait jamais vu de loup enragé au mois de septembre, on ne se rassurait

pas. Cette année-là a été une année extraordinaire : les
feuilles de certains arbres ont poussé deux fois; on prétend qu'il y a eu deux générations d'insectes, et le premier jour de septembre était aussi chaud que le 27 juillet
le plus révolutionnaire et le plus torride.

On s'aperçut aussi que la louve avait la moitié d'un
pied emporté : elle s'était prise à un piége. On retrouva,
quelques jours après, le piége dans un fourré, à quelque
distance d'une grotte célèbre dans le pays, et qu'on a
surnommée l'*Auberge aux Loups,* parce que les loups
s'arrêtent souvent dans cet antre, quand ils voyagent
d'une forêt à l'autre.

Gaston, tout fier d'être interrogé et écouté avec intérêt, recommença son récit pour sa grand'mère, qui
venait de rentrer au château ; elle était allée faire quelques visites chez des voisins. Elle fut épouvantée en songeant à l'émotion que sa fille avait dû éprouver; elle
embrassa Gaston moitié avec joie, moitié avec colère.
« Ces vilains enfants, dit-elle, ça n'est bon qu'à vous
donner des plaisirs comme celui-là, et tous les jours ils
inventent quelque chose de nouveau! » Peu s'en fallut
qu'elle ne grondât Gaston, qui était pourtant bien inno-
cent. — C'est mon brave Travay qui a tué la louve ?
demanda-t-elle. — Non. — C'est le père Mortier ? — Non.
Qui est-ce donc? — Un chasseur qu'on ne connaît pas
et qui se trouvait là par hasard. — Par hasard n'est pas
tout à fait le mot, dit quelqu'un ; voilà plus de huit
jours que ce monsieur rôde aux alentours du château ;

la petite Geneviève l'a vu hier encore, assis au pied du gros châtaignier ; elle m'a même dit . Il étudiait dans un livre.

— Je me rappelle, dit Gaston, qu'il était à la fête de Mazerat : c'est lui qui m'a demandé des nouvelles de maman. Je m'en souviens très-bien, c'était le même ; je crois aussi que nous l'avons vu à Paris cet hiver, une fois, à cheval, aux Champs-Elysées, mais je n'en suis pas bien sûr.

— C'est quelque braconnier, dit madame d'Arzac. Depuis qu'elle devinait que ce pouvait être un Parisien, elle se désintéressait du sauveur mystérieux.

— Est-il jeune ou vieux?

— Jeune, répondit Gaston.

— Grand ou petit ?

— Ni grand ni petit.

— De quelle couleur sont ses cheveux ?

— Il avait un chapeau gris.

— Alors tu n'as pas vu ses cheveux ?

— Si, son chapeau est tombé quand il m'a mis dans l'arbre.

— Eh bien ! est-il brun ou blond?

— Je ne sais pas ce que c'est.

— Comment, tu ne sais pas ce que c'est que d'avoir les cheveux noirs comme ton cousin Etienne?

— Ah ! si, je comprends, il n'a pas les cheveux noirs.

— Alors, il les a blonds comme toi, comme ta mère?

— Non, il n'a pas des cheveux comme moi, il a des

cheveux... il s'arrêta et regarda autour de lui... de la
couleur de la robe de grand'maman.

Tous les regards se portèrent avec avidité sur cette
robe... elle était couleur grenat ou dahlia cramoisi. On
se mit à rire.

— Mais, Gaston, dit madame de Meuilles, il n'y a pas
de cheveux de cette couleur-là.

—Vous méritiez bien cette belle réponse, dit madame
d'Arzac; quelle idée de demander à un enfant, à un petit
garçon, une couleur quelconque! les enfants ne connaissent pas les couleurs; il les confondent toutes ensemble,
et les hommes font bien souvent comme eux. J'ai entendu l'autre jour un flatteur aimable dire avec beaucoup
de grâce à une jeune femme en deuil qui avait une robe
grise : « Vous avez là, madame, une robe d'un bleu
charmant... » Elle était furieuse.

Le garde-chasse passa devant les fenêtres du salon;
Marguerite lui fit signe de venir.

— Eh bien! dit madame d'Arzac, nous avons fait
bonne chasse aujourd'hui; qu'est-ce que vous dites de
cela, Travay?

— Ah dame! je dis que celui qui a tué ce gibier-là
n'était pas manchot, et qu'il n'a pas peur de son ombre.
Il l'a tiré de près, ma foi! et il fallait ça : quand il s'agit
de tuer une louve avec un fusil qui n'est chargé que de
plomb à lièvre, il faut tirer la louve à bout portant pour
que la charge *fasse balle;* sans ça on ne fait que l'é-
moustiller... Je ne dis pas cela pour vous, monsieur le

comte, vous savez ces choses-là aussi bien que moi; mais
ces dames ne sont peut-être pas si connaisseuses; elles
pourraient croire que le chasseur a tiré à quinze pas, à
son aise, comme il aurait pu faire pour un lapin. Non!
non! c'est un fin chasseur. Je ne le connais pas; mais
rien qu'à le voir on devine que c'est...

— Vous l'avez donc vu? dit Marguerite.

— Oui et non; je l'ai aperçu du côté de l'étang de Faux;
mais comme je ne savais pas ce qui venait d'arriver, je
ne l'ai pas bien examiné; c'est-à-dire que j'ai regardé
son fusil et son costume plus que lui-même; je ne le re-
connaîtrais pas, mais je vous dirais bien comment il
était habillé.

— Oh! contez-nous cela, Travay; ce chasseur m'intéresse beaucoup, dit Marguerite; et elle embrassa Gaston.

— Il était ce qu'on appelle *ficelé,* il avait un chapeau
gris...

— Nous savons cela, dit madame d'Arzac, que cet in-
terrogatoire impatientait. Elle observait Etienne, et elle
remarquait avec humeur qu'Etienne commençait à devenir jaloux du sauveur inconnu dont Marguerite s'occupait si ardemment.

— Alors je passe à l'habillement, dit Travay : il avait
un habit... un habit-veste, comme on dit, de basin
blanc...

— Comme les cuisiniers, interrompit madame d'Arzac.

— Ah! madame la comtesse, s'écria Travay, vous ne
voulez pas savoir... Mais c'est son fusil qui était beau!

Ah! je m'engagerais bien à tuer quatre loups pour gagner un fusil comme celui-là!

— Et sa figure, demanda Étienne, vous ne vous la rappelez pas? La description de ce fusil éveillait ses soupçons.

— Est-ce que je regarde les figures des chasseurs,
moi!... je regarde les fusils. Ah! des braconniers, c'est
autre chose, mais lui n'est pas un braconnier; il était
avec le nouveau garde de M. de Rochemule.

— Alors, vous pourrez savoir son nom.

— Sans doute. Quand il plaira à madame la marquise,
je m'en informerai.

— Tâchez de l'apprendre tout de suite, répondit Marguerite; je voudrais...

— Parle d'autre chose, lui dit tout bas sa mère; tu ne
vois donc pas que ta curiosité tourmente déjà Étienne?
Pourquoi le faire souffrir?

Madame de Meuilles laissa partir le garde-chasse, et
elle s'occupa d'Étienne pour le consoler, mais Étienne
fut triste toute la soirée; et chaque fois que Marguerite
embrassait son enfant avec une joie pleine de tendresse,
comme une pauvre victime sauvée par miracle, il lui
semblait qu'elle remerciait un rival inconnu, et il pâlis-
sait de jalousie et de dépit.

Pourquoi n'était-ce pas lui qui avait sauvé Gaston? Il
habitait le château, il était là tous les jours, c'eût été si
naturel! mais un étranger, un passant, un indifférent
avoir un tel bonheur... C'était en effet digne de regret
et d'envie.

2.

Madame de Meuilles attendit en vain les renseignements que lui avait promis Travay. Ou il ne put rien
apprendre, ou il ne voulut rien dire, bref, on ne sut
rien.

Le sous-préfet de la ville voisine vint voir madame de
Meuilles. Elle lui demanda quels étaient les chasseurs
arrivés récemment chez madame de Rochemule.— Quoi !
madame, dit-il, vous voulez que je vous nomme les héros
du camp ennemi? (M. de Rochemule était un légitimiste
très-prononcé.) Vous savez que je ne vais pas chez lui : Je
ne sais donc ce qui s'y passe qu'administrativement, car
nous sommes en très-bons rapports ensemble pour tout
ce qui est chemins, écoles, lavoirs, etc.; mais pour le
reste, nous nous fuyons l'un l'autre avec une égale horreur. Tout ce que je puis vous dire; c'est que l'on attendait chez lui, la semaine dernière; brillante compagnie,
tous nos *lions* parisiens : M. de La Fresnaye; le roi du
jour, le petit d'Héréville, surnommé le berger de porce-
laine, Maynard le millionnaire, le duc de Bellegarde,
MM. de Milly, Georges de Pignan; en un mot; la fleur
des pois.

Marguerite lui dit les motifs de sa curiosité et les raisons qu'elle avait de croire que le chasseur qui avait
sauvé Gaston si adroitement était un des amis de M. de
Rochemule.

— Fort bien, reprit le sous-préfet; je saurai qui c'est
dans peu de jours, et j'aurai l'honneur de vous l'apprendre.

Dès qu'il fut parti : — Ton sous-préfet ne saura rien,
dit madame d'Arzac à sa fille.

— Pourquoi, ma mère?

— Parce qu'un sous-préfet ne sait jamais que ce qu'on
lui dit, et qu'on le trompe toujours; c'est une autorité!
Dans le monde, on n'apprend jamais rien que par hasard; or, il n'y a point de hasard pour les autorités; on
les attend, on les guette, on va au-devant d'elles; qu'est-
ce que vous voulez qu'elles surprennent? Oh! il viendra
te raconter scrupuleusement ce qu'il aura appris, mais
ce ne sera qu'une fable absurde, le contraire de la vérité; et puis il est évident que ce chasseur veut rester
inconnu; c'était une manière charmante de se présenter
à une châtelaine, jeune et élégante comme toi, que de
lui ramener l'enfant qu'on venait de sauver par sa présence d'esprit et son courage; si ce chasseur s'est enfui
comme un homme qui a fait un mauvais coup, en laissant Gaston perché sur un arbre, c'est qu'il a des raisons pour se cacher à nous, et ton sous-préfet n'est pas
de force à découvrir le nom d'un malin roué qui a intérêt à se moquer de lui... Tu ne sauras rien, ma fille.

Madame d'Arzac ne se trompait point. Au bout de
trois jours, le sous-préfet revint; il ne savait pas le nom
du chasseur; mais ce qu'il pouvait affirmer, c'est que ce
chasseur ne faisait point partie de la joyeuse société
réunie chez M. de Rochemule. Il avait justement rencontré la veille, aux environs de la ville, deux nouveaux
hôtes du château de Mazerat, avec lesquels il avait causé

fort longtemps : c'étaient M. de La Fresnaye et M. de
Pignan : il leur avait parlé de l'accident arrivé chez madame de Meuilles, à la Villeberthier, et ces messieurs
n'en savaient seulement pas le premier mot. M. de La
Fresnaye, ajouta le jeune magistrat, quand je lui ai donné
tous les détails de l'aventure, prétendait qu'il n'y avait
qu'un homme familier avec les bêtes féroces qui fût capable d'un pareil exploit. Il attribuait, lui, ce trait de
courage à un dompteur d'animaux qui était ici l'autre
jour, à la fête de Mazerat. Il paraît que c'est un homme
d'une audace prodigieuse ; M. de La Fresnaye le croyait
encore dans les environs ; mais quelqu'un vient de me
dire qu'il était parti avant-hier, et qu'il allait donner
des représentations à Bordeaux. Je pencherais volontiers
pour cette opinion.

— Moi aussi, dit madame d'Arzac, tous ces acrobates,
ces funambules obtiennent des prix de vertu : ces gens-
là sauvent beaucoup.

— Oui, dit Marguerite, dans les incendies, parce que
leur agilité les rend très-habiles, mais dans une forêt !...

— Ce qui me confirmerait dans cette opinion, reprit
le sous-préfet, c'est le tour de force accompli par cet
homme ; il n'est pas facile à tout le monde de prendre
un enfant de six ans d'une seule main et de le poser dans
un arbre à bras tendu. Il faut pour cela avoir l'habitude
de soulever des poids énormes.

— Eh ! monsieur, s'écria Gaston d'un air crâne, ce
n'est pas du tout difficile ! Nous en faisons bien d'autres

au gymnase Triat. Et si M. Triat était là, il vous pren-
drait vous-même par votre collet, et il saurait bien vous
lancer dans un arbre!

Marguerite fit semblant de gronder Gaston pour que le
sous-préfet ne la vît pas rire de l'étrange figure qu'il
avait en écoutant ses menaces.

— Qu'est-ce donc que ce M. Triat? demanda-t-il.

— C'est le fondateur d'un gymnase nouveau où Gaston va faire des exercices.

— Je ne connais pas... Au reste, reprit-il, l'idée elle-
même était audacieuse : mettre un enfant au haut d'un
arbre, c'était risquer de lui faire casser le cou.

— Ah! me casser le cou! s'écria encore Gaston indigné, parce qu'on me met sur un petit cerisier tout bas...
tout bas..., moi qui grimpe dans les cordes, à plus de
soixante pieds de haut!

Le sous-préfet n'osa plus rien dire et s'en alla.

— Eh bien! avais-je raison, Marguerite? Ton sous-
préfet t'a-t-il appris quelque chose? Il t'a répété naïvement un conte, inventé par ces messieurs, qui se sont
moqués de lui.

Certes, ce récit du sous-préfet était parfaitement insi
gnifiant; cependant Etienne en conservait une impression
pénible, une crainte agitée qu'il ne pouvait dissimuler.
Plus la trace de ce personnage mystérieux semblait se
perdre pour tout le monde, plus Etienne semblait la
suivre avec intelligence et lucidité.

D'abord ce fusil, qui avait attiré si vivement l'atten-

tion du garde-chasse, était un indice significatif. Ce fusil
appartenait sans doute à un homme très-élégant; Travay n'en était pas à son premier fusil, et pour qu'une
arme de chasse eût excité à ce point son admiration, il
fallait qu'elle fût rare et précieuse.

Ensuite, le mystère même était une preuve de la distinction du personnage. Avoir sauvé l'enfant de la marquise de Meuilles, l'une des femmes les plus célèbres par
leur beauté, c'était, pour un jeune débutant, une bonne
fortune, une façon heureuse et brillante d'entrer dans le
monde et de se faire connaître; or, pour dédaigner un
tel avantage, il fallait être supérieur à cet avantage;
pour cacher si modestement ce trait de courage et d'a-
dresse, il fallait être déjà placé bien haut dans l'opinion
par son courage et par son adresse... Les dandys se reconnaissent entre eux comme les artistes, les peintres,
les poètes, ou plutôt comme les voleurs et les mouchards,
qui, en apprenant un vol ou un crime, disent : « Ce doit
être celui-ci, cela ressemble à celui-là... c'est la manière de telle ou telle école. » De même Etienne, en
écoutant tous ces récits, en commentant cette conduite
singulière, se disait : « Ce doit être lui, cela lui ressemble bien. »

Il faut si peu de chose pour dénoncer la vérité aux
esprits observateurs qui ont étudié la science des indices. Demandez aux magistrats : ils ne rendent pas
toujours la justice faute de preuves, mais ils savent toujours la vérité par les indices.

Un malheur réel, affreux, vint donner encore à cet
accident plus de gravité. Dix jours après, l'enfant de la
jardinière, mordu par la louve, mourut dans des con-
vulsions horribles, avec tous les symptômes de l'hydro-
phobie. Madame de Meuilles fut vivement frappée de cette
mort; elle passait de longues heures auprès de la malheureuse mère, et l'idée du danger qu'avait couru Gaston la glaçait d'effroi et lui inspirait encore plus de sympathie pour cet inconnu qui l'avait préservé d'une telle
mort. Etienne devinait bien qu'elle se cachait de lui
pour s'occuper de ce sauveur, et sa jalousie en aug-
mentait. Il n'avait jamais aimé Gaston, maintenant il le
haïssait presque ; il ne pouvait pardonner au pauvre enfant d'avoir fourni à un autre homme l'occasion de se
dévouer pour Marguerite.

III

Gaston pleura son camarade plus longtemps qu'on ne pleure ordinairement à son âge. Cette mort fit sur son esprit une impression profonde. Souvent on le surprenait seul, pâle, immobile, attachant sur la maison de Charles des yeux brillants de larmes. Quand il passait devant le cerisier, devenu fameux depuis cette triste journée, il détournait la tête pour ne pas voir la place où il jouait avec son compagnon, et il était évident que ce souvenir tourmentait encore sa jeune pensée.

D'ailleurs Gaston, comme tous les fils uniques, était déjà un vieil enfant; il était de la race des *songeurs :* l'habitude de vivre toujours avec des grandes personnes et surtout l'obligation de jouer seul le forçaient à être méditatif et ingénieux. Un enfant qui a des frères et des sœurs court avec eux dans le jardin, se cache, les cherche ou se bat avec eux; l'activité des jambes suffit à une troupe de démons pour se divertir ; mais quand on est seul, c'est à l'activité de l'esprit qu'on a recours pour s'amuser ; on appelle les fictions à son aide, l'imagination travaille en petit, mais elle n'en travaille pas moins ardemment ; et il en résulte que les enfants élevés dans la solitude ont plus d'esprit, plus de réflexion que les autres, mais aussi ont moins de fraîcheur et de naïveté.

Quels efforts d'imagination ne faut-il pas faire pour distraire un enfant qu'on tient enfermé un jour de pluie ! C'est alors qu'on le nourrit de fictions et qu'on lui apprend, tout en jouant, à mentir, à feindre, à exagérer, à parodier, à voir ce qui n'est pas, à répondre à ce qui n'a pas été dit, à redouter des périls imaginaires, à simuler une colère factice, à composer toutes sortes de rôles, enfin. C'est une poupée que l'on gronde, dont on imite le désespoir et que l'on console... c'est une voiture qu'on improvise avec un fauteuil et un tabouret, qu'on attelle de quatre chaises de paille, et à laquelle on fait courir les plus terribles dangers. Ceci est la fiction favorite, l'enfant la comprend rapidement ; avec quel aplomb il conduit ses quatre chaises ! avec quelle sévérité il les corrige ! comme il les fait se cabrer avec adresse ! l'illusion est parfaite... Vous lui avez montré le jeu, mais il vous dépasse dans l'exécution ; il complète la fiction de manière à vous surprendre vous-même ; vous le voyez grave, soucieux ; il tient les rênes serrées, le fouet relevé, il observe, il ne perd pas de vue ses chevaux. — Eh

3

bien! petit, qu'est-ce que tu as donc? lui dites-vous. —
Maman, ce sont des bœufs qui passent; j'attends qu'ils
aient tous défilé, et je tiens mes chevaux... ils ont peur...
Une autre fois, c'est un régiment, les chevaux se cabrent...
le bruit du tambour les effraye, alors le cocher fantas-
tique roue de coups les chevaux imaginaires... mais les
coups sont réels; une des chaises se brise!... vous venez
mettre les holà et vous cherchez un autre jeu... c'est-à-
dire un autre mensonge... Et puis on s'étonne que ces
enfants nourris de fictions, nourris de mensonges, très-
ingénieux et très-profonds, soient, plus tard, de malins
trompeurs, de savants hypocrites! On les dresse à jouer
la comédie du matin au soir, et puis on s'indigne que
ces petits comédiens, qu'on a formés dès le berceau, deviennent de grands comédiens avec l'âge et utilisent
pour les choses réelles de la vie, pour satisfaire leurs
désirs, leurs passions, les mille *singeries* qu'on leur a
naïvement enseignées! Toute leur existence se ressent
de ce premier apprentissage. C'est le point de départ
de toutes les roueries, de toutes les faussetés bien
exprimées. La fiction est à peine modifiée. Quand une
femme exagère une douleur qu'elle ne sent pas, affecte
une rancune qu'elle n'a plus, pour obtenir quelque sacrifice... c'est encore l'histoire de la poupée qui a dés-
obéi, que l'on gronde et dont on imite les larmes... Quand
un infidèle, pour amener une rupture, fait une scène de
jalousie à une femme qui ne vit que pour lui; quand un
profond politique fait semblant de châtier un peuple qui

ne se révolte pas, ou de sauver un pays que lui-même a mis en danger, c'est encore la fiction de la voiture et des chevaux indociles, c'est toujours la colère bien imitée du cocher imaginaire, corrigeant avec sévérité et fouettant à tour de bras quatre chaises de paille qui se cabrent!... Nous semons des mensonges et nous crions : Anathème! quand il a poussé des menteurs. O inconséquence !

Une autre cause contribuait aussi à mûrir trop tôt l'esprit de Gaston. La mort de son père et le prochain mariage de sa mère avec M. d'Arzac avaient fait de lui un personnage. A tout moment il entendait parler de lui et débattre sérieusement ses intérêts, par son tuteur, sa mère et des gens d'affaires. Il ne comprenait pas un mot de ce qu'on disait, mais il devinait qu'il avait une situation à part, et qu'il serait bientôt dans la maison comme un étranger; il savait déjà que ses frères, si sa mère avait des enfants, ne s'appelleraient pas comme lui. Un jour le notaire prononça devant lui ces mots : « A la majorité de M. le marquis de Meuilles. » Gaston demanda ce que c'était que le marquis de Meuilles, si c'était un de ses parents : on lui avait répondu que c'était lui-même. — Je suis marquis? — Pas encore, tu es trop jeune. — A quel âge devient-on marquis? — A vingt et un ans. — Oh! bien, j'ai le temps de m'y préparer. — Il savait aussi qu'il avait en Normandie un grand château à lui tout seul; il n'en avait pas plus d'orgueil pour cela, mais il se trouvait un peu d'importance. On lui avait donné un précepteur dans l'âge où l'on n'a ordinairement qu'une gouvernante. Et puis, il se regardait déjà, grâce aux propos de sa nourrice, comme en hostilité avec M. d'Arzac, ce qui le rendait défiant, et rien ne vieillit l'esprit et le visage comme la défiance.

Gaston eut bientôt deviné qu'Etienne n'avait aucun désir d'apprendre le nom du chasseur qui était venu à son secours, et dès lors la découverte de ce nom devint son idée fixe. Mais le souvenir de cet événement commençait à se perdre dans l'agitation des préoccupations nouvelles. Un mois s'était écoulé ; la santé de Marguerite s'améliorait chaque jour : le bonheur est un si bon médecin ! Sa pâleur jeune et transparente n'était plus qu'une beauté, et déjà l'on accusait sa langueur de coquetterie. On osait parler avec certitude de l'époque prochaine du mariage. Etienne lui-même devenait crédule au bonheur ; et il n'avait plus que très-rarement de ces pressentiments subits et sombres que Marguerite appelait ses attaques d'inquiétude : Marguerite l'aimait avec une si naïve tendresse, elle était pour lui si dévouée, elle le regardait avec des yeux si doucement troublés, elle était à toute heure si complétement occupée de lui qu'il fallait bien malgré tous les instincts de l'âme, tous les avertissements de la destinée, malgré toutes les convictions des sens... car il arrive parfois que notre cœur et notre raison sont persuadés d'une chose, tandis que nos sens sont, en dépit de nous, convaincus du contraire... il fallait bien, malgré tout cela, se rassurer et accepter l'espoir qui s'offrait avec les apparences de la plus positive réalité.

Que de fois l'on se dit, en faisant les préparatifs d'un voyage : Je ne partirai pas ! je ne me vois pas en voiture... Et en effet on ne part point...

Que de fois encore, lorsque tout annonce comme certain un événement très-probable, on se dit : Cela ne sera pas, cela ne sera jamais... et cette prédiction de l'instinct bientôt se justifie ; l'événement auquel les sens ont refusé de croire n'advient pas.

M. d'Arzac, plus confiant dans son avenir, s'était décidé à quitter Marguerite pour quelques heures et à aller à quatre lieues de la Villeberthier chercher des papiers indispensables à leurs nouveaux arrangements de fortune. C'était encore s'occuper de son mariage, et cette perspective lui donnait le courage de s'éloigner. Il fit des adieux comme pour un an d'absence, et il ne voulut pas monter à cheval que Marguerite ne lui eût donné une rose pour en *parer sa boutonnière*. Elle était à la fenêtre et elle le regarda tant qu'il fut dans l'avenue ; au détour du chemin il lui envoya un baiser, et arrêtant son cheval, il se mit à la contempler. Elle comprit que tant qu'il pourrait l'apercevoir il resterait là, et pour rompre le charme, elle quitta la fenêtre et rentra dans le salon ; mais elle se laissa tomber sur un canapé, en soupirant tristement.

— Ah ! dit madame d'Arzac en imitant ce profond soupir, que nous sommes à plaindre ! Vivre tout un grand jour sans lui !

— Vous riez, ma mère, mais c'est fort triste, et ce jour va me paraître bien long.

— J'ai un conseil à te donner : puisque nous ne pouvons le consacrer à l'amour, ce tant douloureux jour, consacrons-le au devoir.

— Et à quel devoir?

— Allons à Bellegarde, chez cette bonne duchesse qui est venue tant de fois elle-même savoir de tes nouvelles quand tu étais si malade. Je n'oublierai jamais comme je l'ai vue pleurer le jour où nous t'avons crue perdue. Je l'aimerai toute ma vie pour ces larmes-là. Allons, viens, tu lui dois bien ta première visite.

Marguerite ne répondit pas; mais sa physionomie disait qu'elle se souciait fort peu de cette visite. Sa mère remarqua cette timide répugnance.

— Est-ce que tu en veux à la duchesse? dit-elle.

— Moi! non vraiment. Je la trouve charmante, au contraire.

— Eh bien?

— Je l'aime beaucoup, je la crois noble, généreuse; mais je suis toujours triste quand je l'ai vue.

— Pourquoi donc?

— Elle est si belle! quand je la regarde, j'envie horriblement sa beauté, et je me sens découragée à jamais.

— Quelle folie! tu es cent fois plus jolie qu'elle.

— Ah! ma mère, la duchesse de Bellegarde est la plus belle femme de Paris.

— C'est cela qui lui fait tort, elle est trop belle; c'est

une déesse, et il n'y a rien de moins séduisant que les déesses! De tous temps, on leur a préféré les nymphes, et l'on a eu bien raison. Elle est belle sans originalité, elle a des yeux noirs et des cheveux noirs comme tout le monde. Toi, tu as de beaux yeux noirs avec de magnifiques cheveux blonds; c'est très-rare. Il lui manque ce je ne sais quoi qui attire, qui attache, qui trouble... ce charme que tu possèdes au suprême degré.

— Ce je ne sais quoi... que j'ai pour vous, ma mère, c'est que je suis votre fille, et je pense que si la duchesse avait ce je ne sais quoi, vous la trouveriez ravissante.

— Peut-être! Mais maintenant que tu m'as avoué que sa beauté te faisait envie, je brûle de la revoir pour lui chercher des défauts; viens donc, je veux absolument aller l'étudier aujourd'hui... Ah! j'en trouverai!

— Voilà un aimable motif pour une visite de remercîments! Oh! ma mère! que vous êtes bien une véritable mère!

En disant cela, Marguerite embrassait avec tendresse madame d'Arzac, qui, riant elle-même de son empressement à critiquer la beauté de la duchesse, ajouta gaiement :

— J'espère même que je vais découvrir que le matin elle est laide! C'est possible maintenant... c'est très-possible : les grandes passions font de tels ravages!

— Madame de Bellegarde est donc en proie à une grande passion?

— C'est tout un roman !

— Mais je croyais qu'elle adorait son mari ?

— Elle l'adore toujours, mais moins. Cette adoration s'est compliquée d'un autre amour.

— Alors, c'est qu'elle n'aimait pas son mari : quand on aime, on est invulnérable.

Marguerite prononça cette phrase d'un ton pédant et superbe dont madame d'Arzac se moqua.

— Ma chère enfant, dit-elle, tu es un vrai docteur en amour.

— Et vous, ma mère, un grand athée! Vous êtes d'une indulgence qui révolterait, si l'on ne connaissait pas votre vie exemplaire. Il faut être, comme vous, un modèle de vertu, pour oser parler de l'amour avec tant de légèreté.

— Oh! ce n'est pas de la légèreté, c'est de la modestie! Au contraire, je respecte l'amour comme toutes les choses que j'ignore.

— Mais vous comprenez tout, vous admettez tout!

— Précisément parce que je ne sais rien; ne pouvant juger par moi-même, j'accepte toutes les variétés du sujet, toutes les définitions, toutes les contradictions, les exceptions, etc., etc.; n'ayant point fait d'études, je n'appartiens à aucune école; je n'ai pas, comme toi, de parti pris; je ne décide pas, je n'argumente pas; si quelqu'un vient me raconter que telle femme a fait telle folie par amour, je me dis : Il paraît que lorsqu'on aime à ce degré, on arrive à ce genre de folie, comme je dirais : A tel degré de chaleur, le métal fond. Mais je n'en suis pas plus sévère pour cela, et je ne crois pas la femme plus criminelle pour avoir subi la fatale influence de l'amour que le métal pour avoir obéi à la puissance du feu. J'admets la faute ici comme j'admets le phénomène là, sans les juger, sans les flétrir, et j'avoue aussi sans les comprendre.

— Ainsi, vous imaginez que madame de Bellegarde, qui aime son mari, peut aimer un autre?

— Je n'imagine pas, je vois.

— Alors, c'est une femme bien étrange.

— Mais ce n'est pas la première femme à qui ce malheur arrive.

— Mais, ma mère, vous qui parlez de ce double amour avec tant de sang-froid, vous en auriez été incapable. Vous me disiez un jour : « Je suis bien aise de n'avoir eu qu'un seul enfant, je n'aurais pas aimé à partager la tendresse que j'ai pour toi. »

— Ah! moi, c'est autre chose, et je ne juge pas le monde d'après moi. Certainement je serais incapable de diviser mon pauvre cœur, mais cela tient à la misère de ma nature. Je suis *solitone,* selon la méthode de Charles Fourier; je ne suis faite que pour une seule passion : l'amour maternel. Voilà pourquoi je n'ai jamais pu éprouver un autre amour. Que veux-tu, la duchesse est peut-être *duétone.*

Marguerite resta un moment rêveuse, puis elle demanda :

3.

— Quel est le héros de cette grande passion ?

— Robert de La Fresnaye.

Ce nom était magique. Il expliquait les anomalies les plus singulières, les plus inconcevables changements ; c'est comme si, du temps de Louis XIV, on avait dit d'une femme : « Elle aime le roi. »

Marguerite répondit à ce nom terrible par un : Ah ! qui voulait dire : Vous m'en direz tant ! — C'est lui, dit-elle, qu'on a surnommé Lovelace corrigé ?

— Oui, seulement il n'est ni l'un ni l'autre : il n'est pas si séduisant que Lovelace, et il n'est pas corrigé du tout.

— On le dit cependant très-beau, très-spirituel, très-élégant.

— Tu ne l'as donc jamais vu ?

— Non. Depuis mon mariage, j'ai toujours été malade ou en deuil ; je ne suis allée nulle part, et je ne le connais pas.

— Il faut que tu le voies, cela vaut le voyage. Habille-toi vite et partons.

C'est ainsi que les choses se passent dans le monde ; on fait, en riant, un projet auquel on ne tient pas beau-coup ; on l'exécute par désœuvrement et sans y attacher d'importance : c'est une fantaisie sans but, une visite sans conséquence, une idée qui est venue tout à coup ; on l'adopte aveuglément, on la suit au hasard, par ca-price... et l'on s'en va gaiement, avec ses parents, ses amis, ceux qu'on aime le mieux et qui vous aiment le plus, jeter au loin la semence de son malheur éternel.

Il a bien raison celui qui prétend qu'il n'est pas une
de nos actions, pas même la démarche la plus insigni-
fiante, qui ne laisse un germe dans notre existence, et
qui, au bout de quelque temps, d'une année, de dix, de
vingt années, ne finisse par porter son fruit.

Si on remontait le cours de sa vie. si on recherchait
l'origine des événements les plus graves de son destin,
on serait épouvanté de découvrir de quels petits incidents, de quelles niaiseries infinies sont nés les faits les
plus importants; on en arriverait à ne plus oser remuer
ni faire un pas, si on se rendait compte des grands ennuis que l'on doit aux visites les moins nécessaires, aux
promenades les plus oiseuses... car la taquinerie du sort
est telle que, plus le danger qui nous menace est terrible, plus ce qui le présage est serein. Il semble que le
malheur proportionne ses menaces à notre insouciance.
Il fait plus que les anciens, qui couronnaient de fleurs
leurs victimes : quand il nous choisit pour victimes, il
nous inspire à nous-mêmes l'idée de nous couronner de
fleurs.

IV

Cédant à cette cruelle inspiration, madame d'Arzac mit un chapeau orné d'épis et de bleuets, et après avoir enveloppé dans un manteau la pâle convalescente, elle monta en voiture, et l'on partit pour le château de Bellegarde.

La route était facile, unie; l'on arriva au bout de deux heures. Le mouvement de la voiture et l'effet du grand air étourdirent tellement Marguerite, qu'elle faillit tomber en descendant le marche-pied. Madame d'Arzac, la voyant si faible, s'empressa de la conduire dans le salon, où elle la fit asseoir. Un domestique vint dire que la duchesse était dans la nouvelle salle de spectacle avec son architecte.

— Je vais là rejoindre, dit madame d'Arzac; toi, reste là, Marguerite, repose-toi; je vais admirer enfin cette merveille dont on parle tant.

La salle de spectacle, nouvellement construite, était
à l'autre extrémité du château. Marguerite resta seule.
Elle n'était pas en état de suivre sa mère dans cette promenade. D'abord elle étudia l'arrangement du salon, qui
était de l'élégance la plus ingénieuse. Ce salon était immense, et, par la manière dont les meubles étaient pla-
cés, il était confortable et intime comme un boudoir.
Chaque coin du salon était lui-même un petit salon indépendant des autres, et orné de ses attributs particu-
liers. Dans celui-ci on allait lire ; sur une large table,
entourée de bons fauteuils, étaient étalés une foule de
journaux, des revues, des recueils de toute espèce, livres
de sciences, de poésie, de politique, voire même d'agri-
culture : c'était la bibliothèque.

Dans cet autre était un magnifique piano, embastillé
dans une forteresse de canapés et flanqué de deux élégantes étagères chargées des meilleures partitions an-
ciennes et modernes : c'était la salle du concert.

Dans cet autre était la table à dessiner, les métiers,
les boîtes à ouvrage pour les femmes laborieuses, des
vases remplis de bouquets artistement composés pour
tenter les peintres de fleurs ; tout cela près de la fenêtre,
le jour était disposé avec soin : c'était un atelier d'amateurs.

Là-bas, enfin, c'était ce que le duc appelait en riant
le dortoir. Le jour y était encore plus doux ; il n'y avait
que des sofas, des chaises longues, des *dormeuses*, des
ganaches, des grands fauteuils à accotoirs comme ceux

de nos pères, des *pouffs*, des *brioches*, des *pavés*, des
coussins, des carreaux d'Orient, tout un mobilier de paresseux. C'était dans ce coin qu'on allait se réfugier et
s'étendre nonchalamment les lendemains de bal, de
chasse ou de comédie, et après les grandes parties de
campagne. C'est là que les amis de la maison, les habitués du château passaient de douces heures à se rappeler
les solennités ou les plaisirs de la veille et à médire, avec
une émulation édifiante, de ceux des invités déjà partis,
qui avaient, pendant trois ou quatre jours, étalé si pom-
peusement dans ce beau séjour leurs faiblesses, leurs ridicules et leurs manies.

Quand Marguerite se sentit un peu reposée, elle pensa
que son chapeau devait être tout de travers sur sa tête;
elle s'était heurtée à la capote de la calèche en descendant si maladroitement. Elle se regarda dans la glace,
sourit, et vit que la paille de son chapeau était tout à
fait *cassée* : ces maudites pailles de riz n'en font pas
d'autres ! Elle ôta vite son chapeau pour le rétablir dans
sa forme régulière; mais, en l'ôtant, elle défit son pei-
gne, et ses lourds cheveux tombèrent par flots sur ses
épaules. Elle ne put retenir un mouvement d'impatience
en voyant qu'il lui fallait se recoiffer complétement. Pour
relever ses cheveux, il lui fallut ôter son manteau; c'était
toute une toilette à refaire. Elle se hâta, pour l'avoir
terminée avant l'arrivée de la duchesse. Comme elle
était debout devant la cheminée, rassemblant avec effort
dans sa petite main la masse de ses cheveux... tout à

coup elle s'arrêta et poussa un cri... Elle avait aperçu
dans la glace deux grands yeux qui la regardaient. Elle
se retourna effrayée, mais elle ne vit personne dans le
salon. Comment expliquer ce mystère ? En face de la
cheminée était une grande glace sans tain qui donnait
sur la salle de billard ; sans doute quelqu'un avait traversé cette salle et avait regardé Marguerite en passant.
C'est peut-être le duc de Bellegarde, pensa-t-elle. Non,
il serait venu vers moi, et d'ailleurs le duc n'a pas ces
yeux-là.

Peu d'instants après, la duchesse vint avec madame
d'Arzac ; Marguerite avait eu le temps de remettre son
chapeau et ses gants, mais elle était encore troublée de
l'apparition mystérieuse ; l'idée que quelqu'un l'avait
vue se recoiffant si complaisamment la contrariait ; elle
aurait voulu savoir qui l'avait regardée ainsi, et cependant elle craignait de l'apprendre. Un vague souvenir
lui disait que ce regard n'était pas celui d'un indifférent.

Quand la duchesse fut là, Marguerite ne songea plus
qu'à elle, et c'était plaisir de voir son envieuse admiration pour cette royale beauté. La duchesse avait pris sa
place habituelle sur un petit canapé entouré d'un paravant de fleurs. Le long d'un treillage d'or léger comme
une résille grimpaient des plantes au feuillage sombre,
aux grappes de toutes couleurs. C'était un fond de tableau charmant et qui convenait à merveille à cette belle
tête si fière, rayonnante de jeunesse et de santé.

La duchesse avait posé ses pieds sur un pouff de ve-

lours rouge; elle était moitié assise et moitié couchée,
le coude appuyé sur le canapé et la joue appuyée sur la
main. Rien n'était plus gracieux que cette attitude d'une
nonchalance exquise chez cette femme d'un si majes-
tueux aspect. Si le mot de félicité n'était pas très-niais,
on aurait pu dire que la duchesse ressemblait à ce que
devait être la déesse de la Félicité. Ses regards exprimaient tant de confiance et tant de joie; c'était une sécurité affable, un orgueil bienveillant qui prévenait tout
de suite en sa faveur; elle semblait dire par cette douce
fierté : Vous pensez bien qu'avec tous les avantages que
j'ai, je ne puis en vouloir à personne. Qui pourrait
l'emporter sur moi? qui oserait même lutter avec moi?
Elle n'admettait pas même l'idée du combat; elle n'admettait pas non plus le soupçon de l'indifférence. Si on
fuyait son empire, ce n'était pas rébellion, c'était découragement; si on s'occupait d'une autre femme...
c'était par modestie ou par désespoir.

Cette foi profonde dans sa puissance la rendait bonne,
généreuse, charmante. Jamais un mauvais sentiment
n'avait traversé son cœur; elle était entourée de soins,
elle vivait d'hommages, et comme elle avait toujours
été nourrie d'encens, la fumée de l'encens ne l'enivrait
pas; car l'encens est un poison auquel on s'accoutume
comme aux autres. Bien humbles sont les orgueilleux
qui s'enivrent de son parfum; ils avouent à leurs flatteurs qu'ils le respirent pour la première fois.

Madame d'Arzac avait beau chercher des sujets de criti-

que, elle n'en trouvait point. La duchesse venait d'ôter
ses gants. Ah! voyons sa main, pensa la pauvre mère
qui commençait aussi à devenir envieuse : une femme
qui n'a pas une jolie main n'est pas une femme, et elle
s'apprêtait à reconnaître cette fâcheuse imperfection...
Mais, inutile espoir! la duchesse avait une main de statue! O rage! il fallait encore admirer!

Madame d'Arzac commençait aussi à s'impatienter pour
une autre cause. Elle avait espéré voir M. de La Fresnaye, et M. de La Fresnaye ne paraissait point.

— Vous avez eu beaucoup de chasseurs à Bellegarde,
ces jours-ci, dit-elle; est-ce que vous êtes seule maintenant?

— Presque seule, répondit la duchesse; je n'ai plus
ici qu'une de mes parentes et M. Baudoin, que vous
avez vu tout à l'heure.

— Un homme de goût, reprit madame d'Arzac; cette
salle de spectacle lui fera honneur; on dirait un vrai
théâtre.

— M. Baudoin, c'est l'architecte, pensa Marguerite;
est-ce lui qui m'a vue? Oh! non, ces yeux-là ne sont
pas des yeux d'architecte... un peintre... un poëte peut-
être, mais un architecte a l'air plus raisonnable... un
architecte qui aurait ces yeux-là ne pourrait pas courir
sur les toits.

— Comment, vous êtes toute seule? reprit madame
d'Arzac avec un accent d'incrédulité; et vos Parisiens?

— Ils sont tous repartis, répondit la duchesse.

Au même moment M. de La Fresnaye entra dans le salon.

— Ou ils vont partir, ajouta-t-elle un peu confuse; M. de La Fresnaye nous quitte ce soir pour retourner à Paris.

Madame d'Arzac ne remarqua point l'air embarrassé de la duchesse, elle qui était venue pour l'observer... Que se passait-il donc qui la captivait au point de lui faire oublier son rôle d'observateur si laborieusement malveillant?

Il arrivait que Marguerite était elle-même tremblante, pâle et déconcertée à la vue de M. de La Fresnaye, et que sa mère ne pouvait plus s'intéresser qu'à elle; remplie d'inquiétude, elle s'efforçait de deviner la cause de ce trouble.

Cette cause, la voici :

Marguerite avait reconnu les deux yeux qui l'avaient regardée dans la glace; mais, bien plus, elle avait reconnu dans Robert de La Fresnaye le jeune homme mystérieux qui, depuis un an, la suivait à cheval au bois de Boulogne d'une manière si romanesque et avec une exactitude si étrange.

Elle avait d'abord pensé que c'était quelque aventurier, coureur de riches veuves et d'héritières, qui comptait sur sa jolie figure pour se faire adorer, et sur son audace et sa persévérance pour se faire épouser. Marguerite, qui était en deuil, allait au bois de Boulogne aux heures solitaires et dans les allées les plus retirées.

Elle se promenait là de onze heures du matin à midi;
comment s'imaginer que M. de La Fresnaye, cet élégant
à grandes prétentions, venait comme elle à l'heure des
vieillards et des convalescents au bois de Boulogne? Mais
elle ne pouvait s'y tromper, c'était bien lui, et c'était
une chose bien effrayante de découvrir que c'était lui.

Eh quoi! depuis un an, Robert de La Fresnaye était
occupé d'elle! Ce personnage mystérieux qui la poursuivait de ses pensées muettes, de ses regards à la fois
indiscrets et timides, c'était Robert de La Fresnaye!

Son *inconnu*... (Quelle est la femme qui n'a pas son
adorateur inconnu?...) Son inconnu était l'homme le plus
célèbre de tous les merveilleux de Paris; son soupirant
inavoué, c'était l'homme à bonnes fortunes par excel-
lence, l'homme à la mode, le héros du jour.

Quelle découverte! il aurait fallu un bien superbe
aplomb pour supporter sans émoi cette clarté soudaine
et terrible, et madame de Meuilles n'était pas assez aguer-
rie contre de telles épreuves, pour dissimuler prudemment l'impression qu'elle en ressentait.

Madame d'Arzac regardait sa fille d'un air stupéfait
et irrité.

La duchesse regardait Marguerite d'un air étonné et
inquiet.

Robert regardait madame de Meuilles d'un air fier et
presque heureux. Et la pauvre jeune femme se sentait
mourir de ce triple regard qui dardait sans pitié sur sa
pâleur.

La situation n'était plus tenable. La duchesse, en bonne maîtresse de maison, voulut y mettre un terme.

— Si vous avez des commissions pour Paris, dit-elle, M. de La Fresnaye se chargera de vos ordres, et M. de Bellegarde, qui reviendra dans huit jours, pourra vous rapporter ce que vous aurez demandé.

— Je vous remercie, reprit madame d'Arzac, nous irons nous-mêmes à Paris à la fin du mois.

— Comment! interrompit la duchesse, la noce ne se fera pas à la Villeberthier?

— Non; je l'aurais bien préféré, mais mon beau-frère, le père de mon neveu, désire assister à la cérémonie et il est trop goutteux pour penser à entreprendre un si long voyage.

Marguerite ne put s'expliquer le sentiment qu'elle éprouvait; mais elle en voulait à la duchesse d'avoir parlé de son prochain mariage; il lui semblait que c'était une méchanceté.

En effet, les femmes les plus généreuses ont un instinct de vengeance qui les inspire malgré elles. Madame de Bellegarde n'avait en apparence aucun motif de se plaindre de M. de La Fresnaye, et cependant elle se sentait vaguement offensée; et elle avait choisi, comme à dessein, le sujet de conversation qui devait le plus lui déplaire.

A cette nouvelle du prochain mariage de Marguerite avec son cousin, la figure de M. de La Fresnaye prit une expression de colère si violente et trahit une si étrange

indignation, que madame d'Arzac et Marguerite en furent épouvantées; il regarda Marguerite avec une audace incroyable, et dans ce regard éclataient le reproche
et le mépris. Il semblait dire : Folle et imprudente femme
qui se lie à jamais avec un autre, et qui est née pour moi !

Marguerite comprit ce langage, mais madame d'Arzac, révoltée de tant d'impudence, ne vit dans ce courroux que le dépit d'un envieux. Elle pensa que M. de
La Fresnaye détestait Etienne d'Arzac, qu'il était jaloux
de lui voir faire un beau mariage, et qu'il en voulait à
sa fille de l'avoir choisi.'

La duchesse sentait son cœur se serrer, sans pouvoir
deviner d'où lui venait tant de crainte. Un silence agité
régnait dans cette singulière réunion; chacun était préoc-
cupé si vivement que personne ne songeait à parler. Tout
à coup, on entendit frapper à la porte, puis gratter avec
impatience, puis gémir, puis japper, puis aboyer franchement : c'était le petit chien de la duchesse, enfant
gâté, qui ne se gênait nullement pour égayer les situa-
tions solennelles, et qui voulait entrer dans le salon.

Le premier mouvement de madame de Bellegarde fut
de se retourner vers M. de La Fresnaye, pour le prier
d'aller ouvrir la porte à cet hôte indiscret; mais M. de
La Fresnaye semblait tellement troublé, ses traits étaient
si péniblement contractés, sa physionomie était si mé-
lodramatiquement sombre... ah! mon Dieu! qu'il n'y
avait pas moyen de demander un pareil service à un
homme qui avait cette figure-là.

La duchesse sonna un domestique, et dès que la porte
fut ouverte, le petit chien s'élança dans le salon. Oh!
comme cet aimable importun fut bien reçu! Chacun en
était arrivé à ce moment des émotions puissantes où l'on
commence à se reconnaître, à cette période de l'embarras
où l'on s'aperçoit qu'on est embarrassé et où l'on éprouve
le besoin de se chercher une contenance. On s'occupa de
ce vilain petit chien avec enthousiasme. Madame de Bellegarde raconta comment il lui avait été donné par le
duc de Devonshire; Marguerite déclara qu'elle n'avait
jamais rien vu de si joli; madame d'Arzac prétendit que
les chiens avaient plus d'esprit que les hommes, et là-
dessus elle raconta des traits d'esprit de petits chiens à
faire honte à M. de Voltaire et à Beaumarchais eux-
mêmes. Enfin, il n'y eut pas jusqu'à M. de La Fresnaye
qui ne tendît son gant à ce cher *Joujou* et qui ne daignât
le caresser de sa main encore tremblante.

— A propos, dit la duchesse à M. de La Fresnaye,
est-ce vrai ce qu'on vient de me dire, que vous avez fait
tuer un de vos chiens de chasse, le plus beau, le *pointer?*

— Non, madame la duchesse, répondit Robert, je n'ai
pas commis un si grand crime. D'où me vient cette accu-
sation?

— Ce n'était pas un crime, si ce chien avait été mordu...

C'en était trop, Marguerite frissonna. Mais Robert dé-
truisit bientôt ses soupçons.

— Je vois ce que c'est, reprit-il, on m'a confondu avec
un des amis de Georges de Pignan, à qui il est arrivé,

en effet, une aventure de loups effrayante; je ne sais plus
son nom; mais moi, je n'ai nullement à me plaindre des
bêtes féroces.

— Je respire, pensa madame d'Arzac, ce n'est pas
lui !

— Il ment, pensa Marguerite, et elle osa lever les yeux
sur M. de La Fresnaye pour lire la vérité dans ses regards; mais Robert était impassible... ou il disait vrai,
ou il était depuis bien longtemps établi dans ce mensonge.

Madame d'Arzac, un peu rassurée, se leva et dit adieu
à la duchesse. On pressa les compliments d'usage; la
duchesse avait hâte d'interroger M. de La Fresnaye,
madame d'Arzac avait hâte d'interroger sa fille; le moment des explications était venu.

Dès que madame d'Arzac fut seule dans la voiture avec
Marguerite :

— Tu le connaissais donc, ce fat, dit-elle vivement;
pourquoi m'as-tu dit que tu ne l'avais jamais vu ?

— Mais, ma mère, je ne le connais pas du tout.

— Alors, pourquoi t'es-tu troublée ainsi à son arrivée ?

— C'est un enfantillage qui n'a pas le sens commun :
pendant que vous étiez allée voir le petit théâtre avec
madame de Bellegarde, j'étais dans le salon; et là, me
croyant seule, j'ai ôté mon chapeau, j'ai défait mes cheveux, je les ai relevés, je me suis recoiffée entièrement,
sans me douter qu'il y avait quelqu'un dans la salle de
billard, et qu'on me regardait faire ma toilette, à travers

la glace sans tain qui sépare les deux salons; et quand
M. de La Fresnaye est venu, j'ai été un peu confuse, en
pensant que je m'étais si tranquillement recoiffée devant
lui.

Madame d'Arzac se contenta de cette explication.

Au fait, pensa-t-elle, c'est peut-être ça!

Mais Marguerite était loin d'être si facilement con-
tentée; des remords vagues l'agitaient; elle s'en voulait
de sa tristesse; elle se demandait quel événement sinistre
venait de bouleverser son existence. A mesure qu'elle
s'approchait de la Villeberthier, la pensée d'Etienne lui
revenait au cœur, et elle ne pouvait s'expliquer pourquoi
ce nom chéri lui causait une si profonde inquiétude.
Cependant elle désirait revoir Etienne; elle croyait que
sa présence seule dissiperait tous ces nuages; un souvenir
l'obsédait, une image impérieuse la tourmentait, et elle
sentait que cette image n'oserait lui apparaître devant
Etienne, devant ce protecteur bien-aimé. Pauvre Etienne!
se disait-elle, il me tarde de le revoir. Que je l'aime!

Oh! sans doute, elle l'aimait encore, elle l'aimait
toujours... mais elle le plaignait déjà!

V

Quand Marguerite et sa mère revinrent à la Villeberthier, M. d'Arzac était déjà de retour. Il courut au-devant de Marguerite et lui offrit le bras pour monter
l'escalier du perron; mais à peine eut-il jeté les yeux
sur elle, que toutes ses craintes se réveillèrent : le visage
de Marguerite, profondément altéré, annonçait une émotion pénible et violente, elle souriait, mais son sourire
était douloureux; son regard était plein de tendresse,
mais cette tendresse même avait quelque chose de sup-
pliant qui faisait rêver.

Comme elle est émue, comme elle est pâle, pensa
Etienne.

Elle se hâta de répondre à cette pensée voilée :

— J'ai eu tort de sortir, dit-elle; cette visite m'a
fatiguée.

— J'en ai peur, dit madame d'Arzac; Marguerite,

4

crois-moi, sois raisonnable, ne dîne pas à table, va te reposer : nous irons te tenir compagnie dans ta chambre.

Marguerite saisit avec empressement cette occasion
de s'éloigner, et Étienne trouva cette obéissance alar-
mante.

Il faut, se dit-il encore, qu'elle soit bien souffrante ou
bien préoccupée. Peut-être lui a-t-on dit de moi une
chose qui l'a fâchée... Mais non, elle n'avait pas l'air de
m'en vouloir; au contraire, elle semblait me demander
pardon... Que s'est-il donc passé? qui a-t-elle rencontré
chez la duchesse? L'inconnu qui a sauvé Gaston... le
souvenir de ce mystérieux personnage la poursuit... Oh!
il y a un secret entre nous, et ce secret, c'est un malheur !

Et le démon de l'inquiétude se mit de nouveau à le
tourmenter.

Pendant tout le temps que dura le dîner, le malheureux jeune homme chercha vainement à prononcer cette
simple question : Y avait-il du monde chez madame de
Bellegarde? Mais sa voix était si troublée qu'il avait peur
d'être deviné dans ses nouvelles craintes; il redoutait la
sagacité de madame d'Arzac. Par moments, il espérait
que cette question serait inutile, et que le courant de la
conversation amènerait naturellement les choses qu'il
désirait savoir. Il tendait des piéges adroitement.

— Le château de Bellegarde est immense, n'est-ce
pas? disait-il.

— C'est un château royal.

— Il faut un grand train de maison pour habiter un pareil château convenablement.

— Mais la duchesse a tout ce qu'il faut pour cela, répondait brièvement madame d'Arzac.

Et le pauvre inquiet n'apprenait rien.

Il attaquait d'une autre manière :

— Le duc doit être là maintenant; il amène toujours avec lui une foule de flatteurs.

— Le duc est à Paris.

Il fallait tendre un autre piége :

— On doit jouer la comédie à Bellegarde; nomme-t-on déjà les acteurs?

— On ne jouera point la comédie cette année.

Enfin il s'avisa d'une question plus heureuse :

— Madame de Bellegarde n'avait pas revu Marguerite depuis qu'elle a été si malade; elle a dû la trouver bien changée, bien maigrie?

— Pas trop, elle l'a trouvée charmante.

— Oh! la duchesse est très-bienveillante, mais les autres personnes qui étaient là ont dû...

— Les autres personnes? interrompit madame d'Arzac, que toutes ces questions impatientaient, il n'y avait pas un chat!

Puisqu'il n'y avait personne, puisqu'on ne lui a pas dit de mal de moi, si elle est triste, c'est qu'elle est très-souffrante, pensa-t-il, et il se hâta afin de revoir Marguerite.

Madame d'Arzac se dépêchait de son côté; elle avait

une peine affreuse à cacher sa mauvaise humeur, et
Etienne l'expliquait ainsi : elle voit que cette promenade
trop longue a fatigué sa fille, et elle se reproche de l'avoir
engagée à sortir ce matin. Mais à peine furent-ils auprès
de Marguerite que toutes leurs craintes se dissipèrent.

La jeune femme s'était métamorphosée. Chose étrange
et bien concevable cependant... en rentrant dans son
atmosphère habituelle, elle avait retrouvé toutes ses
pensées accoutumées; son imagination, un moment
fourvoyée, était revenue dans le bon chemin et s'élan-
çait joyeuse et confiante, sans souvenir du faux guide
qui l'avait un moment égarée; son cœur retrouvait ses
instincts, il s'éveillait d'un mauvais rêve, et elle regardait en souriant fuir, fuir à jamais le fantôme importun
qui l'avait effrayée vainement.

En ôtant son chapeau, son manteau, sa robe et tout
son attirail de visite, elle avait ôté le fardeau que l'idée
de cette visite lui avait laissé. En se retrouvant dans
cette demeure chérie, où depuis si longtemps elle aimait
Etienne, où chaque objet lui parlait de lui, de son amour,
de son espérance, elle oublia complétement que la pensée d'un autre amour avait pu, un seul instant, l'inquiéter. Robert de La Fresnaye !... Eh! vraiment, elle ne
savait déjà plus son nom... Et son image, qui naguère la
poursuivait... elle était entièrement effacée... Son image!
elle n'aurait osé pénétrer dans cette chambre-là, où le
souvenir d'Etienne régnait en maître : quel audacieux
profanerait le sanctuaire en présence du dieu?

Cela arrive souvent, n'est-ce pas, d'être rendu à l'existence ordinaire, oubliée pendant un jour, un mois même, par les objets qui frappent habituellement nos yeux? On se réinstalle dans son caractère en même temps qu'on se réinstalle dans son logis. On se sent repris par son mobilier ; on a pensé souvent à telle chose en regardant tel tableau, telle fleur de la tapisserie... et malgré soi, l'aspect de ce tableau, de cette fleur, vous renvoie à l'esprit cette même pensée ; les idées vous rentrent au cœur par les yeux. Aussi, lorsqu'on veut sincèrement oublier quelqu'un qu'on a aimé dans une maison, il faut déménager au plus vite et faire une vente... car tous les objets qui vous entouraient, vos fauteuils, vos glaces, vos livres, votre encrier, votre table à ouvrage, toutes ces choses que vous regardiez aux douces heures où vous visitait sa pensée, où vous enivrait sa présence, toutes ces choses-là sont les éternels complices de son souvenir.

Heureusement pour Marguerite il n'y avait pas un seul meuble de son élégant salon qui lui rappelât M. de La Fresnaye. Il était parfaitement étranger à ces lutins familiers du logis qui se nichent dans vos rideaux, dans vos tentures et dans vos corbeilles de fleurs. Aussi, dès que son fantôme se présenta à la porte, fut-il chassé par eux outrageusement. Étienne, au contraire, fut accueilli par ses fidèles sujets en roi bien-aimé.

Cette soirée, commencée si tristement, se termina d'une façon charmante. Marguerite était de la plus ai-

4.

mable humeur, elle avait une gaieté vivace et fiévreuse
qui l'embellissait encore : c'était la joie folle d'un pol-
tron sauvé, échappé à quelque grand danger. Elle était
si complétement rassurée qu'elle devint brave, même
imprudente. Elle raconta hardiment, et sans aucun
trouble, qu'un moment elle avait cru rencontrer le libé-
rateur de son enfant chez la duchesse de Bellegarde.

— Qui était-ce donc? interrompit Etienne.

— Nous avons cru un moment, ma mère et moi, que
c'était M. de La Fresnaye, parce qu'on disait qu'il avait...

Mais elle n'acheva pas. A ce nom, Etienne avait pâli
si affreusement que Marguerite s'était arrêtée inquiète.

— Ce n'est pas lui, Dieu soit loué! reprit madame
d'Arzac; car j'aurais été bien fâchée de devoir de la
reconnaissance à cette espèce de fat.

— Robert de La Fresnaye était donc chez la duchesse?
demanda Etienne dès qu'il eut recouvré la voix; vous
m'aviez dit qu'il n'y avait personne chez elle !

— Oh! lui ce n'est personne, reprit madame d'Arzac
d'un ton sec; vous savez bien qu'il est de la maison.

C'était de mauvais goût, ce qu'elle disait là, mais elle
tenait à constater devant sa fille les engagements de Robert.

Pourquoi?

Elle ne s'en rendait pas compte, c'était par instinct.

— Grâce à lui, nous avons appris une circonstance
qui nous mettra sur la voie, ajouta-t-elle; bientôt, nous
saurons le nom de l'inconnu.

— Quelle circonstance?

— Nous vous apprendrons cela après nos recherches.

— Ce qui m'étonne, dit Marguerite, c'est que madame de Bellegarde ne m'ait pas du tout parlé de cet accident.

— Cela ne m'étonne pas, moi ; je l'avais priée de n'en rien faire. Nous en avons causé longtemps. Elle savait l'histoire tout de travers. On lui avait raconté que c'était un paysan qui avait sauvé Gaston, et qu'après avoir donné une riche récompense à ce brave homme, nous l'avions invité à dîner avec sa famille; toutes choses de ce genre qui n'ont pas le sens commun. Je ne devine pas qui est-ce qui a pu lui faire ces contes-là.

— Ah! Robert de La Fresnaye était à Bellegarde, dit Etienne.

— Comme il a l'air suffisant, ridicule! s'écria madame d'Arzac. Si cet homme-là est le plus séduisant de tous, comment sont donc les autres?

— Vous m'étonnez, ma tante. M. de La Fresnaye est renommé pour ses manières élégantes, et je ne le reconnais plus au portrait que vous faites de lui.

— Il a l'air odieusement fat, et je suis bien sûre que Marguerite est de mon avis.

— Oh ! je ne suis pas si sévère; cependant j'avoue que je me figurais M. de La Fresnaye tout différent de ce qu'il m'a paru.

Cette phrase était passablement jésuitique; mais on est toujours un peu jésuite dans les commencements d'un amour. Comment voulez-vous qu'une femme, une femme raisonnable, s'avoue franchement qu'un mon-

sieur, qu'elle ne connaissait pas la veille, est déjà plus
pour elle que tous ses parents, amis ou ennemis? Elle
passera des mois entiers, une année peut-être, à chercher à ses préoccupations, à son trouble, toutes sortes de
noms, avant de leur donner leur nom véritable. Et Marguerite n'était pas embarrassée pour qualifier son émotion. Elle trouvait des faux noms très-ingénieux, et
même des sobriquets charmants pour son naissant
amour. C'était l'embarras bien naturel d'une jeune
femme, encore étrangère aux coquetteries du grand
monde, qui découvre subitement, dans un admirateur
mystérieux, le séducteur à la mode... C'était le vague
pressentiment d'une mère qui devinait, dans ce personnage étrange, le sauveur de son enfant... C'était aussi
la pudeur confuse d'une pauvre femme qui se sent
poursuivie et fascinée par le regard brûlant et presque
menaçant du magnétiseur présomptueux. Voilà comme
les choses s'expliquent!

La sincère ignorante avait éprouvé ce jour-là cette
commotion électrique toute-puissante, fatale, que les
vieux faiseurs de romans appelaient, dans leur poétique
langage, « le coup de foudre, » et elle était maintenant
calme, comme s'il ne s'était rien passé dans sa vie.

Mais pouvait-elle le reconnaître, ce terrible effet?

Non.

Pour le reconnaître, il faut l'avoir éprouvé, et quand
on l'a éprouvé une fois, on n'a plus besoin de son expérience, car on ne l'éprouve plus.

Marguerite écouta avec un véritable intérêt les détails qu'Etienne lui donna sur sa visite chez leur notaire; elle-même dicta ce qu'il fallait répondre à ses hommes d'affaires de Paris; elle-même demanda à avancer de quelques jours le départ de toute la famille. Elle voulait surveiller les travaux commencés dans le nouvel appartement qu'elle devait habiter après son mariage.

Étienne était radieux; jamais il ne s'était vu si près de son bonheur.

— Nous partirons mercredi, c'est cela; et nous serons à Paris samedi soir !

Madame d'Arzac souscrivit à ce beau projet, et l'on se sépara gaiement; et Marguerite s'endormit en songeant à Etienne, à ce dévouement de toutes les heures, à cette passion si profonde, si constante qu'il lui témoignait depuis tant d'années. Elle se dit que la joie le rendait encore plus spirituel et plus séduisant, et qu'elle était la plus heureuse des femmes.

Or, pendant ce temps, Robert de La Fresnaye faisait aussi ses projets de bonheur. Plus clairvoyant, il savait lire dans son cœur : lui aussi avait reçu le coup de foudre... mais, en homme d'expérience, il l'avait aussitôt reconnu. « Je n'ai jamais éprouvé cela, donc c'est cela. » Et, avec la plus douce confiance, malgré les obstacles, malgré la duchesse, malgré les fiançailles, les engagements contraires, malgré tout, il se disait :

— Madame de Meuilles est la femme de mes rêves, je l'épouserai !

VI

Qu'était-ce donc que ce Robert de La Fresnaye pour exciter de telles alarmes, et pour oser montrer une telle audace?

Robert de La Fresnaye?... Nous l'avons déjà dit, c'était tout bonnement l'homme à la mode du jour. C'était le plus brillant, le plus élégant, le plus beau, le plus spirituel et le plus riche, — n'oublions pas cela, — de tous les jeunes gens de Paris, le héros de vingt aventures charmantes, le séducteur malgré lui, toujours vainqueur, jamais coupable, ou du moins jamais accusé; un nouveau marquis de Létorières, un don Juan bénévole, un Lovelace généreux; il avait résolu ce problème que nul, avant lui, n'avait même tenté de résoudre : être adoré sans être maudit...— Son secret? dites son secret... Le voici : il n'avait jamais déçu un seul cœur; il n'avait jamais *attrapé* aucun amour-propre; bref, il avait fait beaucoup de victimes, mais jamais une dupe! et il était resté l'orgueil, le beau souvenir, le regret chéri de toutes les femmes qui l'avaient aimé. Il ne s'était jamais posé en héros de roman, il n'avait jamais tendrement débité ce vulgaire mensonge : Vous seule et pour la vie! Il ne faisait point l'homme sentimental; il n'avait pas de prétention au parfait amour, et cependant son amour était irrésistible : on lui plaisait ; il le disait naïvement, et cela lui suffisait pour plaire.

Quant à la fidélité, il avait un système; il prétendait que cela ne le regardait pas, que cela regardait la femme aimée, que c'était à elle à s'arranger de manière à ce qu'il lui restât fidèle... Système ingénieux que bien des gens adoptent en fait de gouvernement; eux aussi, ils prétendent que c'est au gouvernement à s'arranger de manière à ce qu'ils lui soient fidèles.

Il faut reconnaître aussi que l'excès même de sa gloire servait d'excuse à Robert. Il était tellement recherché, poursuivi, tourmenté, qu'on lui pardonnait d'être rare; bien mieux, on lui savait gré d'être libre; et lorsqu'il vous donnait un moment, une minute, une seconde, on l'acceptait comme un généreux sacrifice, comme un acte de dévouement flatteur. On se disait tout bas, dans le plus profond secret de sa vanité : « C'est bien aimable à lui d'être ici, car il pourrait être là. » Et là..... voulait dire chez mon orgueilleuse rivale, car une rivale, si maltraitée, si misérable qu'elle soit, est toujours à vos yeux une orgueilleuse rivale. Enfin, il avait un tel charme, il

réunissait tant de perfections séductrices, il était si complétement supérieur à tous, qu'il rendait les femmes mo-
destes!... Elles ne se trouvaient jamais assez belles, jamais assez spirituelles... (excepté les sottes et les laides,
mais de celles-là il ne s'occupait pas...) jamais assez élégantes pour lui. Être digne de lui !... cela paraissait un
rêve impossible... comme si un homme n'aimait que la
femme qui est digne de lui ! Eh! l'amour ! il s'inquiète
bien vraiment d'être mérité... au contraire, ça l'ennuie...
A ces femmes éblouies, ce célèbre héros de roman faisait
l'effet de ces trop riches parures qu'on porte avec orgueil
les jours de grandes fêtes, mais que l'on sent bien qu'il
ne faut point porter tous les jours.

Ce qui frappait d'abord dans la physionomie de Robert
de La Fresnaye, c'était un contraste singulier, le mélange de deux expressions qui semblent s'exclure : c'était
un regard d'une insoutenable insolence avec un sourire
d'une ineffable bonté. Ordinairement, dans les belles phy-
sionomies, on remarque le contraire : le regard est tendre, le sourire est malin ; chez M. de La Fresnaye, le regard et le sourire ne semblaient pas appartenir à la même
personne; il y avait tout une histoire d'origines diverses
dans cette anomalie piquante; c'était la lutte de deux natures hostiles, réunies dans une même personne. Il y avait
du ciel et de l'enfer dans cette étrange créature; on aurait dit le fils d'un démon et d'un ange; c'était bien un
peu cela : c'était l'enfant du vice et de la vertu, le fils
d'un roué et d'une sainte.

Et son existence tout entière était comme celle de
Robert le Diable, son bizarre patron, dans le combat de
ces deux natives influences. Il commençait une action à
la mode de son père, c'est-à-dire en franc mauvais sujet...
et puis il la terminait tout à coup généreusement, hé-
roïquement, à la façon de sa mère, en noble cœur qu'il
était. Ses méchants desseins tournaient en bonnes actions. Le souvenir de sa mère venait toujours à temps
l'arrêter au moment terrible, et, lui envoyant une inspiration généreuse, l'aidant à changer en bien le mal que
l'instinct cruel qu'il tenait de son père lui avait fatale-
ment et vaillamment fait entreprendre.

Une seule de ces aventures, à double aspect, suffira
pour donner une idée de toutes les autres. On appelait
cette aventure-là, dans le monde, son histoire avec madame de L...

— Vous connaissez son histoire avec madame de L...?
— Non.
— Comment! vous ne savez pas cette bonne plaisanterie!... Elle est charmante. Je vais vous la raconter. Et
on vous la racontait ainsi :

« D'abord, vous saurez que la jolie madame de L... —
» la brune, pas la grande blonde, qui est une pédante
» insupportable, — non; la nièce du maréchal *** est la
» plus gentille, la plus étourdie, la plus naïve petite per-
» sonne qui soit au monde; ce qui ne l'empêche pas
» d'être spirituelle et maligne comme un page. On lui a
» fait épouser à seize ans un Ostrogoth qui n'a qu'une

5

» passion, c'est de tourner des boîtes en ivoire; oui, il
» tourne toute la journée : ça fait un petit bruit insup-
» portable. Pour une femme nerveuse, c'était un supplice.
» La pauvre madame de L... s'ennuyait beaucoup avec
» ce mari. Elle rencontrait souvent chez une de ses pa-
» rentes M. de La Fresnaye, lui ne l'ennuyait pas. Il était
» fort occupé d'elle; mais il la trouvait rebelle, quoique
» sérieusement atteinte; il ne pouvait s'expliquer sa con-
» duite, c'était un mélange d'imprudence et de retenue
» qui l'impatientait. Un jour de querelle, la jeune folle
» lui dit franchement : Je vous aime, mais je ne sais pas
» mentir; je déteste mon mari, mais je suis trop étour-
» die pour le tromper; enlevez-moi! — Je ne demande
» pas mieux; partons! — Et ils partirent. Je passe des
» détails inutiles. Ils arrivèrent à Lyon; là, madame de
» L... apprit, par hasard ou autrement, qu'un oncle à
» elle, vieillard morose et très-avare qui habitait dans
» les environs, était dangereusement malade. M. de La
» Fresnaye l'engagea vite à l'aller voir. — Cela servira
» de prétexte à votre voyage.

      » — Mais, dit-elle, je n'ai pas besoin de prétexte,
» puisque je ne veux jamais revenir.

      » — N'importe! allez-y : c'est un devoir; je vous
» attendrai ici.

      » Elle alla chez son oncle; le vieillard fut si touché
» de cette démarche, qu'il ne voulut plus la laisser re-
» partir. Elle resta là, près de lui, un mois, à le soigner
» comme une fille. Il mourut, et il lui laissa toute sa

» fortune. Deux cent mille livres de rente, rien que
» cela.

» — Vous voilà riche, dit M. de La Fresnaye à la
» jeune héritière, maintenant il faut retourner à Paris.

» — Y pensez-vous? Je n'oserais me montrer nulle
» part. Et mon mari, que dira-t-il? Il vous tuera!

» — Il me croit en Suède.

» — Et moi?

» — Il sait que vous êtes chez votre oncle.

» — Depuis quand donc?

» — Depuis le jour de votre départ.

» — Et qui lui a écrit cela?

» — Mon valet de chambre, qui a une bien belle écri-
» ture.

» — Et ma lettre dans laquelle je lui disais un éternel
» adieu?

» — La voilà.

» — Vous saviez donc que mon oncle était mourant?

» — Sans doute, et cela expliquait votre fuite, cela
» arrangeait tout; car je voulais bien vous enlever, mais
» pas vous perdre.

» — Vous ne m'aimez pas! s'écria-t-elle.

» — Nous verrons, dit-il.

» Et nous voyons qu'il lui est encore très-dévoué. »
Cette histoire de M. de La Fresnaye le peint merveilleusement; elle commence par la séduction du mauvais
sujet, elle finit par la prudence et la délicatesse du véritable ami. C'est toujours la lutte du démon et de l'ange,

comme cela est presque chez tout le monde; seulement, ce qui est nouveau chez lui, c'est que c'est l'ange qui est vainqueur.

Tel était l'homme qui s'était mis à rêver tendrement à madame de Meuilles et qui se berçait de l'espoir de l'épouser, malgré son prochain mariage avec son jeune cousin qu'elle aimait; et ce qui rendait cet homme redoutable, c'est qu'il savait vouloir ce qu'il rêvait.

Quant à Marguerite, elle l'avait complétement oublié. Oh! comme toutes ces craintes vagues, ces impressions inexplicables étaient bien effacées le lendemain, lorsque Gaston entra dans sa chambre. La visite à Bellegarde n'était plus qu'un souvenir lointain, un songe ennuyeux, que l'aurore brillante avait fait disparaître. M. de La Fresnaye était encore moins que cela, c'était le héros insignifiant d'un roman médiocre qu'on avait lu pour s'endormir... Un peu de fatigue pour une longue course en voiture, voilà tout ce qui restait des émotions de la veille.

— Bonjour, maman, dit le gracieux enfant en embrassant sa mère, vous allez être bien contente, je sais qui!

— Comment, qui? Que sais-tu donc?

— Je sais le nom de mon sauveur! le garde champêtre vient de nous le dire : c'est M. le comte de La Fresnaye.

A ce nom, toutes les impressions effacées se ranimèrent.

Marguerite garda le silence; elle n'osait plus questionner son fils, et l'enfant continua de répéter ce qu'on avait raconté devant lui.

— Le comte de La Fresnaye! il a été obligé de faire tuer son chien, que la louve avait mordu, et ça lui a fait bien de la peine : c'était un fameux chien! quand il avait regardé une perdrix, c'était fini, elle restait là comme s'il l'avait changée en pierre. Il n'y avait pas son pareil dans les chenils de Chantilly.

Comme il parlait encore, madame d'Arzac entra.

— N'est-ce pas, grand'mère, dit Gaston, que l'on sait le nom du chasseur qui m'a sauvé?

— Oui, répondit madame d'Arzac d'un air triomphant, c'est M. d'Héréville.

— Eh mais! qu'est-ce que tu disais donc toi, s'écria Marguerite avec un peu d'impatience... Elle ne s'expliquait pas cela, mais elle était contrariée que ce ne fût *plus* M. de La Fresnaye.

— Je disais que c'est le comte de La Fresnaye, reprit l'enfant, parce que le garde champêtre nous l'a assuré.

— Tu as mal compris : il a parlé de M. de La Fresnaye, mais seulement comme l'un des compagnons de chasse de M. d'Héréville.

— Mais le chien! grand'maman, le chien!

— Eh bien! le chien appartient à M. d'Héréville.

— C'est M. de La Fresnaye qui l'a fait tuer...

— Mais non; tu confonds, mon enfant.

— Je sais bien ce que le garde champêtre a raconté.

— Et moi aussi; je le quitte; il m'a donné les détails les plus précis. Il reviendra demain; tu pourras lui parler, Marguerite.

Madame d'Arzac, en disant toutes ces choses, avait un aplomb trop grand, il y avait un ton d'autorité dans ses affirmations qui prouvait une résolution prise d'avance; c'était suspect, et l'enfant trahit ses soupçons instinctifs en disant : Au reste, moi, on ne pourra pas me tromper; si je le vois jamais, je le reconnaîtrai bien.

Marguerite était indécise; elle ne savait lequel des deux il fallait croire; de tout cela elle ne devinait clairement qu'une chose, c'est que madame d'Arzac ne voulait pas absolument que Robert de La Fresnaye fût le sauveur de son fils.

Le lendemain elle fit venir le garde champêtre; elle l'interrogea; il répondit que l'enfant s'était trompé, que celui qui l'avait sauvé était M. d'Héréville, un jeune homme qui n'avait passé au château de Mazerat que quelques jours en se rendant en Italie.

Il était évident que cet homme répétait une leçon, que ce récit embrouillé était un mensonge, imaginé pour lui faire perdre la trace; et ces précautions eurent l'effet qu'elles devaient avoir, elles excitèrent vivement la curiosité de Marguerite. Une ligue muette s'établit entre elle et son fils, dont les convictions n'avaient point changé; et comme l'enfant, forcé de se taire, la regardait avec des grands yeux étonnés qui semblaient dire : Vous croyez ça, maman!... Elle lui répondit tout bas en l'embrassant : Tais-toi, nous le chercherons ensemble.

Comme les enfants sont étranges! à dater de ce jour Gaston perdit la haute considération qu'il avait pour sa grand'mère; il se défia d'elle, il observa, il comprit qu'il y avait quelque chose qu'elle aimait plus que lui, puisque sa reconnaissance n'était pas tout empressée pour l'homme qui s'était dévoué en le sauvant. Il ne se dit pas positivement : elle n'aime pas celui qui ma secouru, donc elle ne m'aime pas; il ne pensait pas cela, mais il le sentait. Sa tendresse devint prudente. C'est un jour funeste pour un enfant que celui où ses grands parents cessent d'être infaillibles; et ce premier instant de rébellion présage souvent une guerre sérieuse.

Depuis ce moment, Gaston avait des airs rêveurs, des accès d'impatience soudainement réprimés, des réticences pleines de sagesse qui intriguaient singulièrement Marguerite.

— Pourquoi donc, lui dit-elle un matin en jouant dans le parc avec lui, pourquoi es-tu fâché contre ma mère?

— Parce qu'elle a voulu vous faire croire que j'avais menti.

— Non, elle a dit seulement que tu t'étais trompé.

— Pourquoi ce vilain garde a-t-il nommé M. de La Fresnaye à moi et au jardinier, et pourquoi après a-t-il soutenu que c'était un autre?

— Parce que c'était la vérité.

— Non, c'était pour faire plaisir à grand'maman : puisqu'il ma emmené dans la laiterie et que là, il m'a

dit en cachette : Il ne faut plus dire M. de La Fresnaye,
mon petit ami; vous voyez bien que cela fâche madame.

— Et mais! qu'est-ce que cela te fait, à toi, que ce soit
celui-là ou un autre?

— J'aime mieux que ce soit M. de La Fresnaye!

— Tu ne le connais pas.

— Je ne l'ai jamais vu, mais je le connais. C'est un
jeune homme qui a beaucoup de chevaux; il a à Paris
un grand jardin où il y a des tortues, des gazelles et des
jets d'eau magnifiques... On voit là une boule d'or que
l'eau fait sauter en l'air très-haut et qui ne tombe jamais.
C'est très-joli... Eh bien! maman, si c'était lui qui m'a
sauvé, il me mènerait voir tout ça. J'aime mieux que ce
soit lui!

— Voilà d'excellentes raisons, reprit Marguerite en
souriant, et je comprends que ce serait un sauveur très-
amusant.

Elle riait; mais elle était désappointée; elle s'était
imaginé que l'entêtement de Gaston venait d'une certitude; ce n'était qu'une préférence... Elle ne croyait plus
tant à ses affirmations, et elle commençait à penser que
madame d'Arzac pourrait bien avoir raison, et que l'inconnu était M. d'Héréville.

On fit les préparatifs du départ. Etienne était si
joyeux que sa joie gagnait tout le monde.

— C'est la première fois, disait madame d'Arzac, que
j'ai tant de plaisir à quitter la Villeberthier; et pourtant

c'est dommage, ce pays ci n'est jamais plus beau qui dans cette saison.

— Moi, reprenait gaiement Étienne, je n'appelle pas un beau pays un pays où l'on ne peut pas se marier.

— Mais ce n'est pas la faute du pays, c'est celle de votre père, qui ne peut pas y venir. Avouez que si cela avait été possible, vous auriez préféré, comme nous, que la noce se fît au château?

— Eh bien! non, on est plus caché à Paris. Paris, c'est la ville du bruit et du mystère. Ah! je voudrais déjà être en route!

— C'est ce pauvre Gaston qui est fâché de quitter ses moutons, ses vaches et ses chevreaux.

— Moi, pas trop, dit l'enfant; je suis curieux de revoir Paris.

— Et pourquoi donc?

— J'ai mon idée...

Et il regarda sa mère, qui lui fit signe de ne rien dire.

— Qu'est-ce que c'est donc? demanda Étienne, tout de suite inquiet.

— Rien, reprit Marguerite, un enfantillage; nous vous raconterons cela à Paris.

On partit le jour suivant. Avec quelle tendresse Etienne s'occupa de tous les soins du voyage. Après une si longue maladie, Marguerite avait besoin encore de grands ménagements. Il faisait trop chaud le jour, il faisait assez froid le soir; il fallait parer aux inconvénients de tous les climats; et Étienne n'oubliait rien; il

5.

trouvait mille moyens ingénieux pour rendre la voiture plus agréable, plus douce, plus commode. Cette pensée qu'il se répétait à chaque instant : Quand nous reviendrons ici dans un an, Marguerite sera ma femme, cette pensée délicieuse lui donnait le délire; et tout en faisant les préparatifs du départ, il songeait déjà aux prochains arrangements du retour. Sa seule crainte était que Marguerite ne souffrît de la fatigue du voyage, et que le jour de son mariage ne fût encore retardé par quelque fièvre, quelque rechute sérieuse. Aussi, on allait à petites journées jusqu'à Tours, où l'on devait rejoindre le chemin de fer.

Madame d'Arzac, sa fille et Gaston étaient dans la voiture; Étienne restait sur le siége pour laisser plus de place à la chère convalescente ; elle pouvait ainsi s'étendre à l'aise sur des coussins soutenus par des courroies qui formaient à volonté une espèce de lit de repos. C'était un grand sacrifice que faisait là Étienne en se privant du bonheur de contempler Marguerite pendant la route; il aimait tant à regarder cette noble et douce figure, dont la physionomie intelligente et expressive variait à chaque instant. Marguerite avait un de ces teints transparents et pour ainsi dire naïfs qui sont un langage. Toutes les nuances de la pâleur et de la rougeur lui servaient à trahir ses émotions et ses pensées. Avant qu'elle n'eût parlé, son teint avait dit et parfaitement dit ce qu'elle allait dire, et c'était, même pour les indifférents (mais il n'y a point d'indifférents pour ces natures sympathiques), c'était un plaisir que de lire couramment tous les secrets de cette âme si pure sur ce charmant visage.

Pour se consoler d'être pendant de longues minutes privé de sa vue, Etienne, à chaque relais, venait lui demander de ses nouvelles. Il lui apportait des fleurs, des brins de verveine qu'il dérobait çà et là. Au relais suivant il venait les reprendre; il disait que leur parfum était trop fort, qu'il ne fallait le respirer qu'un moment.

Comme les écoliers qui comptent avidement les jours qui les séparent des vacances, il comptait les heures qui les séparaient de Paris, car, pour lui, Paris, c'était la terre promise.

— Nous n'avons plus que quinze heures de route, disait-il; ce soir nous serons à Paris!

Comme il disait cela, il s'aperçut que Marguerite était un peu oppressée.

— Vous êtes fatiguée! s'écria-t-il; voulez-vous vous arrêter deux heures ici?

— Non, répondit-elle en souriant.

— Pourquoi?

— Parce que, si nous restons ici deux **heures**, nous aurons encore dix-sept heures de route.

— J'ai fait mon calcul, nous pouvons perdre deux heures, nous arriverons encore à temps au chemin de fer.

— Alors, je veux bien me reposer, dit Marguerite; j'aime mieux attendre dans ce village très-calme que dans le débarcadère de Tours.

On descendit à l'hôtel de la Poste, dans un joli village, situé au milieu d'une vaste prairie. Marguerite s'étendit sur un lit très-simple, mais orné de rideaux bien blancs ; elle s'enveloppa de longs châles et essaya de dormir, pendant que madame d'Arzac, Étienne et Gaston allaient se promener dans les prés, au bord de la rivière.

Etourdie par le mouvement de la voiture, Marguerite s'endormit de ce sommeil étrange, à la fois si agité et si profond, qu'on pourrait appeler « le sommeil de voyage.» On dort sans doute, on ne sait plus qui on est, ni où l'on est ; on a perdu connaissance... et cependant on revoit en détail toute la journée passée : on n'est plus en voiture... et cependant l'on sent la secousse de la voiture, on entend le bruit des roues, le tintement des grelots, les cris des postillons ; on voit sautiller une petite veste rouge sous un chapeau galonné... Elle saute toujours, toujours !... Il semble que rien ne pourra l'arrêter ; c'est un irritant cauchemar qui exaspère... On voit passer les arbres de la route ; on est repris par tous les incidents du chemin ; on rêve de ses souvenirs ; ce qui ne vous empêche pas de distinguer parfaitement tous les bruits actuels du séjour nouveau qu'on habite ; on entend aller et venir dans l'auberge ; on entend le hennissement des chevaux, la voix des servantes, les conversations des voyageurs qui arrivent ; on entend tout... seulement on ne comprend rien ; la réalité et le rêve se confondent de telle façon que si l'on vous soutenait que ce que vous avez rêvé est arrivé et que vous

avez rêvé ce qui est arrivé réellement, vous seriez hors
d'état d'émettre une opinion personnelle.

Comme Marguerite venait de s'endormir, ce cri re-
tentit dans la rue : « Deux chevaux de calèche ! » Un
voyageur venait de s'arrêter devant la porte de l'hôtel.
Pendant que le postillon dételait les chevaux, le valet
de chambre, qui était sur le siége, descendit lestement
et entra dans la cuisine de l'hôtel, comme une ancienne
connaissance.

— Ah ! c'est vous, dit une voix, où allez-vous donc ?

— Nous retournons à Paris.

— Vous n'allez donc plus en Italie ?

— Non, on a changé d'idée.

— Avez-vous fait bonne chasse là-bas, à Mazerat ?

— Oui, nous avons tué des sangliers, des loups.

— Et votre beau chien, je ne le vois pas ?

— Pauvre bête ! il a été mordu par une méchante
louve, et de crainte de malheur, on lui a flanqué un
coup de fusil. Ce n'est pas moi, c'est le garde. Je n'ai
pas voulu me mêler de cette affaire-là ; ça me crevait le
cœur.

— A ces mots, Marguerite, moitié endormie, moitié
lucide, se leva vivement et courut vers la fenêtre ; mais
comme elle entr'ouvrait le volet, le postillon cria : En
route ! et la voiture partit rapidement. Marguerite ne
vit rien qu'une calèche poudreuse dans un tourbillon de
poussière.

Elle appela la fille d'auberge.

— Connaissez-vous ce voyageur qui vient de changer de chevaux?

— Oui, madame.

— Qui est-ce?

— C'est un monsieur qui a déjà passé par ici il y a un mois.

— Comment se nomme-t-il?

— Je ne sais pas, madame.

— Votre maître le sait?

— Non, madame; ce monsieur n'est pas venu à l'hôtel; c'est son domestique seulement qui a parlé avec nous. Il avait un beau chien de chasse; il paraît qu'on a été obligé de le tuer.

Telle est la vie! Ce voyageur était, pour cette fille, un monsieur qui avait un domestique et un chien, et pour Marguerite, cet inconnu était le sauveur de son fils. Elle se rappela ce mot : Vous n'allez donc plus en Italie... Ceci était un indice certain; M. d'Héréville devait aller en Italie, donc c'était M. d'Héréville; d'ailleurs, M. de La Fresnaye avait quitté Bellegarde depuis huit jours. Et comme Marguerite, tout le temps du voyage, était sous la douce influence d'Étienne, elle se dit très-franchement :

— M. d'Héréville? Eh bien! j'aime mieux ça!

VII

On arriva à Paris. Étienne courut bien vite voir où en étaient les travaux commencés dans l'appartement qu'il devait habiter avec Marguerite. Tout dépendait pour lui de l'arrangement plus ou moins prochain de ce nouveau logis, son mariage, c'est-à-dire son bonheur. Cet appartement était au premier, dans un des beaux hôtels de la rue d'Anjou; Etienne monte précipitamment l'escalier... Il veut ouvrir la porte, elle est fermée à clef... Comment ! les ouvriers ne sont donc pas là? Il commençait à s'impatienter; une idée agréable le calma aussitôt : Ils ont terminé leurs travaux, pensa-t-il, et l'on m'attend pour donner des ordres aux tapissiers... Il descend l'escalier rapidement et interroge le portier.

— Vous n'avez plus d'ouvriers?

— Non, monsieur, est-ce qu'on peut les tenir, ces êtres-là! L'*architèque* a beau les tourmenter tous les

jours, ils font semblant de venir, et ils ne l'écoutent
pas.

— Comment, tout n'est donc pas fini là-haut?

— Fini ! eh ! à peine si c'est commencé.

— Mais les peintres ne viennent donc pas tous les
jours ?

— Si, ils viennent chercher leurs couleurs, leurs
échelles, leurs pinceaux, et puis ils vont travailler ailleurs. Quelquefois il y en a trois ou quatre qui se mettent à l'ouvrage de bon cœur et en chantant à tue-tête.
Bon, me dis-je, les voilà en train, ça va marcher ron-
dement; et puis pas du tout, il en arrive deux autres
qui leur disent je ne sais quoi, et ils s'en vont tous ensemble.

Le portier avait, en faisant ces dénonciations, un
petit air naïf et bonhomme qui était suspect; un portier
est, en fait d'informations, le contraire d'un sous-préfet :
si l'un est placé de manière à ne rien savoir, comme on
l'a déjà prétendu, l'autre est placé de façon à ne rien
ignorer; un portier sait toujours, et quand il répond :
Je ne sais pas, c'est qu'il a promis de ne pas dire. Mais
M. d'Arzac était en colère, et un homme furieux n'a
plus la clairvoyance qu'il faut pour pénétrer le machia-
vélisme d'un portier.

Étienne parcourut l'appartement l'âme navrée de tristesse; une seule pièce, la plus inutile, une antichambre
était à peu près terminée ; mais dans le salon, dans la
chambre à coucher, tout était à faire Il y en avait pour

deux grands mois de travail avant que ces chambres ne
fussent habitables.

Etienne regarda ce nouveau retard comme un présage, une décourageante superstition s'empara de son
esprit; il se persuada que cet obstacle lui était fatal et
que son mariage était impossible. Son chagrin était si
profond qu'il n'en voulut pas même parler; mais ses
traits abattus, son air sombre, l'altération de sa voix,
révélaient le triste sentiment qu'il voulait cacher, et
Marguerite, qui l'aimait et qui savait que la crainte de
voir son mariage retardé était la seule inquiétude de
cette pensée tout à elle, Marguerite le devina... Le lendemain, pendant l'heure qu'Étienne passait avec son
père, elle alla elle-même visiter ce malheureux appartement, et sa seule vue lui expliqua tout ce qu'elle avait
deviné.

Cet appartement n'était réellement habitable pour
personne. Il eût été mortel pour Marguerite, encore si
faible et toujours menacée. Au bout de dix minutes, elle
n'y pouvait même plus rester, tant l'odeur de la peinture, de la térébenthine lui faisait mal. Selon ses idées,
elle ne pourrait y venir raisonnablement avant quatre
ou cinq mois.

Alors elle se représenta quel avait dû être le désespoir
d'Étienne en voyant ces murs dépouillés, ces peintures
effacées, ces dorures cassées, ces plafonds noircis, toutes
ces choses qui signifiaient pour lui des heures d'attente
et d'angoisses; et elle trouva, dans l'ardeur de sa pitié,

le courage d'une résolution héroïque. D'avance elle se
réjouit du bonheur que cette résolution allait donner à
Étienne; mais elle se promit de le tourmenter encore
un peu pour que la surprise fût plus piquante; c'est un
plaisir que l'âme la plus charitable même ne peut se
refuser : la contemplation d'un vif chagrin qu'on va
faire cesser par un seul mot.

Etienne et madame d'Arzac dînaient chez elle ce
jour-là; et elle se dit que ce serait pendant le dîner
qu'elle annoncerait ce projet superbe, destiné à produire tant d'effet. Elle était très-émue et remettait toujours le moment de parler, par une lâcheté pleine de
pudeur et de charme; mais, comme Étienne était plus
sombre encore que la veille, comme il ne mangeait rien
et que la famine n'était pas au nombre des tourments
qu'elle voulait lui imposer, elle se décida enfin.

— Je devrais sortir tous les jours, dit-elle; cette
course que j'ai hasardée ce matin m'a fait un bien réel.

— Vous êtes sortie aujourd'hui? reprit Étienne, pourquoi ne m'avez-vous pas prévenu, je vous aurais accom-
pagnée?

— Je ne voulais pas de vous; j'avais une résolution à
prendre; vous m'auriez influencée.

Étienne la regarda tristement. Il ne répondit rien.

— Je suis allée visiter notre futur logis, continua-
t-elle; il sera très-commode; mais, je vous en préviens.
je ne compte pas l'habiter avant six grands mois.

Etienne pâlit. Ce qu'il éprouvait, c'était plutôt de l'ir-

ritation que de la douleur ; pour la première fois, il trouvait Marguerite méchante ; il ne la reconnaissait plus.

— Et six mois, c'est le moins, ajouta-t-elle en obser-
vant Étienne. Je n'y ai pas grand regret ; nous aurons
plus de temps de nous y installer, pour l'arranger à notre goût, et d'ailleurs...

En ce moment son émotion devint plus vive et elle
n'osa plus regarder Étienne.

... Et d'ailleurs nous serons tout aussi bien ici pour
cet hiver. Étienne prendra la chambre de Gaston et celle
de M. Berthault...

— Et moi ? dit Gaston.

— Tu viendras chez moi, dit madame d'Arzac.

Marguerite osa alors regarder sa victime ; mais la joie
d'Étienne était si violente qu'elle lui fit peur : c'était un
délire muet qui ressemblait à de la folie. Il regardait
autour de lui avec une impatience à la fois menaçante
et comique ; il était évident qu'il aurait voulu jeter les
domestiques par la fenêtre et pouvoir serrer Marguerite
dans ses bras pour la remercier. Elle comprit qu'il fallait venir à leur secours, son instinct lui dit qu'il fallait
rire un peu pour briser cette contrainte trop pénible.
Alors, d'une main tremblante, elle prit une corbeille de
fruits sur la table, elle la présenta à M. d'Arzac, et con-
trefaisant l'accent du Cid en parodiant ses sublimes paroles :

— Mangez, mon noble *époux !* dit-elle avec le plus
gracieux sourire.

Mais Étienne était trop ému.

— Je mangerai demain, répondit-il en essayant de sourire aussi.

On retourna dans le salon. Là, Étienne tomba aux genoux de Marguerite.

— Jugez de la joie que vous me donnez, s'écria-t-il ; depuis deux jours je me dis : Si elle m'aimait, elle aurait cette idée-là.

— Eh bien ! je l'ai eue cette idée-là, donc je vous aime, donc vous ne vous plaindrez plus.

— Non, non, je suis bien heureux.

Comme il disait cela, on entendit un sanglot déchirant retentir tout au bout du salon, et l'on découvrit le pauvre Gaston pleurant sur un canapé et caché par de grands fauteuils plus hauts que lui.

Marguerite s'élança vers son fils, et le pressant sur son cœur, lui demanda vite pourquoi il avait tant de chagrin. Il pleura longtemps sans pouvoir parler. Enfin, à travers ses sanglots, on distingua cette plainte qui était toute l'histoire de ses griefs contre Etienne :

— On me l'avait bien dit que maman ne m'aimerait plus quand elle se remarierait... Elle va se marier, et elle me renvoie !

— Jamais, mon pauvre Gaston, jamais ! Je ne te renvoie pas ; la preuve, c'est que, dans notre nouvel appartement, tu auras une belle chambre avec une terrasse.

— Il y a une terrasse ? dit l'enfant déjà consolé.

— Sur laquelle je te ferai faire une volière, dit Étienne,

si tu veux me prêter, pour deux mois, ta petite chambre verte qui est là.

— Une volière avec des oiseaux ?

— Mais on ne met pas des chats ni des moutons dans une volière.

Gaston commença à rire.

— Vois-tu, mon petit Gaston, reprit Étienne, pour avoir ta chambre, je te donnerai tout ce que tu voudras, je ferai tout ce que tu me demanderas. Allons, dis quelles sont tes conditions. Qu'est-ce que tu désires ? veux-tu aller au spectacle ?

— Non, je veux aller à Franconi...

— Eh bien ! nous irons quand tu voudras...

— Alors, ce soir.

— J'aimerais mieux demain.

Etienne aurait voulu ce soir-là tenir son bonheur enfermé et savourer dans la solitude son émotion profonde.

— Moi, j'aime mieux aujourd'hui, dit Gaston.

Marguerite s'écria : — Il faut faire ce qu'il veut, nous lui avons fait de la peine, il faut le consoler.

— Et puis, dit madame d'Arzac, le temps est doux, ce soir ; peut-être, un autre jour, Marguerite n'osera-t-elle pas sortir.

— Venez-vous, ma mère ?

— Moi, rien ne me fatigue comme de voir tourner ces maudits chevaux. Les plaisirs de Gaston ne sont pas encore ceux de mon âge.

On arriva à Franconi ou plutôt au Cirque des Champs-

Elysées. On se plaça près de l'entrée, et, pendant que
Gaston suivait avidement des yeux un beau marin à
cheval qui imitait avec ses bras le galop des vagues à
s'y méprendre, Marguerite et son cousin parlaient tendrement de leurs projets d'avenir. Souvent Étienne se
troublait en voyant les regards curieux et hardis des
hommes se porter sur Marguerite. Une femme d'une
beauté si remarquable ne pouvait rester inaperçue longtemps en public, et, depuis l'arrivée de madame de
Meuilles au Cirque, toutes les lorgnettes étaient tournées
de son côté. Etienne était fier de cet hommage, mais il
en souffrait ; il était contrarié que Marguerite fît sa
rentrée dans le monde avant d'être sa femme. Il aurait
voulu que l'on répondît déjà à ces admirateurs qui de-
mandaient son nom : C'est madame Etienne d'Arzac.

Tout à coup Gaston s'écria :

— Maman, maman, le voilà !

Madame de Meuilles pensa qu'il s'agissait d'Auriol ou
de quelque cheval célèbre , et elle continua de causer
avec Etienne ; mais voyant son fils, qui s'était levé,
sauter par-dessus les banquettes et descendre précipitamment l'escalier de l'amphithéâtre, elle commença à
s'inquiéter. L'enfant, avançant toujours, disparut bientôt derrière une des balustrades qui séparent de chaque
côté l'entrée par où viennent les chevaux de l'endroit où
sont les spectateurs ; les habitués du Cirque affectent de
se tenir debout à cette place ; c'est une manière de dire :
Je suis un amateur de chevaux, Étienne, pour calmer

l'effroi de Marguerite, courut après Gaston, et comme
tout cela occasionnait une sorte de rumeur, quelqu'un
demanda :

— Qu'est-ce que c'est donc ?

— Ce n'est rien, répondit une grosse dame, c'est un petit
garçon qui a aperçu son père et qui court l'embrasser.

Ce qui faisait croire cela à la grosse dame, c'est que
Gaston, en descendant, s'était écrié : « Je vous en prie,
madame, laissez-moi parler à ce monsieur, je lui dois
la vie !... »

Il paraît que cette locution pompeuse, que Gaston
avait entendu dire à quelque femme de chambre, dans
le langage de la grosse dame signifiait : c'est l'auteur
de mes jours, vulgairement : mon père, et voir même :
papa.

Étienne cherchait des yeux Gaston à hauteur d'enfant,
et il ne le trouvait pas. Enfin il leva les yeux, et il l'a-
perçut pendu au cou d'un jeune homme dont il ne pouvait distinguer les traits. La tête de l'enfant, grossie par
de magnifiques cheveux bouclés, cachait entièrement le
profil de ce jeune homme ; mais il comprit bien que
M. d'Arzac cherchait Gaston, et lui faisant signe de la
main, il dit en embrassant l'enfant :

— Laissez-le-moi, je vous le rendrai à la sortie.

— C'est lui qui a tué la louve, dit Gaston tout bas à
Étienne.

Alors Etienne reconnut le jeune élégant, et il retourna
auprès de Marguerite pour la rassurer.

— J'ai laissé votre fils entre les bras de son sauveur, comme vous l'appelez.

— Et qui est-ce donc? demanda Marguerite.

— Vous allez le savoir, répondit Etienne avec humeur ; il nous attendra à la sortie.

— Eh bien! partons tout de suite! dit-elle.

— Ah! mon Dieu, quelle impatience!

— N'est-ce pas une impatience bien naturelle?

— C'est vrai, j'ai tort, répondit Etienne tristement et trahissant ainsi sa pensée.

L'idée de connaître enfin cet homme qui avait exposé sa vie pour sauver son enfant agitait Marguerite; elle était toute tremblante. Oh! comme Etienne était jaloux de cette émotion!

Madame de Meuilles quitta sa place, descendit les gradins et sortit de la salle, toujours cherchant et regardant autour d'elle. Mais elle ne vit personne. Enfin, comme elle restait indécise sous les grands arbres des Champs-Élysées qui entourent le Cirque, elle aperçut dans l'allée sa voiture, et près des chevaux Gaston avec son sauveur mystérieux.

— Maman! s'écria Gaston.

Le jeune homme s'approcha de madame de Meuilles... c'était Robert de La Fresnaye!

Eh bien! l'émotion de Marguerite était si vive que cette découverte n'y ajouta rien. Qu'importait alors à sa reconnaissance toute maternelle ce détail, que le sauveur de son enfant fût un séducteur célèbre, un homme

dangereux qui la poursuivait de son amour depuis plus
d'un an!... Elle n'y songeait guère en ce moment; elle
ne voyait en lui qu'un noble jeune homme qui avait
bravé le plus horrible des dangers pour en préserver
son enfant; elle l'aimait de toute la tendresse qu'elle
avait pour son fils; elle n'était plus une femme; elle
était une mère, une heureuse mère!... et s'il n'y avait
pas eu tant de monde à la sortie du spectacle, elle aurait
sans doute embrassé Robert sans façon, sans embarras,
sans remords, et sans se demander si cette preuve de
reconnaissance ne le rendait pas très-fat et trop heureux... Ah! la coquetterie!... Ah! l'aimable trouble de
l'amour!... comme la passion maternelle vous avait vite
purifié tout cela! Peut-on penser à autre chose, en
voyant celui qui a sauvé votre enfant, qu'au danger
couru par l'enfant, qu'au bonheur de l'en avoir sauvé?

Elle alla vers lui, empressée, joyeuse, et lui offrant ses
deux mains :

— Pourquoi n'avoir pas voulu de ma reconnaissance?
dit-elle. C'est mal.

— Pour une raison absurde que j'aurai l'honneur de
vous avouer, si vous le permettez, madame.

— Quand vous voudrez, répondit Marguerite.

— Demain, alors, car je pars après-demain pour l'Italie.

— A demain donc!

Et elle lui serra la main affectueusement.

On se sépara. Marguerite remonta en voiture. Étienne
avait retrouvé sa gaieté; ce mot : « Je pars après-demain

6

pour l'Italie,» lui avait ôté un poids énorme de dessus le cœur. Quant à Gaston, il était rayonnant d'orgueil et de joie : il était fier de lui, du courage qu'il avait montré en descendant deux degrés de l'amphithéâtre du Cirque pour aller rejoindre Robert; il faut dire aussi que M. de La Fresnaye lui avait fait signe de venir à lui; Gaston, sans cela, n'aurait peut-être pas eu tant de hardiesse.

— Je savais bien que c'était lui! s'écria-t-il en trépignant dans la voiture; grand'maman qui croyait que c'était M. d'Héréville! Ah! je savais bien, moi, que c'était M. de La Fresnaye!

Marguerite aussi était contente et contente d'elle; toutes les émotions qui l'avaient tant inquiétée s'expliquaient alors naturellement et noblement : c'était lui, se disait-elle, je le devinais. L'instinct maternel me guidait; la vérité transparente m'éclairait; en vain, il voulait me tromper; le secret que cachait sa pensée agissait, malgré lui, sur moi. Voilà pourquoi à sa vue j'étais tremblante, inquiète, attendrie. C'est que mon cœur l'avait reconnu et me criait : c'est lui!

VIII

Marguerite attendait M. de La Fresnaye avec impatience; elle avait hâte de lui dire tout ce qu'elle n'avait pu lui dire la veille. Sa reconnaissance si longtemps contenue ou égarée avait enfin trouvé à se placer et à s'exprimer. Elle n'avait plus peur de Robert maintenant.

Gaston était auprès d'elle; elle l'avait paré encore plus coquettement qu'à l'ordinaire, pour le montrer à son sauveur dans toute sa beauté. Elle s'était habillée sans coquetterie et sans prétention. Ce jour-là toute sa vanité était pour son fils; il lui semblait que c'était la meilleure manière d'exprimer sa reconnaissance que de prouver à quel point elle aimait ce charmant enfant et à quel point il méritait sa tendresse, et qu'en disant à celui qui le lui avait conservé : Voyez comme il est beau! comme il est adorable! comme je l'aime! c'était lui dire : Jugez alors ce que doit être pour moi l'homme courageux qui l'a sauvé!

Aussi quand Robert de La Fresnaye entra dans le salon, elle ne le salua point avec grâce et politesse, comme un monsieur qui fait une visite, elle se leva et alla vers lui, en lui présentant Gaston. Robert embrassa l'enfant qui revint vers sa mère; alors elle prit à son tour Gaston dans ses bras, le pressa sur son cœur avec une tendresse passionnée et fondit en larmes.

— Sans vous, je n'aurais plus ce bonheur, dit-elle, en embrassant encore Gaston.

Le petit espiègle, que cette sensibilité commençait à attrister, et qui avait une idée fixe : aller jouer dans le jardin de M. de La Fresnaye, voir les tortues, les gazelles dont on lui avait tant parlé, demanda à Robert s'il devait toujours partir le lendemain.

— Non, répondit Robert, je ne partirai que mardi.

— Alors, je pourrai aller chez vous.

— Sans doute, et je venais demander à madame votre mère la permission de vous enlever demain matin.

— Oh! maman! il faut dire oui; ça me ferait si plaisir! s'écria Gaston.

— M. Berthault vous le mènera, ne vous donnez pas la peine de venir le chercher.

— Qu'il vienne donc avec M. Berthault déjeuner chez moi demain à onze heures, il trouvera là un camarade digne de lui, le fils de ma cousine madame ***.

— Oh! quel bonheur, demain!

Et l'enfant, ayant obtenu ce qu'il désirait, s'en alla jouer ; à la porte du salon, il trouva sa grand'mère, et la regardant avec un petit air malin et doucereux à la fois, il lui dit :

— M. de La Fresnaye est là !

Madame d'Arzac parut un moment contrariée; mais bientôt, en voyant l'extrême bonhomie de Robert, le peu de coquetterie qu'il mettait dans ses manières avec Marguerite, son affectueuse cordialité, elle se rassura tout à fait et finit par trouver qu'il était sinon aimable, du moins ce qu'on appelle bon garçon. Il lui demanda si elle avait des amis en Italie, s'offrant de leur porter lettres et paquets. Après beaucoup d'excuses, elle lui proposa de se charger d'un petit livre qu'elle adressait au prince Teano, à Rome.

— Très-volontiers, répondit Robert, c'est mon meilleur ami, et certes c'est l'homme le plus spirituel de toute l'Italie.

Alors il parla du prince Teano avec enthousiasme; et comme rien ne plaisait plus à madame d'Arzac que d'entendre louer ses amis, elle l'écouta avec complaisance et se laissa prendre au piége. M. de La Fresnaye triompha de ses préventions implacables. Dans sa subite bienveillance, elle alla même jusqu'à le faire arbitre d'un différend qui s'élevait, depuis deux jours, entre elle et son neveu. Il s'agissait d'un détail d'ameublement, pour le grand salon de l'appartement qu'allaient habiter les nouveaux mariés. A cette pensée, M. de La Fresnaye pâli

6.

visiblement; mais, par bonheur, on ne le regardait pas
dans ce moment-là; et la parfaite tranquillité de ses manières, la gaieté de ses réponses, ne permirent point de
soupçonner la peine qu'un tel sujet de conversation lui
causait. On le consulta comme un maître, un juge en
fait d'élégance. D'abord il se récusa, puis, avec beaucoup de grâce et même avec une sorte d'intérêt, il donna
des conseils pleins de goût et d'intelligence, et son avis,
savamment motivé et parfaitement bien raisonné, fut
adopté à l'instant.

— A propos! s'écria madame d'Arzac, en s'adressant
à Marguerite, j'oubliais de te parler de cela, mais il est
prêt, votre appartement. Qu'est-ce qu'Étienne disait donc
qu'il faudrait encore trois mois pour l'achever? J'y suis
allée ce matin, il y avait une douzaine d'ouvriers; demain ils auront tout fini, et dans très-peu de temps vous
pourrez habiter là, ce qui vaudra beaucoup mieux que
de tout bouleverser pour vous établir ici très-mal, en
mettant à la porte ce pauvre Gaston.

— M. d'Arzac ne goûtera point ce projet, dit Robert,
cela va encore retarder son mariage.

— De quinze jours au plus, reprit madame d'Arzac,
n'est-ce pas un grand malheur?

Robert ne dit rien, mais son visage s'éclaira d'une
joie suspecte; son sourire était celui d'un homme qui
voit ses calculs vérifiés. Heureusement encore, personne
ne le regardait; madame d'Arzac faisait de la tapisserie,
et sa fille, que cette conversation embarrassait cruelle-

ment, pour se donner une contenance, étudiait avec une attention d'antiquaire, dans tous ses détails, un cachet du moyen âge, très-artistement travaillé, qu'elle tournait entre ses doigts, et semblait rechercher, dans l'histoire des temps passés, pour quel personnage illustre avait été ciselée cette merveille.

Quand M. de La Fresnaye prit congé de madame de Meuilles, elle s'éveilla comme d'un songe pénible, et ce fut un grand soulagement pour elle que de l'entendre parler de Gaston : il rappelait la promesse qu'elle avait faite de le lui envoyer le lendemain. Ce nom expliquait l'oppression étrange qu'elle ressentait et l'accablement où elle était tombée. Elle avait éprouvé une vive émotion en présentant son fils à M. de La Fresnaye; il était tout naturel que cette émotion l'eût fatiguée, brisée.

A peine Robert fut-il parti, qu'une indicible tristesse s'empara de Marguerite. A cette singulière impression que lui donnait sa présence, succéda un découragement profond. Elle était comme une personne subitement abandonnée, et toutes les langueurs de l'isolement tombèrent comme un fardeau sur elle.

Elle ne pouvait parler, et elle redoutait d'entendre la voix de sa mère; elle comprenait vaguement que ce qu'allait dire madame d'Arzac lui ferait mal. Depuis une demi-heure, chacune des paroles de sa mère l'avait blessée, sans qu'elle pût savoir pourquoi. Madame d'Arzac avait donné à M. de La Fresnaye des commissions pour l'Italie; elle avait discuté des projets d'arrangements qui avaient rapport au prochain mariage de Marguerite, et par une bizarrerie inexplicable, ces deux idées de départ et de mariage l'irritaient; elle savait bien que ces deux événements étaient décidés, qu'ils auraient lieu, que c'était convenu, mais elle ne voulait pas qu'on en parlât.

C'était une bien grande puérilité, n'est-ce pas? mais la pauvre Marguerite n'était pas en état de faire cette réflexion critique. Elle souffrait; mais elle ne savait pas encore analyser sa souffrance.

Etienne arriva. Elle l'accueillit avec une joie fiévreuse, comme un malade reçoit un médecin fameux qui peut le guérir. Elle devinait qu'Etienne allait dissiper son anxiété. Madame d'Arzac déclara à son neveu les nouveaux projets arrêtés relativement à son mariage; elle lui apprit que l'appartement qu'il avait tant maudit était prêt. Son bonheur ne dépendant plus de la promptitude qu'on mettrait à disposer cet appartement, Etienne ne s'en occupait plus. Il parut étonné; mais sachant que les ouvriers d'un même patron se réunissent quelquefois tous ensemble pour finir un travail arriéré, il s'expliqua cette hâte, par l'impatience qu'il avait témoignée, et il ne soupçonna aucune ruse. Il accepta les quinze jours de retard, sans trop murmurer, se promettant de les abréger autant qu'il serait possible.

On parla de M. de La Fresnaye, de sa personne et de son esprit, et madame d'Arzac fit de lui un éloge terne et vulgaire qui rassura Etienne et lui plut beaucoup.

C'était, disait-elle, un homme très-simple, moins séduisant, mais bien meilleur qu'on ne le disait; elle ne comprenait pas qu'il eût tourné tant de têtes; mais elle comprenait qu'on eût pour lui de l'estime et de l'affection.

— J'avais de grandes préventions contre lui, disait-elle, mais il m'en a fait revenir.

Puis, après l'avoir complétement démoli, elle ajouta :

— Il gagne à être connu.

Enfin, à ses yeux, M. de La Fresnaye, ce n'était plus le séducteur à la mode, non... ce n'était plus que le sauveur de son petit-fils . c'était bien peu, il n'y avait plus là de quoi tant s'inquiéter.

— Et pourquoi n'a-t-il pas dit plus tôt que c'était lui qui avait tué cette louve? demanda Etienne.

— Ah! c'est vrai! s'écria Marguerite, il était venu ce matin pour m'expliquer ce mystère, et j'ai oublié de lui en parler; que je suis étourdie !

Etienne lui sut bon gré de cette insouciance; mais il ignorait qu'il y a des êtres dont la présence vous domine si puissamment que vous perdez toutes vos idées... vous oubliez de leur dire ce que vous vous êtes promis de leur raconter... vous oubliez même de les interroger sur les choses qui vous intéressent le plus.

— Bah! dit madame d'Arzac, je devine pourquoi ; c'est bien naturel, c'est à cause de la duchesse de Bellegarde.

— Eh! qu'est-ce que cela fait à la duchesse, dit Etienne avec aigreur, que Robert empêche les loups de manger les enfants?

Marguerite eut un mouvement d'impatience. Elle était choquée de cette plaisanterie sur un danger dont le souvenir la glaçait encore d'effroi.

Madame d'Arzac remarqua l'impatience de sa fille, et elle se hâta de terminer la conversation en répondant :

— Au fait, c'est juste; cela doit lui être bien égal! je ne sais ce que je dis.

Étienne trouva le lendemain son futur appartement doré, décoré, ciré, superbe. Seulement c'était un séjour très-malsain. Il donna des ordres pour qu'on allumât dans chaque pièce un énorme poêle en fonte, et recommanda bien au portier d'entretenir dans les calorifères un feu continuel nuit et jour. Le portier fit des serments, ou plutôt prononça des vœux de vestale; il jura qu'il surveillerait lui-même le feu sacré nuit et jour, et M. d'Arzac, plein d'espoir, courut chez les tapissiers, les marbriers, les ébénistes pour activer leur zèle. Il entra un moment chez madame de Meuilles, lui raconta tout ce qu'il avait fait, la consulta sur diverses choses importantes qu'il ne voulait point décider sans elle, et repartit pour aller choisir des étoffes de meubles dans les plus célèbres magasins de Paris.

Il était si agité, si affairé, qu'il ne s'aperçut point que Marguerite était seule, et que Gaston, qui ne cédait à personne l'honneur de lui servir son thé, était absent.

Madame de Meuilles ne fut pas fâchée de cette indifférence; elle craignait qu'on ne lui reprochât d'avoir trop vite confié son fils à un *inconnu*. Le monde des conve-

nances a des raffinements de délicatesse si ingénieux !
On peut confier son fils à un vieil ami de la maison que
l'on connaît, depuis dix ans, pour un mauvais sujet capable de tout; mais à un jeune étranger qui lui a sauvé
la vie et que vous ne connaissez que pour ça !... Oh !...
c'est bien léger !

A trois heures Gaston revint.

— Maman! voyez donc le beau bouquet! il faut tout
de suite le mettre dans l'eau. Je l'ai cueilli moi-
même !

Et Gaston entra dans le salon entièrement caché par
une énorme masse de fleurs; on n'apercevait plus que ses
petites jambes; il ressemblait à ces légumes enchantés
des ballets féeriques, ces choux énormes qui marchent,
dansent des pas, et s'entr'ouvrent pour laisser sortir un
amour.

Madame de Meuilles prit le bouquet, et, l'admirant,
elle dit :

— Ce n'est pas possible, tu n'as pas pu cueillir ces
fleurs-là toi-même : il faudrait parcourir une douzaine
de serres pour trouver et réunir des plantes de cette
rareté.

— Mais puisqu'il a un grand jardin tout en fenêtres,
reprit Gaston.

M. Berthault, confirmant l'explication donnée par Gaston, raconta qu'ils avaient déjeuné dans une espèce de
jardin d'hiver d'une construction fort ingénieuse, rempli
d'arbustes de toute beauté et de plantes admirables.

M. Berthault, qui croyait aux savants et aux gouverne·
ments, ajouta :

— Je ne pense pas qu'il y ait rien de plus beau au
Jardin des Plantes... dans cette saison.

Il fit cette réserve par respect pour les magnificences
officielles.

— T'es-tu bien amusé, Gaston? demanda madame de
Meuilles.

— Oh! maman, il y avait la petite voiture aux chè-
vres, et nous n'étions que deux pour jouer, j'étais toujours le cocher. Il y avait un petit poney très-doux, très-
sage; j'ai monté dessus, j'ai été au galop!... et M. de La
Fresnaye dit que je monterai très-bien à cheval... Il y
avait deux gazelles, elles ne sont pas sauvages! Ah! si
vous aviez vu comme elles m'ont aimé vite! Il y avait
des poissons rouges et des oiseaux verts, des petits chiens
si gentils! Enfin, de tout! Ah! nous nous sommes bien
amusés!

— Avez-vous été content de lui? dit Marguerite à
M. Berthault.

— Oui, madame, il a été parfaitement raisonnable.

M. Berthault se retira.

— Est-ce vrai? dit Marguerite, en prenant Gaston sur
ses genoux.

Gaston ne répondit pas.

Madame de Meuilles le regarda et crut découvrir, sur
sa figure bien joyeuse pourtant, des traces de larmes...

— Tu as pleuré? dit-elle.

— Oh! ce n'est pas ça, répondit-il en se trahissant.

— Il y a donc quelque chose? Voyons, conte-moi tout;
qu'as-tu fait? Tu as cassé quelque belle tasse... tu as
brisé quelque plante... tu t'es querellé avec le neveu de
M. de La Fresnaye.

— Non, au contraire, c'est mon ami.

— N'aie pas peur, tu sais bien que quand tu es sincère
je ne te gronde jamais... Qu'as-tu fait de mal?

— Oh! ce n'est pas mal! reprit Gaston fièrement.

— Eh bien?

— Mais on me le défend.

— Qu'est-ce que tu as donc fait?

— Je n'ai rien fait.

— C'est quelque chose que tu as dit.

— Oui, j'ai encore dit quelque chose qu'on me défend
toujours de dire; mais c'est sa faute. Pourquoi m'a-t-il
demandé si j'étais content d'aller à la noce?

— Il t'a parlé de cela, et tu lui as répondu...?

— Que je n'irais pas.

— Ah!... et si...

— Maman, ne m'y forcez pas, je pleurerai tout le temps
et je serai malade.

Madame de Meuilles n'insista pas.

— Il t'a demandé pourquoi tu ne voulais pas?... dit-
elle.

— Oui, maman.

— Et qu'est-ce que tu lui as répondu?

— Je n'ai rien voulu lui répondre... mais il a deviné.

Il a dit : Cela te chagrine bien, n'est-ce pas, que ta mère se remarie? C'est alors que j'ai pleuré, et j'ai dit : J'ai peur qu'elle ne m'aime plus... et lui... au lieu de me gronder comme grand'maman, il m'a embrassé et m'a dit : C'est très-gentil à toi, mon enfant, d'avoir tant de chagrin de ce mariage. Il faut pleurer comme ça jusqu'à ce que ta maman te dise : Je ne me marierai pas.

— Mais, Gaston, s'écria madame de Meuilles, il ne faut pas l'écouter, c'est pour rire qu'il t'a donné ce mauvais conseil, il s'est moqué de toi!

En vérité, c'est absurde, pensait-elle, cet homme est fou!

Au même instant on annonça : M. le comte de La Fresnaye!

IX

— Ah! vous le confessez, et il me dénonce, dit Robert en entrant; je vois ça tout de suite.

Ce début fit sourire madame de Meuilles, malgré sa colère, et elle n'osa pas gronder Gaston qui, par un petit signe de tête, avait fait comprendre à M. de La Fresnaye qu'il avait deviné juste.

— Il me raconte tous les plaisirs de sa journée, répondit Marguerite : vous l'avez gâté.

— C'est un charmant enfant, reprit Robert, et nous nous aimons bien.

Gaston sauta à son cou, et M. de La Fresnaye l'embrassa avec une si vive tendresse que Marguerite se sentit rougir.

— Va, M. Berthault t'attend, dit-elle à son fils; et Gaston s'en alla, en jetant à M. de La Fresnaye un regard mélancolique.

— Quelle créature adorable que cet enfant! s'écria Robert. A présent qu'il n'est plus là, je puis vous dire à quel point il a été aimable avec nous; plein d'esprit, de tact et même de profondeur, ajouta-t-il en riant; oui, il m'a dit un mot digne de La Bruyère. Je lui demandais s'il aimait M. d'Arzac, il m'a répondu : « Je l'aime pour faire plaisir à maman... » Ceci n'est pas le mot profond, il faut l'amener... Alors je lui ai tendu un piége, je lui ai dit avec finesse : Et si votre maman vous disait de ne pas l'aimer? « Elle n'aurait pas besoin de me le dire !... » s'est-il écrié... Ceci n'est pas non plus le mot profond, je reconnais même que c'est une naïveté bien pardonnable à son âge. Enfin, je lui ai fait cette question :

— Mais il vous aime, lui, M. d'Arzac?

« — Non; il est bon pour moi, mais je vois bien qu'il ne m'aime pas. »

— Et à quoi voyez-vous ça?

« — Il ne m'embrasse jamais que quand maman est là ! »

Ceci est le mot profond, et je ne crains pas de prédire que cet enfant sera un jour un grand moraliste. Au reste, j'ai remarqué que tous les enfants étaient, jusqu'à l'âge de douze ans, de profonds observateurs du cœur humain; ils comprennent tout, ils devinent tout, ils sont effrayants; rien ne leur échappe... et puis, de douze à vingt ans, je ne sais pas ce qu'on leur fait, mais ils deviennent tous des imbéciles!... J'attribue cela aux bienfaits de l'éducation. C'est une épidémie, il n'y a que les paresseux qu'on sauve. Heureusement, Gaston est paresseux et rêveur, j'ai quelque espoir. Je vous l'ai ramené moi-même, madame.

— Je le sais.

— Je ne l'ai pas conduit jusqu'à vous, parce qu'il n'était pas encore quatre heures, l'heure permise, l'heure des indifférents. Je craignais de vous gêner en venant trop tôt. Vous devez être très-occupée... à la veille d'un mariage !

— Et vous-même, à la veille d'un départ, dit Marguerite en souriant.

— Moi, madame, je ne m'occupe de rien du tout ; je néglige exprès mes affaires importantes ; je compte bien sur elles pour me rappeler ; si je les terminais avant de m'en aller, je n'aurais plus de prétexte pour revenir.

— C'est donc malgré vous que vous faites ce beau voyage ?

— Sans doute, j'aimerais mieux rester, mais cela ne dépend pas de moi.

Et son regard disait très-clairement : Vous savez bien que cela dépend de vous.

Elle voulut changer de sujet de conversation et dit :

— Vous ne m'avez pas expliqué pourquoi vous nous avez trompés, pourquoi vous avez refusé notre reconnaissance ?

M. de La Fresnaye parut heureux de cette question, il semblait l'attendre avec impatience.

— Ah! mon Dieu, madame, dit-il avec une grande simplicité, je vous répondrai bien franchement, c'est parce que toute cette aventure de sauvetage ressemblait d'une manière affreuse au premier chapitre d'un mauvais roman, et que je ne voulais point faire de roman avec vous; d'abord, je ne suis nullement romanesque, il n'y a pas un homme moins sentimental que moi, et puis, dussé-je vous fâcher, je vous avouerai que j'ai toujours eu, à propos de vous, qui êtes pourtant un être charmant, poétique, idéal, les idées les plus bourgeoises, les plus vulgaires. Quand je vous suivais au bois de Boulogne, tous les matins, il y a deux ans, peut-être vous êtes-vous imaginé que c'était par sentiment, par besoin d'aventures,.. point du tout, c'était pour quelque chose de très-maussade. Que c'est étrange! Moi qui ai toujours eu l'horreur du mariage, dès que je vous ai vue, j'ai pensé à me marier. Vous m'apparaissiez si languissante, si douce, vous sembliez si indifférente au monde, si ennuyée de ses niaiseries, si étrangère à ses vanités, que je me disais : Cette jeune femme doit être bien aimable dans la simplicité de la vie, dans la retraite, à la campagne... et le désir de vous emmener dans mon vieux château m'est venu tout de suite. Une femme d'une beauté admirable qui n'aime pas le monde! c'était un trésor pour moi; car je ne voudrais pas enfermer ma femme malgré elle, et, d'un autre côté, je n'aimerais pas non plus à la promener comme un sot partout, aux courses, au spectacle, au

bal... Le métier de mari, tel qu'on l'exerce aujourd'hui,
c'est celui du marchand d'esclaves, qui va présentant
partout une belle femme, jusqu'à ce qu'on la lui prenne.
Ce métier ne me tenterait nullement... Non, je voulais
une femme très-belle, qui n'eût pas du tout de vanité...
Ah! je ne retrouverai jamais cette merveille-là... Mais
peut-être que je me trompe, et que vous aimez le monde?

— Non !... dit-elle vivement.

Elle aurait voulu reprendre cette réponse, qui signifiait un peu : Vous ne vous trompiez pas; j'étais la
femme qui vous convenait; mais il continua :

— Ce qui a achevé de me tourner la tête, c'est de
vous voir à l'église...

— A l'église? interrompit-elle, je ne vous y ai jamais
aperçu.

— Eh! vraiment, c'est bien cela qui me séduisait.
Vous étiez là, recueillie, fervente, absorbée par une dé-
votion que rien ne pouvait distraire. Je vous ai vue plus
de dix fois à la Madeleine, et jamais vous n'aviez soup-
çonné que votre inconnu était là... J'en étais bien heureux; toute ma crainte était d'être remarqué. Parfois je
me créais des dangers; je me disais : Si elle me voit, je
ne l'aimerai plus... Je restais inquiet, tremblant pendant
tout le service, et j'étais bien joyeux en sortant de l'église,
parce que vous ne m'aviez pas regardé.

— C'est effrayant, dit Marguerite, d'être observée
ainsi traîtreusement.

— N'est-ce pas? cela fait frémir ! on va et vient en

sûreté... et puis il y a un être qui vous poursuit mystérieusement de sa pensée audacieuse, de ses rêves les
plus extravagants. Cela explique ces tristesses sans cause,
ces impressions pénibles dont on ne se rend pas compte :
c'est quelqu'un qui vous déplaît qui pense à vous...
Vous riez ?... Mais je suis sûr que c'est là l'explication
de toutes les migraines ; cette conviction m'est venue
l'autre jour en entendant gémir la jolie madame D...
que l'ennuyeux R... poursuit de son ennuyeux amour.
Elle se plaignait d'un mal de tête affreux. « J'ai là, disait-elle en posant la main sur son front, j'ai là une
douleur insupportable, je ne sais ce que c'est. — C'est
R... qui pense à vous, lui dis-je, et qui vous évoque ; son
ennuyeuse pensée vous magnétise, elle pèse sur votre
esprit de tout son poids. » Elle m'a répondu très-genti-
ment : Je crois que vous avez raison, allez vite le distraire, ça me guérira... Et elle a saisi cette occasion de
me mettre à la porte avec beaucoup de grâce. Si vous
avez foi au magnétisme, vous devez comprendre celui-là !
Rappelez-vous depuis deux ans vos jours d'ennui et de
souffrance, et accusez-moi, je pensais à vous; ah ! j'y
pensais bien souvent ; j'attendais avec impatience la fin
de votre deuil, pour chercher les occasions de vous rencontrer ailleurs qu'au bois de Boulogne et à l'église...
Mais j'ai appris vos projets, le retour de M. d'Arzac... et
il a bien fallu me faire une philosophie... J'ai eu de la
peine... car, au fait, je vous ai considérée comme ma
femme pendant plus d'un an, et ce divorce auquel vous

me condamnez me semble un procédé cruel, une amère
ingratitude à laquelle je ne devais point m'attendre,
après tous les soins et tous les égards que j'ai eus pour
vous... en idée.

Il dit cela en riant, mais l'accent de sa voix et son
extrême pâleur trahissaient une émotion sérieuse. L'embarras de madame de Meuilles était pénible : elle ne savait comment prendre ces étranges aveux ; elle les trouvait audacieux et déplacés ; cependant pouvait-elle se
fâcher contre un homme qui lui révélait loyalement que
pendant deux ans il avait eu l'espoir de l'épouser ; surtout quand cet homme était, par sa naissance, sa fortune, sa distinction et sa supériorité, le mari idéal
cherché par toutes les mères et rêvé par toutes les
filles ?

M. de La Fresnaye, pour faire cesser cet embarras,
qui pourtant ne lui déplaisait point, reprit d'un air hypo-
critement insouciant :

— Je peux vous dire tout ça à présent que c'est inutile ; j'ai l'air plus désintéressé. Aujourd'hui, d'ailleurs,
j'ose ; je n'aurais pas osé autrefois.

— Est-ce que, par hasard, vous avez la prétention
d'être timide ? dit-elle avec un peu trop d'ironie.

— Moi ! certainement, madame.

— Vous ! gâté par les succès comme vous l'êtes, ac-
coutumé à voir toutes les femmes se jeter à votre tête !

Elle prononça ces mots, qui n'étaient pas de son langage habituel, avec une malveillance qui n'était pas non

7.

plus dans ses manières... Mais quand on ne se sent pas
de force dans la lutte, on emprunte des armes.

— Je n'admets pas, répondit-il, que toutes les femmes
se jettent à ma tête; mais si cela était, ce serait une raison de plus pour me rendre timide auprès de celle qui
ferait exception; je me dirais dans ma modestie : Il faut
que je lui déplaise furieusement à celle-là pour qu'elle
ne fasse pas comme les autres.

Madame de Meuilles ne s'attendait pas à cette réponse
folle. Elle se mit à rire franchement. L'esprit de Robert
était un composé de fatuité et de bonhomie vraiment
original; c'était toujours l'effet de sa double nature maligne et bonne, perfide et généreuse. Au moment où
l'on allait se fâcher contre le roué moqueur, insolent,
on voyait reparaître l'homme naïf et sans prétention, le
caractère noble et sincère, et l'on pardonnait à l'un en
faveur de l'autre.

Cet accès de gaieté rendit l'entretien plus confiant; ils
causèrent de toutes choses, de leurs idées, de leurs pré-
jugés, de leurs manies; et cette causerie facile et douce
berçait délicieusement leur émotion croissante, comme
le bavardage d'une écluse berce une rêverie profonde
au bord de l'eau. Marguerite oubliait l'heure candide-
ment, M. de La Fresnaye l'oubliait volontairement; il
comprenait qu'il était déjà fort tard, mais il attendait
l'arrivée d'Etienne pour s'en aller. Il voulait voir Étienne
et Marguerite ensemble. « Je devinerai bien vite si elle
l'aime, » pensait-il, car lui doutait encore. Mais Étienne

ne venait point, ni madame d'Arzac, ni personne. Cela
était singulier, et M. de La Fresnaye ne pouvait s'expliquer cette solitude.

Enfin sept heures sonnèrent à la pendule.

— Ah! mon Dieu! s'écria Marguerite, est-ce qu'il est
sept heures ?

— Oui, madame ; eh bien ?

— Et moi qui ai du monde à dîner, ma mère et tous
mes amis !

Robert comprit alors pourquoi sa mère, ses amis, ses
habitués n'étaient pas venus chez elle à quatre heures ;
ils ne devaient venir que pour l'heure du dîner. C'était
un hasard de la trouver seule, ou plutôt c'était un destin.

— Moi aussi j'attends quelques personnes, dit-il.

— Mais il faut que je m'habille, je n'aurai jamais le
temps...

— Je vois que j'ai été bien importun, reprit-il ; pardonnez-moi, madame... de n'en avoir aucun remords.

— Oui, mais allez-vous-en tout de suite !

Et elle disparut dans sa chambre.

Robert s'éloigna le cœur joyeux. Elle ne s'ennuie pas
trop avec moi, se disait-il, c'est toujours quelque chose.

Marguerite était confuse. — Il est venu à quatre heures, il est resté là jusqu'à sept, et j'ai oublié que je devais
m'habiller et que... Ah!... mais il faut dire aussi qu'il
est bien amusant !

Le mot amusant était une insolence ; elle essayait de
traiter légèrement M. de La Fresnaye et de le déconsi-

dérer dans son esprit pour se rassurer ; mais braver un pouvoir, cela ne vous empêche pas de le subir ; nier un danger, cela ne vous empêche pas d'y succomber ; cela vous empêche seulement d'agir à propos et de le conjurer lorsqu'il en est temps encore.

X

Quand Marguerite entra dans son cabinet de toilette
et qu'elle vit étalé çà et là tout ce qui composait sa parure : robe de dessous, robe de dessus, mantille, nœuds
pour le corsage, nœuds pour les manches, nœuds pour
la coiffure... un découragement affreux s'empara d'elle.
— Jamais je ne serai prête, se dit l'infortunée ; que faire ?

Il y avait trois partis à prendre :

1° Mettre à la hâte un bonnet sans prétention déjà
porté, qui ne demandait pas à être étudié, passer une
robe négligée et se déclarer malade...

Mais il n'y avait pas moyen de faire accepter ce mensonge : Marguerite, toujours si pâle, si languissante, avait
des couleurs admirables, des yeux brillants, une mine
excellente ; c'était du guignon. Et puis cette robe n'était
plus assez fraîche, elle avait voyagé, elle avait passé l'été
à la campagne, en province, elle ne convenait pas un

jour où l'on avait de grands personnages à dîner. Marguerite avait toujours eu le désir d'être jolie, le goût d'être
élégante, mais maintenant elle éprouvait le besoin d'être
à la mode... elle se corrompait.

Ce premier parti de la maladie improvisée fut donc
abandonné.

Second parti : Avouer franchement qu'on avait eu du
monde toute la journée et que l'on était en retard. Mais
il fallait dire qui était venu et qui vous avait fait oublier
l'heure. — C'est impossible ! pensa-t-elle, ils vont me
taquiner tous! — Et elle maudit l'indiscret qui lui valait
tant de soucis. — Il savait bien l'heure, lui ! disait-elle.
— Et, songeant à cela, elle le détestait.

Enfin, troisième parti : Faire attendre ses invités très-
tranquillement, comme une personne innocente qui ne
se croit aucun tort envers eux.

Ce fut celui pour lequel elle se décida.

On entendit le roulement d'une voiture dans la
cour.

— C'est ma mère! dit Marguerite, je suis perdue!

L'imminence du danger lui inspira une idée lumineuse. Elle courut dans le salon et elle retarda la pendule. Elle la mit à six heures précises.

Ce moyen de salut n'était peut-être pas très-sain pour
la pendule. Eh! qu'importe ce vain détail dans les grandes agitations de la vie! Aussi défiez-vous des femmes
chez qui les pendules vont toujours mal; n'accusez pas
leur horloger.

Madame d'Arzac voulut entrer chez sa fille, la porte était fermée au verrou.

— Tu n'es pas encore habillée, dit-elle, est-ce que tu es malade?

— Non, ma mère, mais il n'est pas tard.

Elle n'aurait pas su mentir en plein regard de sa mère, mais à travers la porte et les verrous fermés, elle était brave.

Madame d'Arzac regarda l'heure.

— Ah! ma chère, dit-elle, ta pendule t'a trompée! Elle retarde d'une grande heure. Il était sept heures déjà quand je suis partie de chez moi.

— Vraiment, dit Marguerite, je vais me dépêcher.

Elle ouvrit la porte; madame d'Arzac entra chez elle, et l'ayant regardée, elle fut frappée de sa beauté.

— Tu as bonne mine, mon enfant, lui dit-elle, et elle l'embrassa.

Marguerite se sentit honteuse de sa supercherie, et sans doute elle aurait tout avoué naïvement, si sa femme de chambre ne l'avait avertie qu'un de ses convives venait arriver.

— Ne te presse pas trop, dit madame d'Arzac, je vais le recevoir; j'ai justement quelque chose à lui demander.

Marguerite acheva paisiblement sa toilette. Quand elle parut dans le salon, tout fut expliqué et pardonné. Elle avait une robe d'une élégance merveilleuse et d'une forme nouvelle qui avait dû exiger des soins et des travaux; elle avait une coiffure d'un goût exquis, dernière création du coiffeur en vogue ; cela motivait suffisamment une demi-heure de retard. Dès qu'elle eut parlé à tous ses amis, Étienne s'approcha d'elle.

— Comme vous nous avez fait attendre, lui dit-il.

— Je voulais mettre cette robe-là ; on l'apporte à l'instant. Je deviens coquette.

— Vous dites cela en riant ; mais c'est que je le trouve, moi.

— Plaignez-vous donc, c'est pour vous plaire : je ne dois voir que vous aujourd'hui.

Le mot était naïf ; par bonheur Etienne ne l'entendit pas, on était venu interrompie leur conversation.

Marguerite faisait bonne contenance, mais elle n'était pas sans inquiétude ; elle craignait à chaque minute qu'un de ses amis, par une question, par une maladresse, n'apprît à sa mère et à Étienne que M. de La Fresnaye était venu la voir le matin et qu'il était resté très-longtemps chez elle. Un moment elle frissonna ; quelqu'un lui dit : « J'ai passé devant votre porte à cinq heures, j'ai vu de bien beaux chevaux. » Elle ne répondit rien. Alors l'interrogateur se répondit à lui-même : « C'était sans doute ceux de quelque merveilleux qui était chez votre voisine. Comment va-t-elle ? Les eaux de Wiesbaden lui ont-elles réussi ? »

Madame d'Estigny demeurait au rez-de-chaussée de l'hôtel qu'habitait madame de Meuilles. Ces dames étaient liées d'amitié et se voyaient presque tous les jours.

Marguerite répondit que la santé de sa voisine était

meilleure, et laissa croire à l'amateur de chevaux tout
ce qu'il lui plaisait.

Après le dîner elle eut encore un moment de frayeur.

Gaston vint se faire câliner, admirer. Il avait une
blouse neuve, on lui avait frisé les cheveux, il venait
chercher des compliments. Marguerite tremblait qu'on
ne lui parlât des plaisirs de la journée et qu'il n'en fît
le récit. A chaque parole, elle redoutait d'entendre prononcer le nom de M. de La Fresnaye ; mais on était engagé dans une grande discussion politique, et après avoir
accordé un coup d'œil à l'enfant de la maison par politesse, on se remit à crier et on ne s'occupa plus de lui.

Gaston remarqua que sa mère était très-belle. Il la regarda avec un mélange d'orgueil et d'attendrissement. Il
y avait près de deux ans qu'il ne l'avait vue parée, et
comme cette élégante parure lui semblait un gage de
santé, il lui dit joyeusement :

— On n'est plus malade avec une si belle robe !

Marguerite était en effet *idéalement* belle ce soir-là.
Elle était aimable, spirituelle plus qu'à l'ordinaire et d'une
autre façon; c'était la même grâce, la même finesse,
mais il y avait dans son esprit plus d'audace, et dans son
maintien plus d'aplomb; c'était le ton et les manières
d'une personne encore modeste, mais qui commence à
avoir le sentiment de sa valeur, et qui s'étonne moins
d'être aimée. Etrange impression! Cette première atteinte
d'orgueil tourna d'abord à l'avantage d'Étienne. Jusqu'alors la passion de son cousin pour elle lui avait paru

une sorte de manie, de faiblesse, d'exagération romanesque, particulière à sa nature. Elle lui croyait un cœur
exceptionnel; elle s'imaginait que c'était dans son caractère d'aimer ainsi, et que toute femme pouvait lui inspirer un amour semblable; mais maintenant qu'elle voyait
un autre homme... et quel homme! l'adorer de même,
elle osait se croire réellement aimable, et la tendresse
folle d'Etienne, qui le déconsidérait un peu à ses yeux,
ne lui semblait plus un enfantillage; son amour était di-
gnifié par celui d'un autre; en un mot, et ce mot est
assez plaisant, la passion de M. de La Fresnaye rendait
celle d'Étienne *raisonnable*, c'est-à-dire probable.

Madame de Meuilles traitait son cousin avec une défé-
rence affectueuse qui le surprenait; elle était avec lui
comme on est avec une personne sur le compte de laquelle on vient de découvrir une chose noble et louable,
et à qui on ne peut pas encore parler de sa découverte.
Il ne devinait pas sa pensée, mais il comprenait, à la
gravité de son accent, qu'il avait grandi dans son opinion; que son rôle d'adorateur humble et soumis était
terminé près d'elle; que désormais elle ne serait plus
pour lui une idole complaisante qui daignait le plaindre,
l'assister et payer d'une indulgence gracieuse un culte
fervent, mais une femme reconnaissante et attachée, qui
acceptait son dévouement avec conscience; qui le traitait d'égal à égal, et qui lui rendait de l'amour pour de
l'amour.

Il fut pendant quelques minutes bien heureux de ce

changement, et de même que la vanité de plaire embellissait Marguerite, de même la fierté d'être aimé donnait à Etienne une séduction nouvelle. Jamais il n'avait paru plus charmant aux yeux de sa cousine. Comme cet amour si noble, plein de franchise et d'enthousiasme est bien plus touchant, pensait-elle, que le marivaudage de M. de La Fresnaye! Et dans cette comparaison imprudente la supériorité restait à Etienne.

« Marivaudage! » c'est ainsi qu'elle appelait la profonde tendresse qu'elle inspirait à Robert. Elle ne devinait pas que ce langage léger, qu'il affectait près d'elle, était une nécessité de sa situation; il lui fallait bien parler en riant de son amour, puisqu'on l'aurait fait taire à l'instant même s'il avait osé parler sérieusement.

Etienne attendait avec impatience la fin de la soirée pour obtenir quelques mots de madame de Meuilles. Il voulait lui demander pourquoi elle semblait l'aimer plus respectueusement, et elle aurait été bien embarrassée de lui répondre... Mais tout le monde était encore dans le salon quand on apporta à madame de Meuilles, sur un petit plateau d'argent, un billet non cacheté, sans adresse et négligemment plié en triangle.

— C'est de ma voisine, dit Marguerite, et elle lut tout haut le billet :

« Je vous écris en secret... chut! madame de Kalergis
» est chez moi; je n'ose rien lui demander, mais si vous
» venez m'aider à la tourmenter, elle nous jouera, pour
» vous, ce beau nocturne de Chopin que vous aimez tant.

» Venez sans crainte, je n'aurai personne ce soir; il y a
» une première représentation à l'Opéra et un bal à
» l'ambassade d'Angleterre. Descendez vite avec Etienne
» et votre mère : cette solitude doit rassurer votre sau-
» vagerie... »

Madame de Meuilles s'arrêta; elle ne lut pas les derniers mots. Elle donna le billet à Etienne, qui, malgré
son impatience, sourit en lisant : « Votre sauvagerie de
» tourtereaux. » Cette plaisanterie lui fit plaisir; tout ce
qui constatait l'engagement de Marguerite avec lui, tout
ce qui lui prouvait que chacun croyait à son prochain
mariage lui donnait de la joie et de la confiance.

Marguerite la questionna des yeux, et son attitude
semblait dire : que voulez-vous que je réponde? mais il
lui laissait sa liberté. Alors, avec une légère inflexion de
regret dans la voix, elle dit au domestique : Attendez,
je vais répondre; et elle se leva pour aller écrire; mais
Etienne n'accepta point ce sacrifice; il savait à quel
point Marguerite aimait la musique. Madame de Kalergis venait d'arriver à Paris; on parlait dans le monde de
son admirable talent; on la citait comme l'une des trois
meilleures élèves de Chopin : la princesse C..., mademoiselle Camille Méara et elle étaient, disait-on, les
seules personnes en état de conserver la tradition du
maître. — Et M. d'Arzac n'eut pas le courage de priver
sa cousine du plaisir de l'entendre.

— Ne vous inquiétez pas de ces messieurs, dit-il en
montrant deux de ses amis qui causaient entre eux dans

le premier salon, ils vont vous quitter pour aller à l'O-
péra ; quant à M. S..., vous connaissez son admiration
pour madame de Kalergis, à son nom seul il va s'envo-
ler... Eh ! mais il est déjà parti !... Quant à moi, ajouta-t-
il en s'inclinant avec respect, je suis destiné à vous
suivre.

— Et moi à vous précéder, dit madame d'Arzac ; je ne
veux pas perdre une note, et je descends la première. Je
vais vous annoncer. Et elle sortit.

Etienne espérait se trouver seul un moment avec Marguerite, mais il y avait là un vieux diplomate très-poli,
qui ne voulait céder à personne, pas même à son prétendu, l'honneur d'offrir le bras à madame de Meuilles
pour descendre l'escalier.

N'avez-vous pas remarqué cela, dans un salon ; si quelqu'un fait une gaucherie, se montre inintelligent ou importun, prolonge sa visite hors de mesure, interrompt
une confidence mal à propos, choisit un sujet de conversation malheureux, vous demande des nouvelles des parents que vous pleurez, ou du mari avec qui vous plai-
dez, c'est toujours un vieux, grave et lourd diplomate
français. Les diplomates étrangers, au contraire, sont
très-rusés et très-habiles ; mais les nôtres sont pour la
plupart d'une innocence irréprochable ! Cela s'explique.
Les cours étrangères nous envoient ce qu'elles ont de
mieux, leurs hommes les plus distingués ; parmi eux,
c'est à qui viendra à Paris ; tandis que nous, nous sommes bien forcés d'envoyer aux cours étrangères nos en-

nuyeux, nos esprits lourds et incapables : les Français qui valent quelque chose ne sont pas si bêtes que de quitter Paris !

Comme ce monsieur était un de nos plus profonds diplomates, il ne devina pas que ces deux jeunes gens qui s'aimaient, auraient de beaucoup préféré le bonheur de s'en aller tous deux ensemble, à l'honneur de lé traîner en tiers avec eux... Et il les gêna consciencieusement et diplomatiquement jusqu'à la porte de madame d'Estigny. Là, pour couronner son œuvre, il crut devoir dire en s'inclinant très-bas :

— Maintenant, madame, il faut que je vous quitte et bien à contre-cœur !

Que le diable t'emporte ! pensa Étienne, tu aurais bien dû nous quitter plus tôt !

Puis il se consola en pensant qu'à son tour il donnerait le bras à madame de Meuilles lorsqu'elle remonterait chez elle.

En aidant Marguerite à ôter son mantelet il lui dit :

— Vous êtes contente, vous allez entendre cette merveille.

— Oui, et je vous en remercie, dit-elle avec le plus affectueux sourire.

C'était la récompense du bon sentiment qui lui avait fait renoncer à un moment d'entretien bien doux, pour qu'elle n'eût point à regretter un plaisir ; il était juste qu'elle voulût le remercier.

Mais la reconnaissance de Marguerite fut vaine : en

amour, les bons sentiments portent malheur ; loin d'être
récompensés, ils sont punis! Cela doit être, car ils sont
presque toujours une offense à l'amour, et l'amour ne
vous pardonne point le courage que vous avez contre lui.
Ce n'est pas M. de La Fresnaye qui aurait permis à Marguerite de sortir de chez elle et d'aller entendre une virtuose ; il l'aurait forcée à rester avec lui ; mais il aurait
été si charmant, si spirituel et si tendre, qu'elle n'aurait
eu à regretter aucune mélodie.

XI

Après avoir joué avec beaucoup de poésie et de charme
plusieurs nocturnes de Chopin, madame de Kalergis venait d'achever une *fantaisie* très-belle, composée par
elle et pour elle, sur deux motifs admirables, expression suprême de la supplication... non... de l'*implora-
tion* en musique, l'air de *Robert-le-Diable* : *Grâce!
Grâce!* et le grand duo du quatrième acte des *Hugue-
nots*. Dans ce morceau très-remarquable, ces deux
chants sublimes semblent lutter ensemble de passion et
d'angoisse : ils se répondent tour à tour avec une poignante ferveur; on dirait deux prières ardentes en rivalité; il est impossible d'écouter ce morceau sans être
ému; et les quelques amateurs qui étaient là, encore
pénétrés d'admiration, entouraient la célèbre virtuose
et la remerciaient avec enthousiasme, lorsqu'une espèce
de tumulte vint troubler cette joie d'artiste.

On criait dans la cour, on parlait haut dans l'escalier,
on riait aux éclats dans l'antichambre. Enfin la porte
du salon s'ouvrit, et l'on vit entrer presque en même
temps et sans être annoncées, — on ne pouvait pas
proclamer tant de noms à la fois, — une douzaine de
personnes, hommes et femmes, agitées, amusées, con-
trariées, chacune selon son caractère, comme des gens
à qui il est arrivé quelque déconvenue plaisante et qui
viennent demander un abri. Ce groupe singulier avait
l'air d'une mascarade qui fait son entrée dans un bal
costumé; seulement la mascarade est plus solennelle.

Marguerite, effrayée à la vue de tout ce monde et
regrettant le concert intime si fâcheusement interrompu,
voulait remonter chez elle, mais madame d'Arzac était
curieuse de savoir ce qui amenait ces femmes si parées
(elles étaient couronnées de fleurs et de diamants), ce
qui les amenait à la même heure et ce qui leur donnait
cet air aventureux et évaporé. Elle attira sa fille auprès
d'elle.

— Voilà nos beautés à la mode, lui dit-elle; regarde-
les bien : elles sont toutes laides.

En effet, ces beautés n'étaient point belles; au premier aspect, même, un ignorant se demandait ce qui
avait pu motiver leur réputation; il fallait apprendre à
les trouver jolies; mais une fois qu'on savait!... une
fois qu'on avait fait une étude raisonnée de leurs agré-
ments, on les déclarait adorables et bien plus séduisantes
que ces beautés positives, éclatantes, incontestables, qui

sautent aux yeux de tout le monde et tout de suite, qui
n'ont besoin, pour être découvertes, des révélations
d'aucun homme de génie, qui peuvent se passer d'un
Christophe Colomb, d'un Améric Vespuce et même d'un
Magellan. Car ces mystérieuses beautés de convention
ont un grand avantage pour les merveilleux à prétentions : c'est d'être une énigme; or, prouver qu'on pos-
sède le mot de cette énigme, c'est prouver qu'on appartient au monde de la mode, au monde le plus élégant.
Il y a des admirations qui sont une franc-maçonnerie
dans une certaine société. Dire : Madame une telle est
une des plus jolies femmes de Paris, c'est dire : J'appartiens à la coterie dont elle est l'héroïne, et cette coterie se compose de tout ce qu'il y a de mieux; j'en
suis! j'en suis! nous sommes tous charmants!... Et si
vous répondez : Mais votre madame une telle, je ne la
trouve pas du tout jolie, moi! Le dandy ne vous fait
même pas l'honneur de combattre votre opinion, il vous
jette un regard dédaigneux et s'écrie naïvement : Dans
quel monde vivez-vous donc, mon cher! C'est-à-dire :
Vous n'êtes pas de notre société, de notre confrérie,
puisque vous ne connaissez pas nos signes francs-ma-
çonniques, et que vous n'avez pas fait serment de trouver belle cette femme! Dans quel monde vivez-vous!

Ceux qui venaient d'arriver tous ensemble parlèrent
aussi tous à la fois; les uns s'adressaient à la maîtresse de
la maison, les autres accaparaient à droite et à gauche les
auditeurs vacants; dans ce bruit confus, on n'entendait

aucune phrase suivie, mais ces mots : Opéra, madame
Stolz, malade, indisposition subite, voitures renvoyées,
une pluie battante, une heure sous le vestibule... faisaient le fond de tous les récits. Madame d'Estiguy comprit à peu près qu'on n'avait pu représenter l'opéra nouveau, et qu'on avait mis tous les spectateurs à la porte;
que ces dames, qui comptaient passer dans leur loge la
soirée entière, avaient renvoyé leur voiture, et qu'il
leur avait fallu attendre sous le vestibule un moyen
quelconque de quitter l'Opéra et de venir jusqu'à elle.

Dès qu'elle eut compris, elle s'alarma : sa fille aînée
était allée à cette première représentation manquée; et
songeant qu'elle aussi avait dû se trouver fort embarrassée à la sortie, sans domestique, sans voiture, elle s'écria :
« Et ma fille!... » Alors, une jeune femme, qui jusque-là
avait essayé vainement d'approcher d'elle, lui dit tout
haut : « Soyez sans inquiétude, madame, elle va venir
M. de La Fresnaye vous la ramène. »

A ce nom, Marguerite se leva vivement. Une terreur
étrange s'empara d'elle. Revoir M. de La Fresnaye lui
paraissait un danger qu'il fallait éviter à tout prix.

Mais madame de Kalergis venait de se remettre au
piano. Les naufragés de l'Opéra l'avaient suppliée de les
consoler, de les dédommager du plaisir perdu. Par une
coquetterie fort aimable, elle leur joua plusieurs airs du
nouvel opéra qu'ils n'avaient pu entendre. Elle avait as-
sisté à la répétition générale et avait retenu les motifs
les plus brillants.

On vanta sa mémoire, sa bonne grâce, puis on lui demanda des mélodies, des valses, des mazurkas, toutes choses charmantes qu'il fallait bien écouter. Elle commençait un nouveau morceau d'Alkan, une marche très-originale, lorsque la fille de madame d'Estigny entra dans le salon avec une de ses amies. M. de La Fresnaye était avec elles. Ces dames allèrent s'asseoir sur un canapé, il resta debout près de la porte. La maîtresse de la maison lui adressa un sourire de remercîment auquel il répondit par un salut respectueux; puis il se mit à regarder autour de lui avec indolence, comme un homme dont la pensée est ailleurs.

Tout à coup, derrière une grande Anglaise, bien soignée par tout le monde ce soir-là, — elle avait ramené de l'Opéra six personnes dans sa voiture, un de ces vieux landaux à tabatière comme on n'en fait plus et qu'on ne voit paraître que les jours de détresse; — derrière cette Anglaise, couverte de dentelles et de bijoux, il aperçut madame de Meuilles. Il ne s'attendait pas à la trouver là; il ne put cacher sa joie, et quand il la vit pâlir et se déconcerter, il ne put cacher son orgueil. C'est là une des épreuves certaines de l'amour : l'émotion violente que cause une rencontre imprévue; quand cette émotion est plus forte que vous, soyez sûr que vous aimez déjà... ou encore, selon l'âge de votre amour.

Et Marguerite fut tellement émue qu'elle eut peur de se trouver mal. Elle mit la main devant ses yeux comme pour accuser une migraine; mais bientôt sa main re-

tomba inerte. Un battement de cœur impérieux et suffo-
quant lui ôta la force de tout mouvement. Étienne, qui
la regardait toujours, l'observait plus attentivement depuis l'arrivée de M. de La Fresnaye. Il remarqua sa pâleur, cette subite défaillance, et le supplice commença
pour lui.

La fille de madame d'Estigny raconta comment, à la
sortie, ou plutôt la fuite de l'Opéra, elle avait heureusement été reconnue par M. de La Fresnaye, qui lui avait
offert ses services de la manière la plus aimable. Sans
lui, disait-elle, je ne sais ce que nous serions devenues,
Mathilde et moi. Il pleuvait à verse, pas un fiacre; nous
aurions attendu là toute la nuit; et souffrante comme je
le suis déjà, j'en aurais été malade un mois : ma mère,
vous devez une récompense à mon sauveur.

Ce mot de sauveur fit sourire M. de La Fresnaye et
Marguerite en même temps; ils se regardèrent... D'abord,
ce doux regard ne fut qu'un échange d'idées... mais un
charme invincible retint leurs yeux, malgré eux, par
une fascination mutuelle; leurs regards subitement en-
gagés l'un par l'autre se nouèrent... selon la poétique
expression de Théoph le Gautier. Oh! s'écriait-il un jour,
dans une causerie animée sur la sympathie, l'attrait,
l'amour, quand une fois deux regards se *sont noués*, tout
est dit! Et Marguerite sentait son regard captif s'unir à
celui de Robert par un lien magique. Soudain, frappée
d'une révélation lumineuse, elle sembla s'éveiller à une
vie nouvelle; elle venait d'acquérir une âme, une *seconde*

8.

âme, si l'on peut parler ainsi, qui donnait à la sienne
une force inconnue, qui lui découvrait un monde ignoré,
des sentiments, des tendresses, des émotions ineffables,
qu'elle n'avait pas même imaginés dans ses plus beaux
rêves. Pendant ce moment d'extase, elle oublia qui elle
était, où elle était; elle ne savait plus rien du passé, elle
n'appartenait plus à son ancienne existence; si on l'avait
appelée, elle n'aurait pas répondu à son nom... et c'eût
été justice, car elle n'était plus Marguerite... et lui-
même, il n'était plus Robert : il n'y avait plus là ni madame de Meuilles ni M. de La Fresnaye... il y avait deux
êtres créés l'un pour l'autre, qui s'étaient cherchés
longtemps sans espoir et qui se trouvaient enfin! deux
cœurs dépareillés qui se rejoignaient malgré tout; deux
natures sympathiques qui venaient de se reconnaître à
la ressemblance de leur émotion, à l'égalité de leur puissance mutuelle. Ainsi les deux âmes de Paolo et de Fran-
cesca de Rimini, d'un vol harmonieux et se tenant em-
brassées, traversent l'enfer, indifférentes à l'enfer même;
ainsi, leurs deux âmes planaient au-dessus des vaines
agitations d'un monde faux, et s'unissaient, dans un fra-
ternel isolement, pour l'éternité.

Comme pour fêter cette heureuse rencontre, le salon
fut illuminé soudain, et Marguerite parut aux yeux
éblouis rayonnante de joie et de beauté. Ce prompt éclai-
rage était la chose la plus simple; mais dans la disposition
d'esprit où était Marguerite, cette splendeur inattendue
lui sembla un enchantement féerique. La magicienne

était tout bonnement la maîtresse de la maison. Madame
d'Estigny avait voulu voir toutes ces jeunes femmes si
élégamment parées qui arrivaient chez elle à chaque
instant, elle avait donné l'ordre d'allumer les candélabres du salon; elle avait aussi envoyé chercher au café
à la mode des glaces, des fruits, etc.; et la soirée intime,
commencée avec deux lampes mystérieusement voilées,
finissait en soirée brillante, avec des illuminations et des
rafraîchissements de bal.

La beauté de madame de Meuilles, cachée jusque-là
dans l'ombre, apparaissant tout à coup dans son jour le
plus favorable, fit événement.

Cette beauté inconnue était cependant célèbre, ses
amis l'avaient proclamée; Marguerite vivait dans la retraite, mais les peintres, les amateurs savaient qu'il exis-
tait à Paris une jeune femme, une madame de Meuilles,
d'une beauté remarquable qui rappelait les types les plus
nobles de Raphaël. Quelques-uns l'avaient aperçue et
avaient essayé de saisir son image; le vague souvenir
qu'ils en avaient retracé faisait déjà deviner la grâce, la
noblesse, la divine langueur du modèle. Et ce soir-là, à
la beauté réelle que la nature lui avait donnée, Marguerite ajoutait cette beauté surnaturelle et indéfinissable
que donne l'amour : ce rayonnement des yeux, cette émotion du sourire, cette transparence du teint, cette cise-
lure nerveuse des traits qui les rend si fins et si purs;
cet orgueil du maintien qui n'ôte rien cependant à la
flexible nonchalance des attitudes, cette heureuse inspi-

ration de toute la personne qui lui fait naïvement et à son insu choisir les poses qui lui sont le plus avantageuses, la physionomie qui la pare le mieux; cette indiscrète beauté de l'amour... qui, pour l'observateur intelligent, est un aveu et qui a compromis plus de femmes que les billets les plus imprudents, que les œillades les plus audacieuses.

Les personnes qui ne connaissaient pas madame de Meuilles crurent qu'elle était toujours belle de cette manière et ne devinèrent point d'où lui venait cette auréole; mais sa mère, mais M. de La Fresnaye, mais Étienne, le malheureux Étienne, ils savaient l'histoire de cette métamorphose, et ils en étudiaient les phases avec anxiété.

Ma fille aime cet homme, pensait madame d'Arzac, malheur à nous!

Jamais je ne l'ai rendue si belle, se disait Étienne, elle ne m'aime pas!

Quant à Robert de La Fresnaye, il ne pensait rien du tout; il était plongé, abîmé dans la contemplation de cette adorable créature, et il était incapable de parler, d'écouter, de comprendre... il était non pas fou, mais imbécile d'amour... et il s'enivrait avec délice de cette voluptueuse imbécillité.

Impatientée de voir que Robert ne s'occupait point d'elle, une jeune femme à la mode lui dit:

— Vous n'êtes pas brillant ce soir, monsieur de La Fresnaye; on devine bien que vous êtes contrarié d'avoir manqué votre soirée.

Robert regarda madame de Meuilles. Elle avait entendu
ce reproche, et ils y répondirent tous deux d'un commun
sourire. Marguerite rougit et regretta ce sourire d'intelligence qui l'engageait; mais ce n'était pas sa faute;
pourquoi donc cette petite femme avait-elle parlé de
soirée manquée! Cela arrive souvent dans le monde,
qu'une sotte aide deux personnes d'esprit à se comprendre, que la secourable balourdise d'un indifférent
serve d'interprète à une pensée trop tendre ou trop
hardie qu'on n'aurait pas osé exprimer, sans son
assistance.

Madame d'Arzac se repentait d'avoir retenu sa fille chez
madame d'Estigny. A son tour, elle songeait à lui faire
signe de partir... On annonça madame la duchesse de
Bellegarde... elle changea de projet. Ah! se dit-elle,
voilà qui va le mettre à la raison, ce fier séducteur! Et
elle crut que le moyen le plus sûr de perdre M. de La
Fresnaye dans l'esprit de Marguerite, c'était de la rendre
témoin de ses soins obligés pour une autre femme; mais
madame d'Arzac ne connaissait pas M. de La Fresnaye.
C'était le caractère le plus indépendant, le cœur le plus
indisciplinable qui exista jamais; il n'était esclave que
de ses désirs, il n'appartenait qu'à sa volonté, et quand
une idée ardente le possédait puissamment, il n'y avait
au monde ni devoir, ni scrupule, ni ambition, ni lien,
capables de l'en distraire; la force de volonté chez lui
allait jusqu'à l'exaltation : c'était une fièvre qui le rendait cruel et terrible tant que durait le délire, et qui

n'avait d'autre chance de guérison que l'impossibilité
démontrée de ses vœux ou leur triomphe.

L'arrivée de la duchesse de Bellegarde, qui devait le
déconcerter, le réjouit; il ne vit pas en elle une ennemie, un obstacle, il vit un auxiliaire : elle allait lui
servir dans ses attestations; il allait faire de son dépit
un gage d'amour pour Marguerite.

Quelle recherche pleine de délicatesse!

Persuader madame de Meuilles de sa tendresse, c'était
l'idée fixe du moment, et il fallait que tout fût sacrifié à
cette idée. La duchesse de Bellegarde n'avait été créée
si belle, si séduisante, si digne en tout d'inspirer une
passion profonde, elle ne l'avait aimé si tendrement,
elle ne s'était si follement compromise pour lui depuis
deux années, que pour lui fournir ce soir-là le moyen de
dire à une autre : Je vous aime!

Faire jouer à la plus belle femme de Paris un tel
rôle, c'était impardonnable, c'était une rouerie infernale;
mais M. de La Fresnaye, on le sait, était le fils d'un démon, et ce n'est pas le jour où il voulait plaire qu'il
l'oubliait. Son double caractère se révélait encore dans
cette circonstance : ainsi le but était noble, le moyen
cruel; il employait une méchanceté... pour exprimer le
plus pur amour.

L'entrée de madame de Bellegarde dans un salon causait toujours une sorte de rumeur : les hommes venaient
la saluer avec empressement, les femmes étudiaient sa
parure ; ses amies se hâtaient de faire valoir leur inti-

mité avec elle, en l'appelant câlinement par son nom de
baptême. — Bonsoir, Isabelle; — bonsoir, Betzy, — selon
leur rang d'amitié. — Et elle avait pour tout le monde
un sourire aimable, un mot gracieux. Elle devait aller
au bal de l'ambassade d'Angleterre; elle était couverte
de diamants et parfaitement bien mise; on ne se lassait
point de l'admirer. Les femmes, que la beauté de madame de Meuilles commençait à impatienter, accueilli-
rent la duchesse comme une vengeance : Voilà une belle
femme! disaient-elles tout haut; ce qui voulait dire :
Votre madame de Meuilles n'est plus rien à côté d'elle...
Mais par compensation, une parente de la duchesse, que
les succès de la duchesse ennuyaient depuis longtemps
et tous les jours, voulut s'armer contre elle des succès de
Marguerite. Après lui avoir dit mille flatteries, elle
ajouta : Il est temps que vous arriviez, ma cousine, nous
avons ici une merveille dont tout le monde raffole; madame R..., qui s'y connaît, puisqu'elle peint, disait tout
à l'heure qu'elle ressemble à la Vierge du palais *Pitti*,
vous savez, cette madone si admirable!

— Qui? demanda la duchesse un peu inquiète.

— Madame de Meuilles.

— Ah! je la connais.

Et la duchesse fut tout à coup rassurée; elle trouvait
Marguerite fort jolie; mais elle l'avait toujours vue
maigre, épuisée, mourante, et cet astre de beauté ne
pouvait s'imaginer que la faible lueur d'une étoile tremblante pût faire pâlir son éclat.

M. de La Fresnaye avait profité de l'agitation générale
pour s'approcher de Marguerite; et leur émotion fut bien
vive quand ils commencèrent à se parler. Après ce qui
s'était passé entre eux, se reparler, c'était un grand
trouble. Eh! mais, que s'était-il donc passé? Rien... Un
regard... Qu'est-ce qu'un regard? C'est peu de chose...
Cependant, quand ce regard vous a donné la vie, il faut
bien convenir qu'on l'a reçue.

— Vous ne m'avez pas dit, ce matin, madame, que
vous seriez ici ce soir? J'ai failli ne pas venir.

— Mais je ne le savais pas! répondit-elle naïvement.

Elle s'excusait déjà. Quel aveu! Elle reconnaissait
qu'elle avait manqué à son devoir.

Étienne avait entendu ces seuls mots de M. de La Fresnaye : « Vous ne m'avez pas dit ce matin... » Il était
donc venu chez elle le matin... A cette idée un nuage
avait passé sur ses yeux. Ah! ils se sont vus aujourd'hui
deux fois!... Et Étienne se rappela l'embarras de Marguerite avant le dîner, quand il lui avait reproché de
s'être fait attendre, cette coquetterie étrange qu'elle avait
professée... et toutes les griffes de la jalousie lui déchi-
rèrent le cœur. Cependant il ne pouvait croire à la
duplicité de Marguerite; il voyait bien qu'elle ne se
comprenait pas elle-même; elle lui faisait l'effet d'une
personne qui a pris de l'opium ou du hatchich; elle l'inquiétait; il la surveillait comme un être en danger que
sa raison a quitté, mais il ne lui en voulait pas encore.
Toute sa haine était pour Robert, pour cet homme

méchant et fatal qui venait volontairement, présomp-
tueusement troubler son bonheur. Son irritation contre
lui était telle qu'oubliant tout, il alla vers lui, prêt à
l'insulter; il voulait lui demander raison à l'instant
même. Mais raison de quoi? de causer à madame de
Meuilles une émotion nouvelle qui la faisait paraître
plus charmante?... il fallut bien se calmer.

La petite dame qui peignait de grands tableaux ne
tarissait pas en éloges sur la beauté de madame de
Meuilles. Elle vint près de la duchesse pour lui répéter
ce qu'elle avait déjà proclamé dans tout le salon, que
Marguerite ressemblait à la Vierge du Palais Pitti; puis
elle ajouta, pour impatienter la duchesse, qui avait refusé de poser pour elle :

— Il y a certainement des femmes qui paraîtront plus
belles dans un bal ou bien au spectacle, mais pour les
artistes, il n'existe pas une tête plus ravissante : c'est
la grâce suprême !

— Elle va se marier, dit la parente de la duchesse,
qui trouvait la malice de la dame peintre un peu trop
grossière.

— Oui, reprit-elle, elle doit épouser son cousin ; on
vient de me le montrer. Quelle belle tête il a, lui aussi !
il ressemble beaucoup au *César Borgia* de Raphael.

Pour cet artiste, non pas de profession, mais de prétention, on ressemblait toujours à quelque toile. Aper-
cevait-elle un vieillard déguenillé? c'était un mendiant
de Murillo ; un portier chauve ? c'était un moine de Zur-

9

baran. Cette érudition pittoresque n'avait d'autre but
que de rappeler le superbe talent de la dame, c'était une
manière de dire : Parlez-moi donc de mes travaux, et
faites savoir à ces messieurs, qui l'ignorent, que je suis
un peintre distingué.

— Voyez ! s'écria-t-elle avec un enthousiasme assez
bien joué, en désignant Marguerite, regardez-la maintenant : est-il rien de plus adorable que cette ligne, que
les attaches de ce col si harmonieusement penché !...
et cette torsade d'or, quelle belle puissance de cheveux !

La duchesse, impatientée, regarda enfin Marguerite...
mais elle fut quelques minutes avant de la reconnaître.
A sa vue, elle éprouva, pour la première fois de sa vie,
un sentiment de jalousie. Madame de Meuilles n'était
plus la jeune mourante à la taille courbée, fleur languissante inclinée sur sa tige, qui ne lui inspirait qu'une
pitié affectueuse ; c'était une femme dans tout l'éclat de
la jeunesse, grande, svelte, élancée, élégamment parée :
c'était une beauté incontestable pour les gens du monde
et pour les artistes ; c'était une femme à la mode, c'é-
tait une rivale enfin !

La duchesse se vit menacée dans sa puissance, son
sceptre de beauté trembla un moment dans sa main ;
mais lorsque, après avoir avec effroi admiré Marguerite,
elle vit M. de La Fresnaye auprès d'elle, quand elle remarqua l'étrange expression de son visage, l'ardente
pâleur de son front, la tristesse heureuse de son regard

toujours si fier, si insolent ; quand elle comprit, dans ce
changement de tout son être, la métamorphose d'une
passion nouvelle, elle se sentit désarmée, vaincue.

Depuis deux jours, Robert n'était point venu chez la
duchesse, et depuis quelque temps il évitait de parler
de son prochain départ pour l'Italie, où il devait la rejoindre. Cette conduite, qui l'avait alarmée, s'expliquait.
Elle devinait qu'il ne l'aimait plus. Jamais elle n'avait
prévu ce chagrin-là ; il la trouva sans force, sans présence d'esprit, sans courage ; elle avait toujours com-
mandé en souveraine ; cette atteinte à son autorité la
confondait ; elle était éperdue d'étonnement ; elle était
ce que dut être le premier roi qu'un parlement a osé
réprimander.

Elle sentait sa défaite, mais elle n'y voulait pas croire
encore ; d'ailleurs il n'y avait aucune preuve ; elle n'a-
vait point combattu, elle pouvait encore lutter avantta-
geusement ; elle hésitait à se condamner ; elle refusait le
désespoir et cherchait autour d'elle un autre indice, un
autre témoignage, une preuve irrécusable de son malheur ! Tout à coup elle vit se lever en face d'elle un fantôme, la statue de la jalousie et de la douleur : Etienne
dardait sur elle ses yeux enflammés de rage. La pauvre
femme !... elle reconnut sur la physionomie de cette
autre victime tous les tourments qui déchiraient son
cœur... Ils échangèrent entre eux un regard plein de
larmes, et cependant terrible. Apprenant leur sort l un
par l'autre, lisant chacun leur condamnation dans leur

désespoir commun, ils semblaient se dire : c'est donc vrai !

Ainsi, ces existences douces et brillantes étaient troublées à jamais par l'orage d'un moment, et tous ces événements s'étaient accomplis par deux regards : par un regard Marguerite et Robert avaient compris qu'ils s'aimaient, par un regard Étienne et la duchesse s'étaient appris qu'ils n'étaient plus aimés.

L'agitation de madame de Bellegarde et la douleur d'Etienne épouvantèrent Marguerite ; un tendre remords s'empara d'elle. M. de La Fresnaye observait aussi tout ce drame, mais avec plaisir et en profond connaisseur. La fureur jalouse de la duchesse, le découragement haineux d'Etienne, l'indignation de madame d'Arzac, les remords de Marguerite, tout cela n'avait pour lui qu'un sens, tout cela signifiait : Espère !... Il ne plaignait personne, il n'éprouvait pas un regret, il n'admettait pas un nuage dans le ciel de sa félicité; il contemplait leurs souffrances avec l'avidité d'un augure qui ne voit dans le sang versé que le présage ; il n'aurait pas dit une parole pour diminuer leur supplice, rien n'aurait pu fléchir son implacable joie... C'est qu'il aimait passionnément, et comme il faut que l'on aime, car cet égoïsme cruel, c'est l'amour... Oui... Si l'amour était doux, bon, commode et plein d'égards, ce ne serait plus l'amour, ce serait la bienveillance ou la charité.

XII

Madame de Meuilles remonta seule chez elle, seule,
c'est-à-dire sans être reconduite par Etienne et sans
avoir dit adieu à sa mère. Ce fut un vieil ami de madame d'Estigny qui lui donna le bras jusqu'à sa porte.

Marguerite avait été abandonnée de tous les siens :
Etienne s'était enfui pendant qu'elle prenait congé de la
maîtresse de la maison, il craignait de se trahir, et il
ne voulait point d'explications ; madame d'Arzac voulait
une explication, mais elle la voulait complète, et pour
cela elle se promettait de courir Paris le lendemain et
d'apprendre de ses parents, amis et connaissances, tout
le mal que l'on pouvait penser et savoir sur le compte
de M. de La Fresnaye, afin de chasser à jamais cet
odieux fat de la maison de sa fille.

Marguerite avait cru que Robert, la voyant ainsi dé-
laissée, s'offrirait pour la ramener jusqu'à son apparte-

ment. Elle se disposait à refuser cette offre avec une
très-grande dignité; mais M. de La Fresnaye était un
trop savant stratégiste pour commettre une pareille
faute. Tant qu'on ne s'est pas fait comprendre, toutes
les occasions sont bonnes pour tâcher de se faire écouter, mais une fois que l'on est compris, il faut éviter cet
empressement banal qui ne peut que déconsidérer l'a-
mour. D'ailleurs, il savait bien que son pouvoir sur
Marguerite était primé dans ce moment ; il y avait à
supporter une première crise de remords inévitable, et
pendant laquelle les soins les plus séduisants seraient
inutiles. Il fallait lui laisser user son remords. Et, en
effet, la triste Marguerite, réveillée de son rêve d'infidélité, était indignée contre elle-même. Elle cherchait en
vain à s'expliquer ce qui se passait dans son cœur. Un
instant, cette affreuse idée qu'elle pourrait aimer M. de
La Fresnaye se présenta à son esprit; mais elle la repoussa bien vite par ces mots si raisonnables : « Je ne
peux pas l'aimer, je ne le connais pas. » Et elle se rassura en disant encore : « Ce serait le malheur de ma vie,
donc cela ne peut pas être. »

Une autre femme aurait eu sans doute la malice de se
dire : Cette grande émotion, cet attrait qu'il m'inspire,
sont bien naturels : il a sauvé mon enfant, mon âme
s'élance vers lui. Ce souvenir, à sa vue, me trouble,
m'exalte... Mais Marguerite était de trop bonne foi avec
elle-même ; elle savait très-bien que si le sauveur de son
enfant avait été un vieux notaire ou un gros major alle-

mand, elle n'aurait pas éprouvé pour lui cette émotion ni cet attrait; ce qu'elle éprouvait était donc tout autre chose que de la reconnaissance, c'était une sympathie dangereuse, coupable, qui ressemblait à de l'amour... mais qui n'était pas de l'amour... parce que... parce qu'elle ne voulait pas que ce fût de l'amour...

Et puis il y avait encore une bien meilleure raison pour qu'elle n'aimât pas Robert de La Fresnaye, c'est qu'elle aimait Etienne d'Arzac. Or, comme on ne peut pas aimer deux personnes à la fois, du moment où il était avéré qu'elle aimait l'un, elle ne devait pas craindre d'aimer l'autre !

Enfin elle se dit, —toujours pour expliquer le trouble où la jetait la présence de cet homme qu'elle n'aimait pas ; — elle se dit que lui l'aimait et qu'il était ainsi très-naturel que cet amour qu'il lui avait déclaré si singulièrement et qu'il lui témoignait avec une tendresse si franche, la rendît timide, embarrassée en sa présence; lui causât même une certaine confusion qu'on pouvait prendre pour de l'amour ; mais comme elle était pleine de bon sens et d'un caractère très-décidé, elle conclut qu'il y avait un moyen certain de faire cesser toutes ces craintes, c'était d'éviter de voir désormais M. de La Fresnaye, et elle fit défendre sa porte pour tout le monde.

Elle attendait Étienne, mais elle sentait bien qu'il ne viendrait pas. Un prétexte pour lui écrire se présenta, elle le saisit avec empressement. Étienne avait, dans plu-

sieurs magasins, fait mettre de côté diverses étoffes d'a-
meublement, de rideaux de portières, de tenture; il
avait dit qu'on les portât chez madame de Meuilles. Elle
devait choisir dans le nombre ce qui convenait à telle et
telle pièce de son appartement. Marguerite prétendit
qu'elle n'oserait pas se décider toute seule; elle fit attendre le commis du magasin, et envoya chercher
M. d'Arzac.

Etienne était plongé dans le plus profond désespoir; il
méditait un adieu, une rupture; sa seule préoccupation
était de ne point faire d'éclat et de ménager la réputation de Marguerite. On lui remit son billet; il le laissa
sur la table et dit : J'enverrai plus tard la réponse. Elle
va s'excuser, pensait-il, je ne veux rien croire, je souffre trop pour n'avoir pas raison de souffrir. Elle m'écrit
qu'elle m'aime encore, qu'elle a beaucoup pleuré parce
que je suis parti sans la voir; elle m'écrit que je suis
injuste. Ah! mon Dieu! je lui pardonne, mais il ne dépend plus d'elle de me rendre la foi!... Il ouvrit le billet
et il resta étourdi, déconcerté après l'avoir lu... Pas d'excuses, pas de protestations; il n'y avait que ce seul mot:

« Le marchand d'étoffes est là, venez vite m'aider à
choisir. »

Le marchand d'étoffes! comme il l'avait oublié!

Le marchand d'étoffes! cela voulait dire : Nous arran-
geons ensemble notre appartement pour nous marier
dans un mois.

Ce mot fut magique! il rendit à Etienne la vie; par

ce mot, son chagrin lui fut retiré du cœur comme une
lame d'acier par une main habile.

Étienne courut chez madame de Meuilles.

Elle craignait qu'il ne refusât de venir, elle pensait
qu'il faudrait lui écrire encore une fois, et se justifier
des torts de la veille pour obtenir son retour. Comme
elle fut joyeuse de le voir entrer.

— C'est vous! s'écria-t-elle.

— Eh bien! ne m'avez-vous pas fait demander?

— Oui, mais... -

Elle n'acheva pas et se troubla. Étienne osa la regarder; il la trouva divinement belle, presque aussi belle
que la veille; cette beauté qu'elle avait à cause de lui le
consola de celle que lui avait donnée la présence d'un
autre. Sa jalousie tomba, il redevint heureux. Et comme
deux enfants, ils se mirent à jouer avec les riches étoffes
qu'on étalait à leurs yeux. Après avoir choisi un superbe
lampas pour la tenture générale de l'appartement, ils
s'amusèrent à chercher des dessins bizarres pour les fauteuils, les petites chaises, les canapés de fantaisie. Ces
soins de ménage, pris en commun, rendaient à Étienne
sa confiance, et quand le marchand d'étoffes fut parti,
il fut rassuré au point de s'écrier avec une grande indulgence pour ses propres tourments :

— Ah! Marguerite, que je me suis ennuyé hier!

— Quel dommage que ces vilaines gens soient venus
nous troubler, répondit-elle : cette musique était charmante, je les ai maudits. Le monde ne me vaut rien à

9.

moi, j'ai la tête trop faible ; le monde me grise... ce
bruit de commérages, ces flatteries, cet empressement
dont on est l'objet, ces femmes qui vous regardent, qui
vous dévisagent... tout cela m'étourdit, je ne sais plus
ce que je fais. Je crois que si j'allais toujours dans le
monde, je deviendrais vaine comme les autres ; je cour-
rais après le succès, les hommages... je n'y tiens pas,
mais quand on est avec toutes personnes qui ne pensent
qu'à plaire, on finit par vouloir plaire aussi, n'est-ce
pas ? C'est comme pour le jeu, on ne tient pas à jouer,
mais une fois qu'on a les cartes en main, on veut avoir
des atouts et gagner, et l'on se passionne et on se laisse
emporter à faire des choses qui ne sont pas du tout dans
votre caractère, et dont on finit par se repentir... Ah!
j'en ai assez du monde ! Étienne, nous n'irons jamais.

Étienne était vivement touché de cette confession
naïve, pleine de tendresse et de remords. Il voulut aider Marguerite à se pardonner à elle-même.

— Je comprends que vos succès vous aient enivrée,
madame ! vous étiez bien belle hier ! quelle fraîcheur,
quel éclat !

— Je le crois bien, j'avais la fièvre. Mais je paye ce
triomphe cher aujourd'hui : je suis hideuse, regardez-
moi.

Elle s'approcha de lui, et il remarqua qu'elle avait
beaucoup pleuré ! Oh ! comme il la trouvait jolie ! Avec
quelle passion il l'aurait pressée dans ses bras ! Mais
Marguerite était très-pieuse, et tant qu'Étienne n'était

pas son mari , il n'avait que le droit de lui baiser la
main. Lui-même était très-superstitieux, et il craignait
qu'un moment de bonheur usurpé ne fût le dernier de
sa vie... Mais quel supplice, et que ce mois d'attente lui
paraissait long !

Madame d'Arzac vint avec sa provision de médisances.
Tout ce qu'elle avait pu ramasser de laides histoires, de
propos révoltants, d'horreurs de toutes espèces contre
M. de La Fresnaye, avait été recueilli par elle avec un
zèle religieux. Elle était comme ces personnes qui soi-
gnent un blessé ou un malade, et qui arrivent toujours
chez lui avec une foule de renseignements et de recettes
relatifs au mal qu'il faut guérir. Sa malveillance contre
M. de La Fresnaye tenait de la monomanie; elle oubliait
pour lui sa bonté naturelle, son éducation distinguée,
les lois de la politesse même. Son esprit impérieux devinait le caractère despotique de Robert ; la tyrannie de
la maternité s'épouvantait d'avance de la tyrannie de
l'amour. Madame d'Arzac ne voyait point dans M. de
La Fresnaye un prétendant qui voulait épouser sa fille,
mais un ravisseur qui cherchait à la lui enlever, et tout
lui semblait permis pour la défendre contre cet ennemi
redoutable.

C'était peut-être la seule mère, dans tout Paris, qui
eût peur d'avoir pour gendre ce jeune homme si bien
né, qui avait de si grandes alliances et une fortune si
bien établie en belles et bonnes terres !

Elle trouva les jeunes fiancés souriants, joyeux, con-

fiants comme s'il n'y avait aucun rival menaçant à l'ho-
rizon. Elle eut l'air d'avoir oublié ses craintes de la
veille; mais elle mit à part dans sa mémoire toutes les
méchancetés qu'elle avait rapportées de ses courses du
matin, bien décidée à les lancer à propos, si l'ennemi
osait reparaître.

Vers la fin de la journée on apporta à madame de
Meuilles des lettres et des cartes de visite. Elle avait
fermé sa porte ce jour-là; plusieurs personnes étaient
venues; parmi les noms laissés, elle chercha celui de
M. de La Fresnaye. Elle s'accusait elle-même et se disait
que la manière dont elle l'avait traité devait l'encoura-
ger à revenir la voir plus tôt qu'il n'aurait osé le faire,
mais M. de La Fresnaye ne s'était point présenté chez
elle. Alors, elle se persuada qu'elle n'avait rien fait
pour l'y attirer, et ses remords s'adoucirent. Elle se répéta plusieurs fois que sans doute il ne songeait plus à
elle; elle alla même jusqu'à trouver qu'elle était bien
ridicule de tant s'épouvanter de l'amour d'un homme
léger qui savait se distraire si facilement. Elle avait
bien, en pensant toutes ces choses, un peu de dépit,
mais elle n'avait plus du tout d'inquiétude, c'était l'important. Le danger était passé.

Hélas! le danger était plus grand que jamais; Robert
ne s'occupait pas de Marguerite chez elle, mais il s'occupait d'elle chez la duchesse, et le coup qu'il portait à
cette généreuse femme devait frapper Marguerite au cœur.

Madame de Bellegarde avait quitté le salon de madame d'Estigny presque rassurée ; Robert s'était rapproché d'elle, et comme il avait accueilli ses reproches, ses épigrammes avec douceur et tristesse, elle s'était soudain calmée ; sa colère s'était changée en une espèce de pitié.

— Qu'avez-vous donc ? lui avait-elle dit malgré elle ; vous paraissez soucieux.

— Je suis inquiet, tourmenté.

— Vous me confierez vos ennuis ?

— Oui... répondit M. de La Fresnaye.

Et la duchesse fut effrayée de l'air solennel avec lequel il prit cet engagement.

— Vous serez chez vous demain à deux heures ! reprit-il.

— Je vous attendrai.

Et elle était montée dans sa voiture. Seule, elle s'interrogea à son tour comme avait fait Marguerite, et elle ne comprit plus d'où lui était venue sa subite jalousie. « Madame de Meuilles va se marier ; elle ne songe pas à lui... Il la regardait avec admiration. Eh bien ! tout le monde la regarde ainsi ; et tous ceux qui la regardent ne sont point amoureux d'elle. Quelle folle idée m'est passée par l'esprit ! il ne la connaît pas, ils ne se voient jamais. Pourtant, ce soir, j'aurais juré qu'il était tout à elle, et qu'elle même... Non, je me suis trompée... j'avais cru voir qu'ils s'aimaient. Oh ! que j'ai souffert ! Mais Étienne ?... Étienne m'a vue jalouse ; il a eu peur ; voilà tout. »

Alors elle chercha à deviner quel était le chagrin qui attristait M. de La Fresnaye, mais elle ne le devina pas.

Il le lui apprit sans pitié... Il était passionnément épris d'une autre femme, et c'est à elle qu'il venait demander des secours dans cette douloureuse démence!...

Certes, il l'aimait encore assez pour la tromper facilement; mais il l'estimait trop pour vouloir la tromper. Il la savait bonne et généreuse, elle comprendrait qu'il y avait beaucoup de tendresse dans cet étrange aveu.

— J'ai toujours été sincère avec vous, disait-il; je ne veux pas vous faire douter du passé en vous mentant aujourd'hui. Je suis malheureux, je suis fou, pardonnez-moi et aimez-moi pour me guérir. Je n'ai aucun espoir, et cependant j'agis comme un homme qui aurait le droit d'espérer. Cette femme que j'aime va s'engager loin de moi pour jamais, cela est inévitable, et cependant j'attends avec confiance l'événement qui doit me la rendre. Quand j'ai quitté Bellegarde, je suis allé m'établir dans les environs de son château; je lui ai fait savoir que c'était moi qui avais sauvé son enfant... Je le lui avais caché d'abord; je croyais l'avoir oublié; car il y a deux ans que l'idée de cet amour me tourmente; ce ne fut longtemps qu'une idée... ce n'est devenu une passion que le jour où j'ai revu cette femme... Eh! mon Dieu, chez vous!... Elle m'est apparue d'une manière si poétique, seule, dans ce grand salon, pâle comme une ombre, couverte, inondée de ses longs cheveux qu'elle relevait avec tant de peine et avec tant de grâce!... Elle m'a tourné la tête ; je me suis remis à l'aimer comme je l'aimais avant de vous connaître.

— Oh! dit la duchesse un peu soulagée de son émotion, c'était avant moi?

— Je vous l'ai dit. Il y a deux ans, je la suivais partout... Elle est revenue à Paris, je suis parti en même temps qu'elle, je voyageais sur ses pas; s'il lui était arrivé un malheur, quelque accident, je serais accouru. J'avais appris qu'on arrangeait pour elle et son mari futur un appartement à Paris; j'avais aussitôt écrit à un homme de confiance que j'ai ici d'apporter tous les obstacles imaginables à l'arrangement de cet hôtel, et de rendre cet appartement inhabitable le plus longtemps possible. En effet, quand elle le vit, elle renonça au projet de l'habiter, et résolut de s'établir dans un autre. Cette résolution hâtait son mariage d'un mois; j'étais ivre de rage!... J'envoyai ordre aux ouvriers que je tenais captifs de terminer les travaux de cet appartement en trois jours. Cette ruse me réussit, et une nouvelle combinaison dans ses projets retarda le mariage de six semaines. Je vous raconte toutes ces niaiseries pour que vous compreniez que cet amour est plutôt une maladie de mon esprit qu'une véritable affection de mon cœur : il y a de la folie dans tout cela, je le pense bien. C'est pourquoi j'espère, par un plus digne amour, me distraire. Je suis allé plusieurs fois chez cette femme, je lui ai dit non pas que je l'aime, elle ne m'aurait pas écouté, mais que je l'avais aimée; elle a souri avec indifférence, et j'ai bien vu que je ne lui plaisais pas et qu'il fallait renoncer à elle... mais je n'en ai pas la force, donnez-la-moi... Cette passion m'a dompté, je ne me connais plus, je souffre comme jamais je n'ai souffert... et je viens vous demander à vous, ma chère Isabelle, vous, la seule personne au monde que j'aime sérieusement, je viens vous demander de m'aider à supporter cette douleur poignante et de me consoler.

La duchesse, stupéfaite et tremblante, le laissa parler avec un respectueux effroi comme un homme qui a le délire ; quand elle vit qu'il lui fallait répondre à cette inimaginable confidence :

— Ah ! je comprends bien, dit-elle, ce que vous devez souffrir : n'être pas aimé, c'est si triste !

Elle éclata en sanglots. Robert ne l'avait jamais vue pleurer. L'aspect de cette beauté si fière, si brillante, si heureuse, tout à coup vaincue par le désespoir, lui brisa le cœur... il se reprit à l'aimer, non plus avec tendresse, mais avec exaltation, comme un poëte qui admire une œuvre ou une action sublime. Un moment il oublia Marguerite... mais elle... ne l'oublia pas. Elle le repoussa loin d'elle, et lui dit avec beaucoup de dignité :

— Ce n'est pas ainsi que je veux vous consoler, Robert, j'ai un moyen plus sûr et qui vous plaira davantage ; je vous consolerai en vous disant que madame de Meuilles vous aime et que... vous avez tout à espérer.

Elle devint très-pâle en parlant ainsi.

— Vous croyez? s'écria-t-il avec une joie barbare qu'il ne sut pas cacher.

— Elle vous aime, je le crois, et... je le sens, ajouta-t-elle d'une voix éteinte.

Il y avait de la grandeur dans la manière dont la duchesse acceptait ce rôle douloureux de confidente, elle si digne d'être le plus charmant des secrets. Robert l'admira davantage encore pour sa bonté et pour sa générosité; elle devina cette admiration, et elle comprit que cette admiration lui acquérait la reconnaissance de Robert pour toujours.

— Ce fol amour passera, se dit-elle, mais le sentiment que je lui inspire aujourd'hui survivra à tout.

Un peu d'espoir rentra dans son âme désolée; elle pleurait en silence, mais on devinait que sa résolution était prise; avant de la faire connaître, elle laissait le temps à son agitation de s'apaiser, comme un voyageur qui vient de gravir péniblement une montagne attend que les palpitations de son cœur soient arrêtées avant de reprendre sa route.

— Que m'ordonnez-vous? dit Robert avec une feinte soumission.

— Je vous ordonne de l'aimer, dit-elle, et de rester ici; moi, je partirai demain.

Robert n'eut qu'une pensée : dissimuler sa joie.

— C'est comme cela que vous me consolez? dit-il.

— Je ne puis rien pour vous maintenant, votre accès de folie doit avoir son cours; tant qu'il durera. cette puissance sur votre esprit que vous voulez bien me reconnaître serait sans valeur; j'attendrai qu'il soit passé.

Elle dit ces mots avec plus d'orgueil que de douleur, et M. de La Fresnaye, croyant avoir perdu son amour, le regretta.

— Ah ! vous attendrez que mon accès de folie soit passé; en vérité, dit-il tout à coup en se rapprochant d'elle, je crois qu'il l'est déjà; je ne sais plus pourquoi je me tourmente... je me figure que j'aime une autre femme... pourquoi je vous cause tant de peine quand nous pourrions être si heureux. Nous nous aimons... rien ne nous sépare...

La duchesse, dans sa joie, fut imprudente.

— Ils s'aimaient aussi, pourquoi les séparer? dit-elle.

— Parce que je ne veux pas qu'ils s'aiment !... reprit M. de La Fresnaye avec violence... Et toute sa passion pour Marguerite lui revint au cœur.

— Adieu donc, dit la duchesse, vous m'écrirez... Et elle attacha sur lui ses grands yeux baignés de larmes.

— Et si je m'aperçois que je ne l'aime plus? car il faut tout prévoir, dit-il avec un sourire étrange qui fit rougir la duchesse.

— Vous viendrez nous rejoindre.

— Et vous ne m'en voudrez pas ?

— Non; vous pouviez me tromper, j'aurais appris la vérité, et je vous aurais haï; vous êtes cruel loyalement, cela vaut mieux... Cette franchise me permet de garder

de vous un noble souvenir. Vous me reprenez votre
amour, mais vous me laissez le mien.

Elle lui tendit la main avec une coquetterie charmante
qui le fâcha. Il la trouvait trop résignée et trop spirituelle
pour la circonstance; mais il comprit bientôt qu'elle
jouait l'habileté, et qu'elle n'était si douce, si patiente,
que parce qu'elle avait encore beaucoup d'espoir. D'ailleurs, que voulait-il ? Rompre avec elle sans perdre son
amitié. Quel but était le sien en lui faisant ces confidences si douloureuses ? Obtenir qu'elle quittât Paris
promptement sans lui. Eh bien! il avait ce qu'il désirait :
une rupture amicale, un départ prochain, et dans trois
jours Marguerite entendrait dire de tous côtés : « Vous
savez la nouvelle, la duchesse de Bellegarde est partie
pour l'Italie; elle est brouillée avec M. de La Fresnaye,
elle a découvert qu'il la trompait, et elle lui a défendu de
la revoir. Ah! il y a eu des scènes terribles. — Et pour
quelle femme la trahissait-il ? — On ne sait pas encore
son nom, mais on le saura bientôt. » Marguerite se dirait
alors : Mais c'est donc sérieusement qu'il m'aime?

Calcul et passion, personne peut-être, excepté les ambi-
tieux, n'avait réuni au même degré ces deux contrastes.
L'esprit de Robert, astucieux et froid, était au service de
son cœur ardent et de sa nature violente. C'était un
pilote impassible, qui savait se servir de la tempête même
pour faire marcher le vaisseau, ou, pour parler moins
poétiquement, c'était une sorte de pompier calme et prudent de sa nature, mais toujours réveillé par l'incendie.

XIII

Comme tous les mauvais sujets, M. de La Fresnaye
était très-prude. Les mauvais sujets ont, en général, une
grande austérité de principes ; ils ne reconnaissent que
la vertu absolue ; pour eux, il n'y a que deux catégories
de femmes : les courtisanes et les matrones romaines, les
Cléopâtre et les Octavie, c'est-à-dire les femmes qui
aiment tout le monde et celles qui n'aiment personne ;
les femmes dont on parle toujours et celles dont on ne
parle jamais. Pour celles qui ont aimé quelqu'un et dont
on a parlé une fois, ils n'ont aucune indulgence, ils
n'admettent point d'excuses ; pour eux, les faiblesses du
cœur, les passions, les fatalités ne comptent point. Il y a
une chose qu'ils ne pardonnent jamais à leur maîtresse :
c'est d'être leur maîtresse, quels que soient ses remords
et sa fidélité. Pour leurs sœurs, ils se montrent d'une
sévérité, d'une susceptibilité farouche ; ils les surveillent,

ils les espionnent, ils les enfermeraient volontiers... Et
dans les sermons qu'ils leur adressent, ils trouvent, pour
flétrir l'inconduite des femmes du monde, des expressions
de mépris et d'opprobre qu'envierait un prédicateur ton-
nant. Un mauvais sujet, c'est un ancien complice devenu
juge, et juge inexorable : il ne reconnaît point de circon-
stances atténuantes ; ne lui confiez jamais une faiblesse,
même seulement rêvée, c'est un confesseur sévère, d'une
austérité désespérée ; il ne croit ni au repentir ni à la
pénitence.

La duchesse de Bellegarde avait plu à Robert, précisément à cause de sa bonne réputation et de l'amour
qu'elle avait pour son mari, et du jour où elle eut trompé
ce mari tant aimé, elle perdit aux yeux de Robert tout
son prestige. Elle descendit de son piédestal et rentra
dans la foule des femmes vulgaires qu'on peut quitter
sans égard, parce qu'elles peuvent se consoler sans peine.
Cependant la manière noblement résignée, affectueusement digne dont elle avait accepté ses aveux, lui avait
fait retrouver une partie de son estime, et sans doute
s'il ne s'était agi que d'un autre amour, il aurait eu le
courage de sacrifier cet autre amour et de rester tout à
elle ; mais il s'agissait de sa destinée entière. Marguerite
était pour lui plus qu'une beauté brillante, qu'une conquête flatteuse, c'était la femme de ses rêves, la femme
auprès de laquelle il voulait passer sa vie, la femme qu'il
voulait épouser. M. de La Fresnaye se disait : Si je
n'épouse pas Marguerite, je ne me marierai jamais ; et

comme il jugeait qu'il était convenable qu'il se mariât,
il s'attachait doublement à Marguerite, parce qu'il sentait que jamais une autre femme ne lui inspirerait en
même temps ces deux sentiments si contraires, qui seuls
pouvaient l'entraîner, sentiments qu'il est bien rare
d'éprouver ensemble : la confiance et la passion.

Le soir même, Robert rencontra chez sa tante madame d'Arzac. Il voulut la saluer, elle affecta de ne le
point voir et lui tourna le dos. Maintenant, pensa-t-elle,
il n'osera plus venir chez ma fille ; et puis elle commença
à lancer indirectement, contre lui, une mitraille d'épigrammes : c'étaient des allusions, soi-disant détournées,
qui allaient droit au but comme une flèche, des sous-
entendus transparents comme du cristal, des réticences
pleines d'abîmes, des traits mordants, acérés, empoison-
nés qui devaient tuer un homme sur l'heure. M. de La
Fresnaye était devant la cheminée, et il regardait rouler ce *torrent d'injures* sans mot dire. Madame d'Arzac
voulut voir comment il supportait cette attaque, elle leva
hardiment les yeux sur lui... O rage! ô mystification
sans pareille! le monstre la contemplait avec une extrême bienveillance, il avait un air doux et heureux qui
semblait dire : Vous avez peur, c'est donc possible?

Quelques jours après, il rencontra sur le boulevard
M. d'Arzac. Étienne le salua, mais avec hauteur et en
pâlissant. Bon! pensa Robert, voilà des gens qui m'en-
couragent. Il alla voir madame de Meuilles.

On lui dit qu'elle était sortie ; mais Gaston, qui avait

entendu les chevaux de M. de La Fresnaye piaffer à la
porte et qui le guettait au passage, lui cria : Ne les croyez
pas, maman est chez elle ! Puis il alla en courant chez
sa mère, et lui dit :

— N'est-ce pas, maman, qu'on ne doit pas le renvoyer, lui?

— Jamais, répondit Marguerite, malgré elle, en apercevant Robert; et ce fut la mère qui parla. Quand Gaston
était présent, elle ne voyait plus dans Robert que l'homme
qui avait sauvé son fils. Madame de Bellegarde est partie
ce matin, pensa-t-elle; il la rejoindra dans quelques
heures, je puis le recevoir sans crainte.

M. de La Fresnaye entra avec Gaston, et, posant la
main sur la tête de l'enfant :

— Lui, au moins, dit-il, n'est pas mon ennemi. N'est-ce
pas, Gaston, si on m'attaquait, tu me défendrais?

— Oh! je vous défends! répondit le naïf accusateur.

— Bien; et qui est-ce qui m'attaque le plus?

Gaston allait répondre; sa mère le regarda, il se mit
à rire et s'enfuit; elle le rappela bientôt, ne voulant pas
rester seule avec M. de La Fresnaye; mais M. Berthault
parut; il réclama son élève, c'était l'heure de la leçon
d'anglais.

— Je vous croyais parti, dit Marguerite avec un embarras mêlé d'impatience. La manière dont Robert l'observait commençait à la troubler.

— J'ai retardé encore mon départ, je ne peux pas me
décider à vous quitter.

— Ah! je vais vous aider, dit-elle en essayant de rire.

— Rien ne vous est plus facile, et vous pouvez me renvoyer d'un mot; mais tant que vous n'aurez pas dit ce mot, je resterai. Que voulez-vous, je n'y songeais plus, moi; jamais je n'aurais eu de moi-même une si bonne idée, je ne suis pas fat, et je partais bien complétement désolé et bien malheureux, Dieu le sait! Ce n'est pas ma faute si on m'a donné de l'espoir.

Marguerite fit un mouvement d'indignation qui trahissait un superbe orgueil offensé.

— Ce n'est pas vous, madame, reprit-il; vous, au contraire, me découragez sans pitié; mais les personnes qui vous entourent me donnent tant de confiance; elles semblent si alarmées pour vous de ma présence, et si inquiètes pour elles-mêmes, qu'elles m'inspirent, malgré moi et malgré elles sans doute, une présomption inaccoutumée qui m'enivre : car enfin elles vous connaissent mieux que moi; et si elles éprouvent tant d'effroi de me voir occupé de vous, c'est qu'elles imaginent que ce n'est pas sans danger... pour elles... oh! je ne dis pas pour vous. Mais certainement il y a dans mon caractère, dans mes défauts, quelque chose qu'elles jugent devoir vous plaire; elles savent cela mieux que moi; je m'en rapporte à elles... Comment expliquerais-je, si ce n'était par cette crainte qui les trouble, comment expliquerais-je la haine que me montre madame votre mère? Cette grande haine n'est-elle pas un symptôme flatteur? Qu'ai-je fait pour la mériter, quel crime

a-t-elle à me reprocher? J'ai sauvé la vie à son petit-
fils, je l'ai empêché d'être dévoré par une louve qui se
jetait sur lui. Ce n'est pas là une méchanceté! Eh bien!
j'aurais livré votre enfant à cette bête féroce, je serais
cette bête féroce elle-même, que madame votre mère ne
me témoignerait pas plus d'horreur. Que dois-je voir
dans cet acharnement d'une personne qui vous adore,
contre moi qui vous aime? Je n'y peux voir qu'une
jalousie qui m'honore et m'encourage. Votre mère reconnaît dans ma tendresse une rivalité, et elle a raison.

— Vous vous trompez, interrompit Marguerite, irritée
de la justesse de ces observations et cherchant à se défendre; ma mère ne hait pas ceux qui m'aiment; elle a
pour M. d'Arzac une profonde affection; elle n'est pas
jalouse de lui...

Elle crut avoir donné une leçon de convenance à M. de
La Fresnaye par cette réponse qui rappelait ses engagements; mais il s'écria :

— Oh! je le crois bien qu'elle n'est pas jalouse de lui,
il vous aime en esclave; il ne lui ôte rien de son autorité. Il fera ce que vous voudrez, et comme ce que vous
voulez est ce qu'elle veut, elle est tranquille, vous reste-
rez sous son empire. Sa tendresse impérieuse et l'amour
docile d'Etienne s'entendent à merveille, ils sont associés pour vous aimer... Mais dans ma pensée, à moi, elle
devine une rivalité, une autorité au-dessus de la sienne,
et elle voit juste, car si vous me permettiez d'avoir l'honneur de vous aimer, je vous aimerais en maître absolu.

Il dit ces derniers mots d'un ton très-respectueux, mais il jeta sur Marguerite un regard qui la fit frémir.

— Ah ! mon Dieu ! dit-elle avec une petite toux affectée, que j'aurais peur d'être aimée ainsi !

— Vous croyez ? C'est alors que vous ne tenez pas à être aimée.

— On peut aimer autrement.

— Non, vous vous imaginez peut-être que d'Arzac vous aime !

— Oui, vraiment, et comme je veux qu'on m'aime.

Elle fut très-contente d'avoir trouvé cette malice qu'elle jeta d'un ton dédaigneux.

— Oh ! je le reconnais, il vous est complétement attaché, dévoué, consacré ; mais ce dévouement n'est pas de l'amour...

Elle allait se fâcher ; il feignit de plaisanter.

— Sans doute, continua-t-il, Étienne fera pour vous toutes sortes de belles actions, de nobles choses... moi, je ne ferais rien que du mal... mais je le ferais bien et avec ardeur ; lui vous aime pour vous, moi je vous aimerais pour moi... Par exemple, il se jetterait au feu pour vous ; moi je vous jetterais au feu pour moi... mais avec quelle passion ! Lui enfin aimerait mieux mourir que de vous voir souffrir, que de vous causer le plus léger chagrin, moi... si j'étais inquiet, jaloux ou mécontent de vous, je vous ferais des scènes affreuses, et loin d'éprouver la moindre pitié, je vous verrais souffrir, pleurer, sangloter avec délices... parce que, moi je vous aime et

que lui ne vous aime pas. Non, le sentiment qu'il a
pour vous n'est pas de l'amour.

— Qu'est-ce donc?

— C'est... une appréciation exaltée. Croyez-moi, ces
natures si nobles, si généreuses, ça ne sait point aimer,
ça ne sait que se sacrifier... Eh bien ! quand on se sacrifie, c'est tout de suite fini : on vous oublie; tandis que
lorsqu'on tourmente, cela dure, on pense à vous. Le sacrifice est borné, mais le tourment est si varié ! Pour
bien aimer, il faut être méchant, les bonnes âmes ne
valent rien en amour.

— En amour, soit; mais, en ménage, je ne rêve nullement ce tyran passionné dont la joie serait de tourmenter ma vie.

— Vous avez raison de ne pas le rêver, mais s'il existe,
vous auriez tort de ne pas le choisir.

— Il existe peut-être, mais je ne le connais pas.

— Vraiment ! reprit-il avec un accent de reproche
plein de douceur, vous n'avez jamais rencontré un regard qui attirât le vôtre par une force irrésistible... et
vous n'avez pas senti dans cette sympathie toute-puissante une loi, ou, comme vous l'appelez, une tyrannie
de l'amour?... Dites, soyez de bonne foi... Non ?

Elle n'osa dire non; elle retrouvait ce regard qui
l'avait tant émue : elle subissait son charme... Pouvait-
elle le nier?

La malheureuse jeune femme était en proie à une angoisse indicible, mélange de tendresse et de haine, de

répulsion et d'attrait. Elle était bien faible pour une lutte si terrible! Un moment il lui sembla qu'elle allait devenir folle... Quel supplice! Ne pouvoir commander à son cœur!... Sentir qu'il vous trahit, qu'il vous échappe... L'avoir donné loyalement, volontairement à qui l'a mérité, et le voir se donner lui-même, malgré vous, à qui n'a rien fait pour le conquérir! Ne pouvoir plus gouverner son regard, le sentir brûler et ne pouvoir l'éteindre... comprendre qu'il dément chacune de vos paroles et ne pouvoir reprendre ce qu'il a dit malgré vous!... C'est le supplice du coupable que de menteurs récits allaient justifier, et qu'un témoignage sincère vient tout à coup confondre... Elle luttait pourtant avec courage... Mais le combat lui-même était un aveu, un aveu qu'il acceptait avec ivresse! Pourquoi baissait-elle ses yeux prudemment? C'est qu'elle redoutait leur langage. Pourquoi donnait-elle à sa voix des accents durs et saccadés? c'est qu'elle sentait sa pauvre voix s'attendrir à chaque instant malgré elle; c'est qu'elle tâchait de déguiser, sous une fausse impatience, son invincible amour.

— Ah! vous êtes bien coupable, madame, dit-il en se levant comme s'il partait, car vous allez vous lier à jamais à un honnête homme que vous n'aimez pas.

— Monsieur de La Fresnaye! dit Marguerite révoltée.

— Pourquoi vous fâcher? En quoi ma conduite vous semble-t-elle un affront? Est-ce que je veux vous perdre, vous compromettre, vous afficher? Je veux vous donner ma vie, est-ce une injure? Je veux vous épou-

ser... parce que je crois que je vous conviens mieux que
personne et qu'il est dans notre destin de nous aimer.
Pourquoi feindre? Pensez-vous donc que je ne souffre
pas autant que vous? Cette émotion violente que vous ca-
chez si mal sous une fausse dignité, cette émotion qui
vous fait pâlir, rougir, trembler comme moi, je la res-
sens aussi, et j'ai bien le droit de la reconnaître, c'est la
mienne!... Pensez-vous donc qu'on l'éprouve deux fois
dans sa vie, cet amour-là, et jugerez-vous qu'un homme
soit un fou, un insolent, lorsqu'il rencontre une femme
qui le lui inspire et qui le lui rend, de faire tout au
monde pour obtenir cette femme, pour l'empêcher de lui
échapper et de se mésallier à un autre? Oui, la véritable alliance, c'est celle-là, c'est l'harmonie de deux natures, c'est la sympathie invincible. Il y a des milliers
de créatures qui meurent sans avoir jamais connu cet
amour. Certes, on peut se passer de lui tant qu'on
l'ignore... mais dès qu'on le rencontre, il est impossible de ne pas se dire tout de suite : C'est lui! parce
qu'il ne ressemble en rien aux autres. Dès qu'on le
trouve, on ne peut plus vivre que par lui... Vous comprenez alors si on le regrette quand, l'ayant trouvé, on
l'a repoussé! Oh! Marguerite, je vous en supplie, il est
encore temps, interrogez-vous sincèrement. Demandez-
vous si l'affection profonde et sans doute méritée que
vous inspire votre cousin... Mon Dieu, je me rends justice, il vaut beaucoup mieux que moi... Si cet amour de
naissance, de circonstance, d'habitude, de consentement,

10.

de parenté même, ressemble en rien à cet amour fatal, involontaire, impérieux, tout-puissant qui nous attire l'un vers l'autre, malgré nous, qui nous opprime, nous écrase... qui vous rend si belle, Marguerite, et qui me fait mourir!

Il se laissa tomber sur un canapé loin de madame de Meuilles et n'osa pas la regarder.

Marguerite était éperdue. Jamais Robert ne lui avait semblé plus séduisant, plus dangereux. Elle sentait bien qu'il avait raison, et que toute son âme était à lui, mais sa volonté lui restait, à elle... elle ne l'aimait pas encore avec sa volonté. Elle résista vaillamment.

— J'avoue, dit-elle, que je vous trouve très-aimable et que vous auriez pu prendre sur moi beaucoup d'empire... mais j'aime mon cousin.

— Non! s'écria Robert avec violence, vous ne l'aimez pas!...Tenez, demandez-le-lui; il sait cela mieux que nous!

Madame de Meuilles, épouvantée, retourna la tête, et elle aperçut derrière elle M. d'Arzac. Robert l'avait vu entrer dans le premier salon. Un moment elle crut que M. de La Fresnaye allait lui poser nettement cette question. Il en était bien capable; elle eut peur... Mais Étienne avait un air d'insouciance qui les déconcerta d'abord tous les deux. Il fit à Robert un salut très-gracieux, et tendant la main à Marguerite, il lui dit à la hâte, comme un homme qui est attendu : Je viens vous demander pardon, ma chère cousine, je suis obligé de vous faire ce soir une infidélité.

A ce mot, Marguerite rougit. Étienne continua :

— J'ai un dîner d'adieux ; nous embarquons ce soir
notre brave capitaine Gérard. Il va faire le tour du monde.
J'avais d'abord refusé, mais il m'a dit : Viens, viens, qui
sait, nous ne nous reverrons peut-être jamais ; ne perds
pas cette occasion... Si c'était la dernière ! J'ai accepté.

Elle retrouva un peu de voix pour lui dire : Vous viendrez tard ? — Je viendrai de bonne heure demain ; des
marins, ça dîne pendant vingt-quatre heures... A demain, on m'attend... Il sortit en courant et laissa toutes
les portes ouvertes.

Madame de Meuilles et Robert restèrent stupéfaits de
cette apparition. Mais leur étonnement avait une cause
différente. Une profonde tristesse se peignait sur les traits
de Robert, ses yeux exprimaient une pitié navrante.

— Pauvre jeune homme, dit-il en se parlant à lui-
même.

— Vous le plaignez ? reprit Marguerite, parce qu'il me
quitte pour s'amuser.

— Ah ! vous croyez donc au départ du marin, vous !

— Sans doute.

— Et vous dites que vous l'aimez !... Et vous n'avez pas
vu qu'il était fou de désespoir, ivre de jalousie, qu'il avait
le cœur déchiré ?

— Non, dit-elle confondue et avec humilité.

— Eh bien ! moi qui ne l'aime pas, mais qui sais ce
qu'un malheureux qui aime peut souffrir, moi je vous
apprends qu'il n'a rien à faire ce soir, qu'il n'a pas

d'ami dans la marine, qu'il va s'enfermer chez lui, et
que là, seul, isolé, il va vous écrire vingt lettres qui
commenceront toutes par ces mots : « Je vous rends votre
parole, Marguerite. »

— Si c'est ainsi, dit-elle, c'est moi qui vais lui
écrire.

— Bien. Ecrivez-lui, c'est votre devoir, mais ne lui
dites pas que vous l'aimez.

— Oh! vous vous trompez; Étienne riait, il avait l'air
heureux et confiant.

— Par respect pour lui, ne dites plus cela.

— Vous m'inquiétez; je vais tout de suite envoyer chez
lui.

Elle sonna. Un domestique vint. M. de La Fresnaye la
salua et sortit.

— Courez chez M. d'Arzac, dit-elle, et priez-le de
passer un instant ici avant d'aller dîner, j'ai à lui
parler.

Le domestique partit à la hâte.

Dès que Marguerite fut seule, elle s'abandonna à toute
sa douleur. Mon Dieu! s'écria-t-elle, il a dit vrai, je
l'aime! que vais-je devenir... je l'aime!... Puis elle ras-
sembla toutes ses forces; oui, je l'aime, dit-elle, mais je
ne veux pas l'aimer.

XIV

Le domestique que Marguerite avait envoyé chez
M. d'Arzac revint; il n'avait trouvé personne. M. d'Arzac
était sorti, il ne devait pas rentrer avant minuit. Madame
de Meuilles pensa naturellement que les conjectures de
Robert étaient absurdes; elle les jugea même pleines de
présomption et de fatuité.

L'idée de passer la soirée seule l'effrayait; elle avait peur
de ses souvenirs. Pour se distraire et se calmer par la réalité de la vie mondaine, elle descendit chez madame d'Estigny. Elle savait que madame d'Estigny, ayant perdu une
de ses parentes, vivait en famille depuis quelque temps.
A peine elle était assise, on se mit à *commérer* sur les
nouvelles du jour; le grand événement était le départ
de madame de Bellegarde; chacun le racontait à sa manière : la duchesse avait découvert que M. de La
Fresnaye la trompait, elle lui avait fait une scène épou-

vantable, elle était partie en lui défendant de la suivre.

Autre version : M. de La Fresnaye lui avait dit qu'il allait se marier ; elle avait d'abord beaucoup pleuré à cette déclaration, puis elle avait pris son parti courageusement. — Tout ce que je sais, dit la fille de madame d'Estigny, c'est que madame de Bellegarde parle de lui avec la plus grande estime et comme du plus loyal de ses amis.

— Alors, c'est qu'ils ne sont point brouillés et qu'ils se sont donné rendez-vous à Gênes ou à Florence?

— Ils se sont *brouillés à l'amiable,* dit en souriant la maîtresse de la maison, et ils ne se reverront jamais ; et elle regarda madame de Meuilles, dont le trouble était remarquable ; mais, ajouta-t-elle avec une insouciance très-bien jouée, comme leur brouille ou leur bon accord n'intéresse personne de nous, je vous demanderai de parler d'autre chose et de m'indiquer un livre nouveau qui puisse m'aider à souffrir. On causa un moment littérature. Marguerite essayait de se mêler à la conversation ; mais comme elle était agitée !...

Quelle nouvelle pour Marguerite ! Robert lui avait sacrifié madame de Bellegarde. Il l'aimait donc. Oh! cette pensée lui donnait une joie folle qu'elle se reprochait amèrement.

Madame d'Arzac était venue chez sa fille ; on lui avait dit qu'elle était chez sa voisine, et madame d'Arzac avait rejoint Marguerite chez madame d'Estigny.

— Où est donc Etienne? dit-elle tout bas à sa fille.

Marguerite lui raconta l'histoire du dîner de marins.

— Ce n'est pas possible, dit madame d'Arzac ; il y a
là-dessous quelque mystère. Tu l'as vu ?

— Oui, ma mère.

— C'est lui-même qui t'a dit cela ?

— Lui-même.

— Vous étiez seuls ?

— Non.

— Alors il a cru devoir faire un mensonge.

— Et quelle nécessité de mentir ?

— Ah ! mon enfant, que veux-tu, dans une situation
fausse il est difficile d'être vrai.

Marguerite rougit, elle garda le silence. Madame d'Arzac devina à peu près ce qui s'était passé ; elle jugea que
le moment était venu d'attaquer M. de La Fresnaye avec
vigueur. Elle fit contre lui une sortie admirable, remplie de verve et d'esprit. Madame d'Estigny la contemplait d'un air étonné, et semblait lui dire : « Prenez
garde ! ce n'est pas prudent, vous ne voyez donc rien !... »
Car madame d'Estigny avait parfaitement observé tout
le petit drame qui s'était joué chez elle quinze jours auparavant. Elle avait compris la jalousie de la duchesse et
d'Étienne, et, ce qui est plus grave, elle avait reconnu
qu'ils avaient tous deux raison d'être jaloux. D'abord elle
crut madame d'Arzac aveuglée, mais elle s'aperçut que
la mère intelligente avait, comme elle, la conscience du
danger, et que c'était pour le conjurer qu'elle appelait la
médisance et la méchanceté à son secours.

Bientôt, avec cette prompte intuition des femmes du
monde, elles se devinèrent... et elles s'entendirent taci-
tement pour étudier chacune à son tour, sur le visage
de Marguerite, les impressions diverses que lui faisaient
éprouver les attaques cruelles de sa mère contre M. de
La Fresnaye et les justifications éloquentes d'un de ses
amis : il y avait là un ami de Robert qui le défendait
avec chaleur, et le résultat de leurs observations fut que
Marguerite était complétement indifférente à l'accusa-
tion et à la défense. — Elle ne l'aime pas. — Et Marguerite elle-même se dit : Cela ne me fait aucun chagrin
d'entendre parler mal de lui, je ne l'aime donc pas?...
Et elle se réjouit dans le fond de son âme.

Parmi les crimes dénoncés, il y en avait un dont madame de Meuilles ne put s'empêcher de rire, ce qui lui
était facile; elle n'y croyait pas. On reparlait encore de
son voyage en Italie.

— Ah! je vous prédis, moi, qu'il n'ira pas; il ne peut
pas aller en Italie, reprit madame d'Arzac.

— Eh! pourquoi? s'écria-t-on.

— Parce qu'il y serait, comme M. de Pourceaugnac,
poursuivi par une foule de femmes et d'enfants, et qu'il
n'a pas envie d'entendre chanter à ses oreilles ce chœur
terrible : La polygamie est un cas pendable! La polygamie est un cas pendable!

— Il est donc marié?

— Marié et père de famille! Marié, comme don Juan,
à une fausse église, avec un faux prêtre. Après tout, il a

reconnu son erreur et l'a réparée... en abandonnant sa femme. Elle est morte de chagrin; quant à l'enfant, qui était bossu, il n'a jamais voulu le reconnaître, il a prétendu qu'il était incapable d'avoir des enfants bossus.

Marguerite s'amusa de cette folle histoire comme d'une mauvaise plaisanterie. Elle ne croyait point aux cruautés paternelles de M. de La Fresnaye; elle l'avait vu avec Gaston, et elle avait bien compris qu'il aimait trop les enfants pour avoir jamais le courage d'abandonner un fils à lui, même bossu.

Madame d'Estigny était contente de Marguerite. Après avoir pris le parti de M. de La Fresnaye attaqué comme père de famille, elle voulut éprouver encore madame de Meuilles et la forcer à être de son avis. — Eh bien! Marguerite, dit-elle, vous restez neutre; il faut vous prononcer : avec qui êtes-vous? Avec votre mère pour condamner M. de La Fresnaye, ou avec nous pour le défendre? Voyons, dites franchement, que pensez-vous de *l'accusé?*

— Je pense, dit Marguerite en s'armant de toute son énergie pour vaincre et cacher son trouble, je pense que M. de La Fresnaye est un homme très-distingué, supérieur, et que cela suffit pour expliquer toutes les calomnies.

Elle est brave, se dit madame d'Arzac, il n'y a encore rien de sérieux.

Mais voilà qu'un vieux parent de madame d'Estigny fit demander de ses nouvelles; il traversait Paris, se rendant d'un château à l'autre ; on ne l'avait pas vu depuis longtemps ; on lui permit d'entrer. Il raconta en détail tous les plaisirs de son été, son séjour aux eaux, ses visites en province, et enfin son arrivée chez lui. Chaque récit était semé d'une broderie d'anecdotes piquantes, d'observations malignes, de parenthèses instructives ; car ce vieil homme du monde était une gazette vivante, un journal du soir en frac noir et en cravate blanche.

— Vous allez me dire encore que je suis un furet, que je paye vingt espions pour savoir ce qui se passe... Dès mon premier pas dans la *capitale*, j'ai découvert une petite intrigue, peu de chose, mais j'arrive, il faut être indulgent : je quittais l'embarcadère du chemin de fer d'Orléans, je m'en allais tranquillement chez moi dans un fiacre avec mes deux malles. Tout à coup j'avise une petite personne, jolie comme un cœur, seize ans au plus, une Hébé!... Elle avait de grands yeux étonnés qui regardaient de tous côtés, comme une petite sauvage ; elle donnait le bras à un jeune homme. Parbleu ! me dis-je, voilà un gaillard bien heureux ! De temps en temps, elle se penchait sur son bras pour lui parler avec une familiarité câline qui était charmante, et lui, il riait comme un fou des questions probablement saugrenues qu'elle lui adressait ; au tournant d'une rue, l'heureux couple s'est trouvé arrêté par mon fiacre, et j'ai reconnu ce monstre, ce brigand, ce scélérat de La Fresnaye.

— M. de La Fresnaye ? s'écria madame d'Arzac ; ah !

c'est charmant! tout se découvre; voilà ce qui a fait fuir la duchesse.

— Robert de La Fresnaye lui-même! en bonne fortune à huit heures du matin, avec une petite personne assez suspecte, mais, ma foi, bien gentille et bien jolie; et il fallait qu'elle fût naturellement très-agréable, car elle était habillée comme une petite sorcière : un vilain chapeau de peluche râpé, une piteuse robe de laine jadis bleue. Ah! pour un élégant, c'était misérable; aussi, la première fois que je verrai Robert, je lui ferai honte, ajouta le vieux mauvais sujet en parlant bas au gendre de madame d'Estigny; je lui dirai : On habille, mon cher, on habille!

Cette histoire inconvenante et racontée sans aucune finesse venait tellement à propos, qu'on l'écouta avec ravissement.

— J'oublie de vous dire, ajouta le narrateur, charmé de son succès, que j'ai salué La Fresnaye par méchanceté et qu'il a paru très-contrarié de ma politesse.

Chose étrange! pendant ce récit, Marguerite était au supplice : une jalousie insensée rongeait son cœur, et elle en souffrait doublement; elle souffrait parce qu'elle était jalouse, elle souffrait parce qu'elle découvrait qu'elle était jalouse et que cette découverte lui prouvait son fatal amour.

On avait dit tant de mal de Robert depuis une heure! elle était restée insensible; on avait parlé de sa passion pour la duchesse de Bellegarde, elle ne s'était pas sentie

jalouse de la duchesse, et pour cette amourette d'Opéra
peut-être, pour cette aventure de hasard sans doute, elle
éprouvait tous les tourments de l'orgueil offensé, de
l'amour trahi !

Craignant de ne pouvoir cacher son agitation, elle dit
adieu à madame d'Estigny et retourna chez elle. Madame d'Arzac ne voulut point l'accompagner ; elle pensa
que la soirée avait été bonne et qu'il fallait laisser Marguerite méditer en paix sur la conduite édifiante de
l'homme qui commençait à la préoccuper ; et Marguerite
se retrouvant dans son salon, à la place où Robert lui
avait parlé, le matin même, avec tant de foi et d'ardeur
de son amour pour elle, songeant à ses misérables intrigues, à ses amours de grisettes, se sentit révoltée,
indignée. Elle quitta précipitamment ce salon, dont les
échos gardaient encore tous ces mensonges, avec dégoût,
comme un théâtre où l'on n'a entendu que des parades
grossières, que des stupidités répugnantes. Sa pensée
tout entière s'exhalait en imprécations contre cet homme
insolent qui s'était moqué d'elle. Quelle superbe colère !
quelle dignité puissante ! mais quelle joie aussi de n'a-
voir plus à craindre cette influence fatale ! Comment
aurait-elle eu peur de l'aimer ? Elle le haïssait... Elle
était tremblante, elle ne pouvait dormir. La rage faisait
bouillonner son sang et tordait ses nerfs. Oh ! cet homme
était un misérable ! Elle passa toute la nuit à le haïr.

Un moment, cependant, à travers sa fureur, elle eut
un accès de gaieté bien naturelle, quand elle se rappela

cet aplomb merveilleux avec lequel M. de La Fresnaye
avait deviné le désespoir d'Etienne. « Quelle fatuité
plaisante ! se disait-elle ; en vérité, je crois qu'il s'atten-
drissait sur le sort de son infortuné rival ! Il daignait le
plaindre et semblait lui demander pardon des succès qu'il
obtenait contre lui !... Et il me grondait, moi, de ne pas
savoir lire dans son âme ; il avait la prétention de connaître mieux que moi les sentiments de cet homme que
j'aime ! Ah ! cela, franchement, c'était comique, et il
était parfaitement ridicule avec ses airs de devin profond
et d'ennemi généreux. Je le vois encore ! Une seule chose
était plus ridicule que sa présomption : c'était ma naïveté ; et j'ai pu un seul instant me laisser troubler par
cette parodie ! Oh ! j'étais folle !... » Et elle se mit à rire.

Le lendemain, à dix heures, sa femme de chambre
entra chez elle avec une lettre. Madame de Meuilles reconnut l'écriture d'Étienne et frissonna. Cette lettre commençait ainsi :

« Je vous rends votre parole, Marguerite... »

Elle crut rêver et lut une seconde fois :

« Je vous rends votre parole, Marguerite ; ce n'est pas
» moi que vous aimez, je le vois, et je vous sais gré
» d'être si longtemps à le comprendre. Vous êtes libre,
» soyez heureuse. Adieu.

                              » ÉTIENNE. »

XV

Marguerite resta stupéfaite. Combien elle se reprochait
alors de n'avoir pas deviné la vérité. M. de La Fresnaye
avait raison, pensa-t-elle... Et c'est pour lui qu'a souffert
Étienne... Oh ! cher Étienne !... Elle répondit aussitôt :

« Vous êtes libre, soyez heureuse ! Libre ?... Mais je
» ne veux pas être libre ! Heureuse ?... Je ne puis être
» heureuse sans vous ! Quelle étrange idée vous prend ?
» Mais, Étienne, c'est vous que j'aime, vous seul, et
» aujourd'hui plus que jamais, pour votre générosité et
» pour vos souffrances. Revenez à moi, mon ami, je vous
» dirai tout. Ne me laissez pas longtemps avec cette in-
» quiétude, avec cette pensée que vous êtes triste à cause
» de moi. Ah! que j'ai besoin de vous revoir ! »

Étienne était résolu à subir le martyre jusqu'à la fin.
Pauvre enfant, se dit-il, elle croit m'aimer... je lui lais-
serai cette illusion tant qu'elle lui sera nécessaire. Et il

revint chez Marguerite. Elle le gronda bien doucement
d'être malheureux sans raison. N'ayez pas peur que j'aime
ce merveilleux, dit-elle; il peut paraître séduisant à ceux
qui ne le connaissent pas, mais quand on sait ce que cache
d'orgueil et de rouerie toute cette fausse franchise, toute
cette originalité si bien étudiée, on le trouve le moins
dangereux des hommes, et ses comédies de sentiment,
admirablement déclamées, ne peuvent plus intéresser.

— Marguerite, dit Etienne, vous étiez bien troublée
auprès de lui. — Il s'excusait d'être jaloux.

— Oui, c'est vrai, cela vous a fait croire que je l'aimais; c'est un trouble très-facile à expliquer et où l'attrait n'est pour rien. Vous saurez que M. de La Fresnaye,
depuis deux ans, s'amuse à me suivre partout. J'avais
bien remarqué cette espèce d'ombre qui s'attachait à
mes pas; mais je croyais que c'était quelque aventurier
inconnu, et je n'y pensais guère, lorsque j'ai découvert
que mon adorateur était M. de La Fresnaye. Cette découverte, naturellement, m'a contrariée. C'est pourquoi vous
m'avez vue souvent rougir à son nom; mais il est une
vérité que je dois vous avouer : quand j'ai appris que
c'était lui qui avait sauvé Gaston, j'ai oublié toute cette
folle aventure, et je l'ai aimé bien franchement de
reconnaissance et d'amitié sérieuse; ça, je ne vous le
cache pas.

A mesure que Marguerite lui faisait ses aveux, Étienne
se sentait pâlir et défaillir; plus elle lui expliquait son
indifférence pour Robert, plus il se disait : Elle l'aime!...

et il lui fallait tout son courage pour l'écouter de sang-
froid.

— Je l'aurais traité affectueusement toujours, reprit-
elle, s'il n'avait pas voulu recommencer à parler de sa
passion, de ses regrets, de toutes choses enfin qu'il sait
très-bien être inutiles... et qui d'ailleurs ne sont que des
mensonges. Je trouve étrange, je trouve offensant qu'un
homme ose dire à une femme qu'il l'aime, quand cette
femme va se marier avec un autre homme qu'elle a
choisi et qu'elle préfère; il y a, dans cette audace, une
fatuité impardonnable, et je me manquerais à moi-même
si je lui permettais, même en riant, de me tenir ce langage un jour de plus. Aussi je suis très-décidée à le
mettre à la porte sans cérémonie, et cela ne me coûtera
guère; car maintenant je le hais parce qu'il vous a rendu
malheureux. Etienne, ce n'est pas à vous à être jaloux
de lui. Une femme aimée de vous serait bien folle de sacrifier un si noble amour à toutes ces faussetés éloquentes. Etienne, n'ayez plus peur de ce rival; je sais
trop ce que vous valez pour vous comparer même à lui;
vous êtes tout amour et dévouement; lui n'est qu'égoïsme
et vanité; il médit des natures généreuses : il a ses raisons pour cela. C'est un triste héros de roman que cet
homme que toutes les femmes s'arrachent. Je ne lutterai
pas avec elles; mon sort vaut mieux. Vous êtes tout
aussi élégant que lui, tout aussi aimable, et vous avez
de plus le cœur et la passion qu'il n'a pas. Étienne,
dites-moi vite que vous n'êtes plus jaloux.

Étienne n'eut pas la force de répondre.

— Eh bien! vous doutez encore? Vous m'en voulez toujours?

— Oh! je ne vous en veux pas, mais...

— Vous croyez donc que je vous trompe?

— Ce n'est pas moi que vous trompez.

— Et qui donc?

— C'est vous, Marguerite... Toutes ses résolutions l'abandonnèrent, et il ne put s'empêcher de lui dire : Vous l'aimez!...

Il s'attendait à la voir s'emporter à ce mot, et fut étonné de la voir sourire.

— J'ai cru cela comme vous, dit-elle naïvement, mais vous comprendrez bientôt comme moi qu'il n'en est rien...

— Hier, cependant, quand je suis venu, il vous parlait avec passion et vous l'écoutiez...

— Oui, je pouvais le craindre encore hier, mais aujourd'hui!... je le connais, et je n'ai pas peur de lui... N'y pensons plus.

De vives protestations n'auraient pu persuader Étienne, mais cet aveu plein de candeur le rassura. Cette fois encore il fut repris par l'espoir.

Marguerite força Étienne à lui dire ce qu'il avait fait la veille, et à confesser qu'il n'avait pas fait le moindre dîner de marins, et qu'il s'était promené toute la soirée dans les allées sombres des Champs-Elysées, marchant à grands pas comme un furieux et méditant vingt lettres plus folles les unes que les autres.

11.

— Elles commençaient toutes par : Je vous rends votre parole ?

— Oui; mais il y en avait de bien injurieuses.

— J'ai envoyé chez vous.

— Pourquoi? Cela m'a fait plaisir, mais je n'ai pas compris pourquoi.

— Je me défiais de ce dîner de marins, reprit-elle un peu embarrassée.

— Oh! je croyais avoir si bien menti !

— Ma mère, quand je lui ai parlé de ce dîner, a dit tout de suite que c'était un conte.

— C'est pour cela que vous avez envoyé chez moi?

Elle ne dit plus rien et le regarda. Mon Dieu! comme il est changé, pensa-t-elle. Les traits d'Etienne étaient bouleversés : ces douze heures de jalousie l'avaient changé plus qu'un mois de maladie. Elle fut profondément touchée de ce désespoir visible, attesté par de si prompts ravages. Oh! en ce moment, elle aurait donné sa vie pour le consoler. Le besoin de réparer le mal qu'elle avait fait l'emporta sur tout autre sentiment.

— Étienne, il me vient une idée, dit-elle. Depuis que nous sommes à Paris, nous endurons l'un et l'autre mille tourments. Retournons à la Villeberthier; votre père assistera à notre mariage, et en sortant de l'église nous partirons seuls; nous laisserons ici tout le monde; ma mère aura soin de Gaston, et dans six semaines, eh bien, nous reviendrons; voulez-vous, dites?

Etienne, sans pouvoir s'expliquer ce qu'il éprouvait,

se sentit mortellement affligé, attristé par cette propo-
sition qui aurait dû l'enivrer de joie. Il leva sur Marguerite des yeux inquiets ; il semblait se demander :
Qu'a-t-elle donc ? Il semblait découvrir un malheur affreux derrière ce bonheur. Marguerite, qui n'avait jamais quitté son enfant une heure... proposer de l'abandonner pendant six semaines ! Ce n'était pas naturel,
il se passait quelque chose d'extraordinaire dans son
esprit.

— Vous n'approuvez pas ce projet ? dit-elle avec
amertume.

Pour motiver son hésitation, il répondit :

— Je ne voudrais pas vous séparer si longtemps de
Gaston.

— On parle de moi, dit Gaston, qui était venu chercher un livre dans le salon voisin ; qui m'appelle ?

— Personne, dit Marguerite, nous causons affaires ;
va, je te ferai demander plus tard.

Étienne fut frappé du ton sec avec lequel Marguerite
dit ces mots. Pour la première fois de sa vie elle parut
souffrir de la vue de son fils. Oh ! certainement il y
avait une douleur secrète au fond de cette âme. Qu'a-t-
elle donc ? se disait-il.

Plusieurs personnes vinrent chez madame de Meuilles.
Ce jour-là elle n'avait point défendu sa porte. Madame
d'Arzac arriva à son heure ; elle venait tous les jours
chez sa fille pour l'empêcher d'aller chez elle ; la saison
commençait à être froide, et Marguerite ne pouvait sor-

tir qu'avec de grandes précautions et les jours de soleil.
Madame d'Arzac fut, comme Etienne, alarmée de l'air
et des manières étranges de Marguerite : elle s'impatientait à la moindre contradiction; elle trouvait tout
mal, et déployait un merveilleux talent de satire jusqu'alors tout à fait inconnu. Madame d'Arzac se disait
de son côté : Qu'a-t-elle donc?

Elle prit Etienne à part, et, l'emmenant dans l'autre
chambre, elle chercha à obtenir de lui la vérité; mais il
ne la savait pas. Il répéta ce que Marguerite lui avait
dit au sujet de la Villeberthier.

— C'est une très-bonne idée, reprit vivement madame d'Arzac; il faut vous marier tout de suite et
partir.

Madame d'Arzac consentant si vite à laisser voyager
sa fille sans elle, par ces premiers froids toujours dangereux pour une convalescente, c'était encore un symptôme alarmant.

Comme ils causaient ensemble, cherchant à se cacher
mutuellement leurs soupçons et leurs craintes, M. de
La Fresnaye, parfaitement calme, traversa le grand
salon, précédé par le domestique qui allait l'annoncer.
Revenir sitôt, quelle audace! Il se croyait donc des
droits?

Etienne aurait bien voulu être là quand Marguerite
le verrait entrer, pour savoir si elle l'attendait, ou si
cette visite imprévue la fâchait; mais il était si irrité,
il avait un si violent désir d'insulter Robert, qu'il resta

dans le premier salon, où quelques personnes, prêtes à s'en aller, étaient venues le rejoindre.

Marguerite, en apercevant M. de La Fresnaye, devint pâle comme une statue; elle l'accueillit par un regard d'une dureté et d'une froideur qui l'épouvantèrent. Il fut un moment déconcerté. Après un salut d'une politesse haineuse, si l'on peut s'exprimer ainsi, elle se retourna vers la personne qui lui parlait et fit semblant de l'écouter avec une attention profonde. Robert eut le temps d'observer Marguerite; et lui aussi, comme Étienne, comme madame d'Arzac, il se demanda : Qu'a-t-elle donc? Ce n'était plus cette femme qu'il aimait pour son angélique douceur; elle avait changé d'aspect : son regard était morne, son sourire contracté; son front, plissé par la colère, avait perdu sa noble sérénité; il ne trouvait plus sur son visage cette dignité suave, cette candeur sérieuse de madone, qui étaient le caractère de sa beauté. Le type religieux s'y devinait encore, mais altéré, mais contrarié; ce n'était plus la vierge rêveuse du maître de l'Italie, souriant à l'Enfant divin, c'était une jeune abbesse indignée, découvrant un crime dans la communauté, et condamnant la religieuse coupable à être enterrée vivante dans les souterrains du monastère.

M. de La Fresnaye se sentit découragé, presque désenchanté.

— Madame, dit-il quand il lui fut permis de parler, pardonnez-moi d'être venu vous ennuyer encore, mais je n'ai pu résister à mon impatiente curiosité. Dites-moi, je vous en conjure, si la prédiction de votre somnambule s'est accomplie, et si vous avez reçu ce matin la lettre qu'il vous avait annoncée.

Dans la disposition d'humeur où était Marguerite, cette question lui parut de la plus haute insolence. Elle répondit avec une froideur pleine de dédain :

— Non, monsieur ; mais il n'y avait aucune raison pour que cette lettre fût écrite.

Robert comprit qu'il était perdu.

— Je vois, madame, reprit-il d'une voix troublée, que le somnambule n'était pas lucide et qu'il s'est trompé... sur tout... Maintenant, ajouta-t-il, que vous avez bien voulu satisfaire ma curiosité, je n'ai plus aucune raison pour vous importuner.

Et il s'en allait confus, humilié et désolé... car il l'aimait... lorsque madame d'Arzac, paraissant tout à coup à ce mot de curiosité, l'arrêta hardiment à la porte.

— Ah ! votre curiosité est satisfaite, monsieur, dit-elle d'un ton railleur ; vous seriez bien aimable d'avoir pitié de la mienne et de me permettre de vous adresser une question très-indiscrète et, je l'avoue, très-inconvenante... Il ne s'agit pas d'un somnambule, mais d'une rencontre qu'on a faite hier...

— Je suis à vos ordres, madame, prêt à vous répondre.

— Je n'ose, dit-elle, c'est embarrassant.

— Pour vous, madame ? cela m'étonnerait.

— Non, mais pour vous, peut-être.

— Oh! moi, je n'ai pas peur...

— Eh bien! un de mes amis vous a rencontré hier matin... à huit heures.

Robert parut contrarié. Marguerite attachait sur lui des yeux perçants, Etienne regardait Marguerite.

Madame d'Arzac continua :

— A huit heures, c'était dans une rue dont j'ai oublié le nom, mais qui est près du chemin de fer d'Orléans... Vous donniez le bras à une petite personne, jolie comme un ange... et vêtue plus que simplement.

— C'est vrai, madame, dit Robert avec un sourire triste et d'un air contraint.

— Eh bien! monsieur, et c'est là ce qui m'embarrasse à vous dire... un de mes amis a soutenu que cette jolie personne, qu'il a cru reconnaître... était mademoiselle Zizi, de l'Opéra.

— Ah! madame, dit-il, c'était ma sœur.

Il regarda madame de Meuilles. Oh! comme il fut heureux! Marguerite avait rougi; elle était rayonnante de joie; toute sa beauté, toute sa tendresse, lui étaient revenues. C'était donc cela, pensa Robert en lui souriant avec amour, elle était jalouse!

Etienne avait suivi toutes les impressions que n'avait pu cacher Marguerite; et, le cœur plein d'amertume et de douleur, il se disait en même temps : Elle était jalouse !

M. de La Fresnaye venait de partir. Dès qu'il fut assez

loin pour qu'on n'eût plus à le craindre, un immense
éclat de rire fit trembler les vitres du salon.

— Oh! c'est charmant! disait l'un.

— Elle est bonne, la plaisanterie! disait l'autre.

— Quoi donc?

— Sa sœur!

— Eh bien?

— Mais il n'a pas de sœur! il n'a jamais eu de sœur,
il est fils unique! tout ce qu'il y a de plus unique. Sa
mère était ma parente, je l'ai vue mourir, dit le vieux
diplomate; elle n'avait qu'un chagrin, c'était de n'avoir
pas de fille.

— Vraiment! s'écriait madame d'Arzac. Alors il s'est
moqué de moi.

— Aussi, pourquoi l'avez-vous interpellé devant tout
le monde; il a fait comme font les ministres convaincus
d'abus de pouvoir, il a nié, il a improvisé un document,
un faux document; il a improvisé une sœur pour les
besoins de la cause, pour enlever un vote!... — Et les
rires recommencèrent.

Marguerite souriait avec complaisance à ces malices.
Rien ne l'empêchait d'être heureuse, rien ne troublait
sa confiance. Je ne sais pas comment cela s'expliquera,
pensait-elle, mais puisqu'il l'a dit, c'était sa sœur!

Gaston, tout paré pour le dîner, se montra timidement
à la porte. — Viens donc, petit, lui dit Marguerite; et,
comme il n'osait s'approcher, ayant été renvoyé une
heure auparavant, elle courut vers lui, le prit sur ses

genoux et l'embrassa avec effusion. La vue de Gaston
ne lui faisait plus mal à présent... Il lui rappelait Robert... mais elle ne haïssait plus Robert.

Moralité : Une femme jalouse ne doit pas très-bien
élever ses enfants.

XVI

C'était sa sœur! Et depuis deux mois, Robert se donnait mille peines et faisait toutes sortes de démarches
fatigantes et inutiles pour retrouver cette pauvre sœur
abandonnée. Enfin il ressaisit sa trace : il apprit qu'elle
était à Gênes, dans un couvent. Que de formalités, de
supplications, d'intrigues même il fallut avant de constater son identité, avant d'obtenir qu'on la remît sous
sa protection! Grâce à l'influence d'un ancien ami qu'il
avait à Gênes, il parvint à triompher de toutes ces diffi-
cultés, et sa sœur venait de lui être rendue. Elle était
charmante; quoiqu'elle n'eût que douze ans, comme elle
était grande et forte, elle paraissait en avoir quinze ou
seize. Sa mère était Milanaise et d'une bonne famille,
mais ruinée et sans crédit. Le comte de La Fresnaye,
père de Robert, veuf depuis quelque temps, et voyageant
en Italie, l'avait aperçue et s'était pris de passion pour

elle. Il avait espéré faire d'elle sa maîtresse, et se borner
à la séduire (on sait qu'il était peu délicat dans ses pro-
cédés); mais il comprit bientôt que cette séduction était
impossible, et il se décida à se remarier. Au bout d'un
an, sa seconde femme mourut en lui laissant une fille.
Il revint en France, où il jugea inutile de parler de cette
aventure. Sa conduite envers son enfant et les parents
de sa femme fut telle qu'on se résigna à faire de la dignité, désespérant de rien obtenir de lui. Ce ne fut
qu'après sa mort qu'on eut l'idée de rappeler les droits
de cette fille méconnue. Mais les actes principaux étaient
anéantis ou perdus; les témoins du mariage étaient dis-
persés. L'affaire, confiée à des avocats ingénieux, traîna
en longueur. Dans leur finesse, ils empêchaient prudemment la famille intéressée de faire la seule démarche
qui fût raisonnable : c'était d'écrire à Robert... Oh!
quelle folie! L'avertir, lui que cette révélation dépossé-
dait en partie! C'était compromettre le succès! Les gens
de loi prévoient tout en affaires, excepté cette bizarrerie,
qu'un homme, apprenant qu'il a un devoir d'honneur à
remplir, s'empresse de le remplir aussitôt. La jeune fille,
avec son instinct de générosité, fit plus que tous leurs
beaux calculs : elle écrivit à son frère... en cachette,
car c'était bien imprudent.

Robert fut d'abord très-étonné en recevant sa lettre;
puis de vagues souvenirs l'éclairèrent... Il se rappela
avoir entendu parler à un vieux valet de chambre de
son père d'une belle Italienne qui avait voyagé avec lui

en Italie; il prit des informations et fit demander des
renseignements à la légation française de Milan; mais
l'acte de mariage ne s'y trouvait point. Après plusieurs
recherches infructueuses, Robert finit par découvrir que
son père avait voulu se marier à Naples. Il avait là à
l'ambassade un ancien camarade de jeunesse qui lui
promit de le marier en secret et de cacher ce qu'il appelait sa faute à tous les Français présents en Italie. Et
l'acte de naissance?... il fallut six mois avant de retrouver l'acte de naissance de Térésa; enfin, ces ennuis
étaient passés, et la pauvre enfant venait d'arriver à
Paris avec une parente de sa mère.

Dès six heures du matin, M. de La Fresnaye attendait
sa sœur au débarcadère du chemin de fer d'Orléans; il
la vit et la trouva si gentille, qu'il se prit à l'aimer tout
de suite. Elle avait voulu aller à pied pendant quelque
temps pour voir un peu la ville merveilleuse qu'il lui
tardait de connaître; et Robert, s'amusant de ses questions étranges, de son esprit, de sa naïveté, la conduisait
très-fraternellement chez lui, lorsqu'il avait été reconnu
par le roi des commérages, ou plutôt par cette vieille
portière du grand monde qu'on appelait le marquis
de ***.

Ainsi s'expliquait l'aventure de la petite Zizi de l'Opéra
et cette autre histoire de faux mariage et d'enfant bossu
que madame d'Arzac avait recueillie avec tant de joie;
on avait prêté à Robert une aventure de son père.

On s'occupa de ce roman pendant huit jours à Paris.

La conduite de M. de La Fresnaye était louée avec enthousiasme; il sacrifiait, par cette reconnaissance, près de
quatre-vingt mille livres de rentes. C'était inouï! on l'admirait avec un étonnement humble et naïf; chacun semblait dire : Je ne connais que lui capable de faire une chose
pareille. Il y avait même des gens qui, exagérant le sacrifice, l'accusaient de perdre cent cinquante mille livres
de rente par cette belle action; mais les jeunes personnes
et les mères de famille étaient mieux informées; elles
savaient que la plus grande partie de sa fortune lui venait de sa mère, et que cette petite sœur, étant d'*un
second lit,* n'avait droit qu'à la fortune du comte de La
Fresnaye, son père. C'est là un des principaux ennuis
du grand monde; c'est d'entendre quelquefois, pendant
une soirée entière, des femmes jeunes et vieilles, même
des jeunes filles, parler fortune, dots, rentes, héritages,
propriétés, maisons de rapport, usufruits, substitu-
tions, etc., etc., avec un intérêt toujours croissant et une
connaissance des faits admirable. Que des gens d'affaires,
des commerçants s'appliquent à connaître la fortune de
tous ceux qui les entourent, cela est tout simple : quand
on a pour métier de vendre, il faut bien s'informer si
ceux à qui l'on vend ont de quoi payer; mais dans un
salon, mais pour des personnes qui ont la prétention
d'être futiles et généreuses, cette science de la fortune
générale, cette étude du bilan universel a quelque chose
de dégoûtant et de misérable. O gens bien élevés! si votre
vénalité vous porte à acquérir cette triste science, du

moins que votre bon goût vous empêche de la faire valoir avec tant de pompe.

Les mères de famille qui avaient une fille à marier
faisaient déjà mille agaceries à Robert de La Fresnaye.
Les mères de famille qui avaient un fils à marier commencèrent aussi à s'enquêter de la petite sœur, dont la
fortune, thésaurisée par le frère, serait un jour considé-
rable. On ne l'avait pas encore vue, on savait déjà, à un
denier près, ce qu'elle aurait de dot dans quatre ans, et
l'on courait après M. de La Fresnaye avec une nouvelle
ardeur, et pour sa sœur et pour lui-même.

Mais l'alarme fut bientôt dans le camp des mères de
famille, un bruit étrange parvenait jusqu'à elles : on
prétendait que Robert, leur gendre idéal à toutes, était
amoureux fou de madame de Meuilles, et qu'il voulait
l'épouser.

Alors, sans savoir si ce bruit était fondé, et par précaution dans le cas où il viendrait à se vérifier, on tomba
sur la malheureuse femme, et l'on inventa sur son
compte toutes sortes de méchancetés. L'idée ne vint à
personne que Marguerite, aimant son cousin, pût refuser
M. de La Fresnaye : il était deux fois plus riche que
M. d'Arzac et d'une naissance bien supérieure ! Si elle
avait fait cette folie, on l'aurait trouvée ridicule, mais
on n'y songeait même point. Ce qui révoltait contre
elle, c'est qu'elle l'eût emporté sur toutes les jeunes filles
de Paris, elle veuve, avec un enfant de sept ans, huit
ans, dix ans! On vieillissait ce pauvre Gaston!... « Elle

a vingt-trois ans! c'est déjà une vieille femme ! » disait
une innocente de vingt-huit ans... parée d'une rose sur
l'oreille. Ah ! ce succès-là était impardonnable !

Mais d'où ce bruit était-il venu?... D'une précaution!... comme tous les bruits qui compromettent ; ils
ont presque toujours pour origine une précaution. Dans
le monde, la prudence est l'ennemie de la sûreté. Pour
ne plus voir M. de La Fresnaye, Marguerite avait fait
défendre sa porte à tout le monde ; puis, entraînée par
Gaston, elle l'avait reçu; mais la porte était restée dé-
fendue pour les autres. Or, les autres étant venus, ayant
vu la voiture de M. de La Fresnaye dans la cour et ayant
été renvoyés, avaient raconté la chose par la ville et
avaient publié partout que madame de Meuilles s'enfer-
mait tous les jours de trois à six heures avec M. de La
Fresnaye. Ces propos, joints à ceux que faisait tenir
le départ de la duchesse de Bellegarde, établirent une
intimité patente entre Marguerite et Robert, et l'on crut
leur faire beaucoup d'honneur en supposant que cette
intimité se terminerait par un mariage.

Mais comment arranger ce projet de mariage avec les
assiduités de M. d'Arzac? On lui donne son congé ho-
mœopathiquement, disait-on, on attend qu'il comprenne.

Hélas! Etienne n'avait que trop bien compris, mais
on ne voulait pas lui donner son congé; et Marguerite
était pour lui si charmante et si dévouée que, malgré
lui, il conservait de l'espoir.

Eclairée par sa folle jalousie, madame de Meuilles s'é-

tait avoué enfin qu'elle aimait M. de La Fresnaye; seulement, comme il fallait qu'elle parcourût tous les degrés
de l'illusion, elle croyait sincèrement guérir de cet
amour et revenir à Étienne, qu'elle préférait. Étrange
situation!... sa passion involontaire l'entraînait vers Robert, mais Etienne était le choix de son cœur; c'est
Etienne qu'il lui plaisait d'aimer. Toutes ses émotions
violentes appartenaient, malgré elle, à M. de La Fresnaye; mais toutes ses pensées d'avenir douces et habi-
tuelles étaient à M. d'Arzac; c'est près de lui qu'elle rêvait de se retirer loin du monde, loin de ce monde dangereux où elle avait rencontré Robert; et elle attendait
la fin de son amour avec confiance et certitude, comme
on attend le vingt et unième jour d'une fièvre maligne
pour entrer en convalescence. Quelquefois elle en voulait un peu à Etienne de se décourager ainsi par délicatesse et de ne pas l'aider à chasser plus vite le souvenir importun de Robert.

Étienne n'avait plus qu'une chance; elle était belle,
il la connaissait et il la ménageait avec intelligence.
Les deux grands avantages que Robert avait sur lui,
c'était d'être un remords et d'être un inconnu. De là
venait le trouble que causait toujours sa présence et qui
lui donnait tant de charme! Eh bien! en ayant l'air
d'accepter la rivalité et en laissant à Marguerite le droit
et la liberté de choisir entre eux, il supprimait déjà le
remords; M. de La Fresnaye devenait un concurrent
plus ou moins redoutable, mais ce n'était plus le séduc-

teur fatal, le démon ennemi de la foi jurée. On ne
tremblait plus quand il venait, il avait la permission de
venir. On ne se cachait pas de l'avoir rencontré, on lui
donnait franchement rendez-vous; tout le côté dramatique de cet amour était ainsi retranché.

C'était déjà beaucoup; ensuite, Etienne pensait que
l'habitude de se voir sans obstacle et sans mystère ren-
drait le plaisir de se retrouver moins vif; et que M. de
La Fresnaye, admis sans façon dans la maison comme
plusieurs autres amis, finirait bientôt par perdre cette
superbe position d'inconnu, cette fleur de nouveauté
qui était son prestige : alors il pourrait lutter avec lui
heureusement. Il viendra un jour, se disait Etienne, où
il faudra se dévouer, un jour où celui qui aimera le
plus sera le mieux accueilli : ce jour-là, Marguerite sera
tout à moi.

Mais Robert avait vu le piége, il l'avait accepté, et,
sans s'y laisser prendre, il tournait autour adroitement
pour qu'on n'eût pas l'idée de lui en tendre un autre
plus ingénieux. S'il avait perdu malgré lui sa belle *position de remords,* il avait conservé son prestige d'*inconnu.* Il venait souvent, mais comme un étranger,
sans familiarité, sans aucune bonhomie. Il était comme
M. de G... à qui l'on disait : « Que vous avez l'air froid
et imposant, on n'est jamais à son aise avec vous ! » et
qui répondait : « Mais je ne tiens pas du tout à ce qu'on
soit à son aise avec moi ! » M. de La Fresnaye chez
madame de Meuilles, excepté pour Gaston, n'était cor-

dial pour personne ; et, dans ses manières avec Marguerite, il y avait une froideur volontaire, un respect craintif et prudent qui la troublait bien plus que n'aurait
fait une familiarité provençale ou villageoise. M. de La
Fresnaye avait un préjugé. En amour, disait-il, il ne
faut jamais être affectueux.

Autant il était réservé dans ses manières, autant il
était franc et même présomptueux dans ses discours.
Quoique en apparence on ne lui laissât aucun espoir, il
parlait comme un homme dont on a accepté l'avenir.
Le jour où il amena sa petite sœur chez madame de
Meuilles, comme elle admirait sa générosité envers cette
enfant abandonnée qu'il lui aurait été si facile de renier
impunément : — J'ai hésité un instant à cause de vous,
dit-il en souriant, car enfin cette reconnaissance m'ôte
quatre-vingt mille livres de rente... mais j'ai pensé que,
comme à moi, cela vous serait bien égal.

Marguerite fit semblant de ne pas entendre ; elle s'occupa de la jeune fille pour se donner une contenance,
mais sa rougeur prouva qu'elle avait bien entendu.

Cette parfaite confiance de Robert lui semblait ridicule ; cependant elle s'en inquiétait. Ainsi, pendant que
Marguerite attendait si naïvement la guérison de son
amour pour Robert, Robert attendait orgueilleusement
qu'elle eût oublié Etienne. Il admettait les égards qu'on
devait à une ancienne affection, à un vieil amour éteint,
passé, trépassé, et il permettait qu'on lui rendît les derniers devoirs.

Par une sorte de convention tacite, Étienne et Robert
évitaient de se rencontrer. Etienne venait tous les soirs,
Robert ne venait jamais que dans la journée. Chacun,
dans la lutte, avait un auxiliaire : Etienne était chau-
dement soutenu par madame d'Arzac, Robert, puissamment protégé par Gaston. Et Marguerite, pendant ces
quelques jours de fausse liberté qu'on semblait lui laisser, s'enivrait de ce double amour, et passait de longues
heures à interroger ses sentiments sans les comprendre.

Parfois elle se disait : Si je cessais de voir M. de La
Fresnaye, je ne penserais plus à lui... Jamais l'idée ne
lui était venue de cesser de voir Étienne... Si j'étais la
femme d'Étienne, se disait-elle encore, je l'aimerais par
amour et par devoir, et comme ce serait un crime de
me rappeler un autre amour, j'oublierais cet autre
amour... Jamais l'idée ne lui était venue d'épouser
M. de La Fresnaye.

Un soir Étienne, la voyant malheureuse, inquiète,
épuisée par ses combats et ses remords, lui dit avec un
courage plein de tendresse : Pourquoi vous tourmenter
ainsi ?... Vous l'aimez... dites-le franchement, ma pauvre Marguerite; je ne saurais vous en vouloir... ce n'est
pas votre faute. Eh! mon Dieu, l'amour n'est si beau
que parce qu'il est involontaire; on n'a pas le droit de
dire : Aimez-moi; l'amour ne se commande pas, il
s'inspire... Dites loyalement que vous aimez... Robert...
Il vous aime... épousez-le... Si vous êtes heureuse... je
lui pardonnerai...

A ce seul mot, épousez-le, Marguerite s'était sentie
toute confuse; épouser M. de La Fresnaye! la seule idée
d'être à lui la faisait rougir de honte et frissonner de
peur... Hein? comme elle l'aimait!

— Étienne, répondit-elle, je vous épouserai, ou je ne
me marierai jamais. Je subis une influence fatale dont
je veux triompher et dont je triompherai, si vous ne
m'abandonnez pas. Ayez confiance en moi, je ne vous
cache point ce que j'éprouve... quand il est là... il me
semble que je l'aime... mais quand il est loin de moi,
il me semble que je redeviens libre... et, libre, je me
donne à vous. Il y a une chose que je puis vous certifier,
c'est que je pourrais vivre sans lui et qu'il me serait impossible de vivre sans vous. Souffrez encore un peu avec
patience... bientôt je vous dirai : C'est vous que j'aime,
emmenez-moi!

Certes, c'était là une existence charmante : être cour-
tisée, aimée, adorée par deux hommes jeunes, beaux,
distingués entre tous les élégants de Paris; pouvoir choisir entre eux, se voir préférée par eux à toutes les femmes les plus séduisantes et les plus belles, il y avait là
de quoi rendre heureuse une coquette Célimène! Mais
cette existence, si charmante pour la vanité, était mortelle pour une sensibilité vraie et pour une honnêteté
consciencieuse. Marguerite, dans cette atmosphère d'a-
mour, languissait brûlée et dévorée. Le magnétisme
rival de ces deux volontés qui lui commandaient tour à
tour, irritait ses nerfs déjà si faibles; cette vie chaste

qu'elle menait, entourée de passions, objet des plus ten-
dres pensées, faisait bouillonner son sang et lui donnait
une agitation invincible qui devenait dangereuse. Elle
avait perdu complétement le sommeil ; elle passait la
nuit à se promener dans sa chambre, essayant, par la
fatigue, d'obtenir un repos forcé ; elle avait tâché de
prier, mais elle priait si mal... c'était profaner la prière.
Quand elle était lasse d'avoir marché longtemps, elle
allait s'asseoir auprès du lit de son fils et elle le regardait dormir. Là seulement elle retrouvait un peu de
courage pour recommencer les combats de la journée.

Mais cet aveuglement ne pouvait durer toujours, l'excès même du supplice qu'elle endurait finit par la rendre lucide, et la vérité lui apparut dans toute sa laideur.
Oh! comme elle se méprisa! comme elle se maudit! Elle
fut pour elle sans indulgence et sans pitié; elle s'accusait de lâcheté, de perfidie! — Mais je ne peux pas me
faire d'illusion! s'écriait-elle en tombant à genoux et en
cachant dans ses mains son front humilié... mais je suis
une indigne créature, je suis une misérable! Je les
trompe tous les deux!... je les aime tous les deux !...

Et le matin on la trouva sans connaissance au pied du
lit de Gaston. Les sanglots et les cris de sa mère ne
l'avaient point réveillé! Heureux enfant, insouciant dor-
meur! Dans quinze ans, toi aussi, tu inspireras des passions folles et tu feras pleurer les femmes! dans quinze
ans, tu le causeras à ton tour, ce désespoir qui maintenant te berce!

12.

XVII

Dès ce jour la résolution de Marguerite fut prise ; ne plus voir Robert, ne plus voir Étienne. — Si je choisis l'un, je regretterai toujours l'autre, pensa-t-elle ; ce qu'il y a de plus sage, c'est de les fuir tous les deux ; je serai bien malheureuse ; mais je serai honnête, c'est l'important, et je ne jouerai plus un rôle honteux.

En amour, les résolutions héroïques sont toujours celles qu'on adopte, parce qu'elles sont impossibles à tenir. On les prend, et l'on satisfait sa conscience ; on les abandonne, et l'on contente sa faiblesse ; on se persuade que l'on a cédé à la force des choses.

Marguerite était malade ; sa mère seule eut le droit de pénétrer jusqu'à elle. Cet évanouissement qui avait duré plus d'une heure, malgré les secours, avait inquiété tout le monde. Madame d'Arzac commençait à s'alarmer de cette situation plaisamment romanesque dont elle affectait de rire ; et elle accourut chez sa fille très-décidée à lui parler franchement. Mais quand elle s'approcha de Marguerite et qu'elle remarqua sa pâleur, son accablement profond, elle comprit que la pauvre femme n'était pas en état d'écouter des remontrances; et elle imagina d'aller, le soir même, chez son beau-frère, pour l'engager à hâter le mariage de son fils et à vaincre les sentiments de fausse délicatesse qui empêchaient Étienne de rappeler à Marguerite sa promesse. Madame d'Arzac resta toute la journée près de sa fille, méditant silencieusement ce beau projet: vers sept heures, elle la quitta et s'en alla sournoisement, chez le vieux comte d'Arzac, ourdir le complot de famille qui devait chasser à jamais M. de La Fresnaye de la maison et assurer le repos de Marguerite.

Aussitôt que sa mère fut partie, Marguerite se remit à pleurer; sa haine contre elle-même n'était point calmée. Un moment elle avait pensé à avouer à sa mère son désespoir et ses angoisses; mais la honte l'avait retenue. Il y a des choses qu'on ne peut avouer à une mère, par respect pour elle.

Madame de Meuilles se demandait comment elle allait faire pour éloigner d'elle ces deux hommes qui l'aimaient, et tout à coup, malgré ses larmes, elle sourit de l'étrange idée qui lui venait : c'était de dire à Étienne qu'elle aimait Robert, et à Robert qu'elle aimait Etienne.... Mais ce moyen, outre qu'il lui semblait contraire à sa dignité, était encore dangereux : Etienne se

serait découragé et serait parti; mais Robert n'aurait
pas perdu l'espoir, il serait resté; par le fait, c'était
choisir Robert. Sa perplexité était grande.

Marguerite avait quitté sa chambre à coucher, et elle
était étendue sur un canapé dans son salon. Fatiguée de
cette longue nuit sans sommeil, elle s'endormit un instant. Comme elle avait bien recommandé qu'on ne
laissât entrer personne chez elle, ni parents, ni amis,
elle était en sécurité. Oh! si quelqu'un était venu à
l'heure habituelle des visites, on l'eût renvoyé impi-
toyablement; le valet de chambre, à qui avait été donné
cet ordre exprès, aurait fait son devoir en dragon; mais
il était sept heures et demie... qui est-ce qui pouvait
venir à cette heure-là? Personne. Aussi le grave valet
de chambre était-il allé dans le voisinage faire une
petite visite, une course d'un moment; il était bien sûr
d'être rentré pour l'heure du danger; et il avait laissé à
sa place un jeune étourdi qu'il n'avait pas jugé en état
de recevoir une consigne. Madame de Meuilles venait à
peine de s'endormir qu'elle fut réveillée par une voix
qui annonçait avec pompe un personnage que d'abord
elle ne reconnut pas; puis l'ayant vu près de la cheminée :

— Vous! à cette heure! s'écria-t-elle.

— Je n'espérais pas vous voir, madame, je venais
seulement demander de vos nouvelles : on m'a dit ce
matin que vous étiez bien souffrante.

— Je suis beaucoup mieux, reprit-elle sèchement...

Marguerite croyait mentir, mais elle disait vrai : rien
que la vue de Robert l'avait ranimée et guérie.

— Vous jouez, croyez-moi, un jeu très-dangereux,
dit-il. Vous vous rendrez sérieusement malade.

— Étes-vous médecin? Prétendez-vous me donner des
conseils?

— C'est votre esprit qui souffre; ce n'est pas un médecin qu'il faut pour vous soigner, c'est un philosophe,
et moi qui vous parle, je suis un excellent philosophe;
vous avez tort de ne pas me consulter.

— Je n'ai pas confiance.

— Ah! si vous n'aviez pas confiance, vous me con-
sulteriez! dit-il avec une légère fatuité, mais avec une
malice pleine de grâce.

Elle allait répondre, quand Etienne entra. Oh! mon
Dieu, que va-t-il se passer, que vais-je devenir? pensa
madame de Meuilles. Quelle fatalité! je me promets de
ne revoir jamais ni l'un ni l'autre, et les voilà tous deux
ensemble... Ensemble, ces deux hommes qui se détes-
tent, quel supplice!

Elle tremblait, elle était horriblement inquiète. Autre
fatalité : madame d'Arzac, qui venait tous les soirs, ne
venait pas justement ce soir-là, où sa présence aurait
été si utile à sa fille : elle l'aurait aidée dans cette situation pénible; elle aurait causé de choses indifférentes;
elle n'aurait pas été, comme Marguerite, étouffée, étran-
glée par l'embarras, par l'émotion, par la peur. Enfin,
pour comble de malheur, ils se trouvent chez elle en-

semble, précisément le jour où elle est malade, où elle
n'a pas la force de vaincre son trouble et de les domi-
ner eux-mêmes par sa volonté... Comme ils se détes-
tent, c'est effrayant!

Étienne, en entrant dans le salon, lança à Robert un
regard de haine qui fit tressaillir Marguerite. Robert,
en apercevant M d'Arzac, fronça le sourcil, avec impatience... Cette rencontre avait quelque chose de dramatique, de prédestiné; on sentait un orage menaçant
dans le choc de ces deux passions rivales... Puis, tout à
coup, Étienne, après avoir reproché à Marguerite sa
cruauté, — elle avait refusé de le recevoir le matin, —
Étienne, le farouche, le jaloux Étienne, s'adressant à
M. de La Fresnaye avec une politesse charmante, lui
demanda si sa petite sœur s'accoutumait au séjour de
Paris, et si elle parlait toujours ce petit langage moitié
italien, moitié anglo-français qui lui plaisait tant à
comprendre... et M. de La Fresnaye, l'orgueilleux, l'insolent Robert lui répondit avec une cordialité non moins
aimable, que sa sœur s'amusait beaucoup à Paris, et
qu'elle n'avait pas encore oublié ce joli petit charabia
que M. d'Arzac voulait bien appeler un langage. Ce que
j'ai découvert avec plaisir, ajouta M. de La Fresnaye,
c'est que la signorina est déjà très-bonne musicienne,
et je compte la faire travailler sévèrement... Alors ils
se mirent tous les deux à parler musique en amateurs
éclairés; ils étaient presque toujours du même avis, et,
chose singulière, ils avaient les mêmes préférences pour

les mêmes maîtres; on n'avait jamais vu deux êtres plus parfaitement d'accord. C'était une véritable tierce majeure : on l'entendait vibrer.

Marguerite n'y comprenait plus rien : elle les observait avec une attention inquiète, ne pouvant pénétrer le mystère que cachait ce changement subit dans leur ton et dans leurs manières. Un soupçon l'avertit : elle pria Etienne de lui donner un petit coffre gothique qui était sur sa table à ouvrage; elle prit un sac de bonbons dans ce coffre, pour motiver le désir qu'elle avait eu de l'ouvrir, puis elle se regarda furtivement dans la glace qui était sous le couvercle... Oh ! cette entente si prompte lui fut bien vite expliquée : elle était affreusement changée et avait une mine effrayante; cette nuit de larmes, cette fièvre qui l'agitait encore, avaient altéré ses traits visiblement; elle reconnaissait sa physionomie de malade qu'elle avait eue quelques mois auparavant et qui présageait de grands dangers pour sa vie.

— C'est cela, pensa-t-elle, ils ont pitié de moi, et elle rendit à Etienne le coffre qu'il lui avait apporté. En le posant sur la table, Étienne aperçut son album et ses crayons, et, tout en causant, il se mit à dessiner.

— Ma cousine, dit-il, je sais pourquoi vous êtes malade, et je vais vous guérir : vous avez une passion au fond du cœur, que vous ne voulez pas avouer; je vais vous jouer le tour qu'on a joué à Stratonice; je vais vous offrir le portrait de votre idole, et il faudra bien à sa vue que vous vous trahissiez.

Etienne, en quelques minutes, fit la caricature d'un
grand officier suédois arrivé depuis peu à Paris et dont
tout le monde se moquait pour son élégance exagérée.
La caricature, très-bien dessinée, était frappante de
ressemblance... Il l'apporta à Marguerite.

— Attendez, dit en plaisantant Robert, laissez-moi observer les impressions d'Antiochus; j'aurais même le
droit de compter les pulsations, mais ce n'est pas dans
mon système. Et il attacha sur Marguerite des yeux
pénétrants.

A l'aspect de cette caricature, Marguerite se mit à
rire. Étienne et Robert se regardèrent d'un air d'intelligence.

— Ce n'est pas lui, dit Etienne; recommençons l'é-
preuve.

Robert prit un crayon à son tour et fit un portrait
exact, — ce qui se trouvait être naturellement une caricature, — d'un de nos vieux élégants, le plus jeune dans
ses ridicules. Robert n'avait pas le talent d'Etienne; son
dessin était naïf et même sauvage; mais la caricature
était si spirituelle, la pose gamine du vieillard était si
comique qu'Etienne en fut enthousiasmé; et ils passèrent
ainsi une heure à dessiner toutes sortes de figures plai-
santes, souvenirs des personnages grotesques à la mode
en ce moment; ils les montraient à Marguerite qui les
nommait aussitôt, tant leur image était fidèle. Pendant
qu'ils dessinaient, qu'ils causaient, qu'ils riaient ensemble, Marguerite les regardait avec émotion, et peu

à peu un attendrissement invincible lui serrait le cœur.

Il était déjà assez tard. On servit du thé. Marguerite voulut se lever et remplir ses devoirs de maîtresse de maison ; mais ses hôtes s'y opposèrent :

— Ils allaient faire le ménage, disaient-ils.

Ils apportèrent la table près du canapé sur lequel elle était étendue.

— Moi, dit Étienne, je fais le thé comme une jeune miss... comme la *Lucile* de CORINNE.

— Moi, dit Robert, je fais les tartines comme la *Charlotte* de WERTHER.

— Voilà un thé bien littéraire, dit en souriant Marguerite.

— Ah ! s'écria Etienne en posant sa tasse de thé sur le plateau, ne mettez pas de cette crème, elle est détestable.

— Envoyez-en chercher d'autre, Étienne, dit Marguerite, sonnez !

— C'est inutile, madame, dit en riant M. de La Fresnaye ; à cette heure, il n'y a plus dans tout Paris que du lait rose : c'est l'heure des compositions chimiques.

— Rose ! rose ! dit Etienne, j'en ai vu de bleu...

— C'est rare, reprit Robert ; on obtient difficilement cette teinte pour de la crème.

— Si nous remplacions cette fausse crème par du vrai rhum? dit Etienne.

— Ah ! si Théophile Gauthier vous entendait !... il dirait que vous êtes bien une véritable jeune miss ! Il pré-

13

tend que les jeunes Anglaises ne mettent jamais que du
brandy dans leur thé; que la crème, c'est pour les
étrangers; elles offrent de la crème aux hommes, dit-il,
mais elles... elles mettent de l'eau-de-vie.

— Avec votre vilain rhum, vous allez me griser, dit
Marguerite.

— Nayez pas peur, ma cousine, je suis là... dit
Étienne avec finesse.

— Et moi aussi! reprit Robert. Et ils se mirent à rire
tous les trois de cette situation si comique et cependant
si grave.

Tout en prenant leur thé, ils disaient mille folies pour
amuser madame de Meuilles. Robert racontait toutes
sortes d'histoires, jeunes et vieilles, qui l'aidaient à sou-
tenir la conversation; quand on est embarrassé, on devient très-anecdotique : la conversation d'une maîtresse
de maison, inquiète, qui veut faire bonne contenance,
ressemble à un recueil d'historiettes variées; c'est une
espèce d'ana, et M. de La Fresnaye, sentant son esprit
se troubler dans cette contrainte violente, appelait à son
secours l'esprit de ses amis. Il raconta que Balzac avait
dîné chez lui la veille, et qu'il avait été plus brillant,
plus étincelant que jamais. Il nous a bien amusés avec
le récit de son voyage en Autriche. Quel feu! quelle
verve! quelle puissance d'imitation! C'était merveilleux.
Sa manière de payer les postillons est une invention
ravissante qu'un romancier de génie pouvait seul trouver : « J'étais très-embarrassé à chaque relais, disait-il,

comment faire pour payer? Je ne savais pas un mot
d'allemand, et je ne connaissais pas la monnaie du pays.
C'était très-difficile. Voilà ce que j'avais imaginé. J'avais
un sac rempli de petites pièces d'argent, de kreutzers...
Arrivé au relais, je prenais mon sac ; le postillon venait
à la portière de la voiture ; je le regardais attentivement
entre les deux yeux et je lui mettais dans la main un
kreutzer... deux kreutzers... puis trois, puis quatre, etc.,
jusqu'à ce que je le visse sourire... Dès qu'il souriait, je
comprenais que je lui donnais un kreutzer de trop...
Vite je reprenais ma pièce, et mon homme était payé. »

— C'est charmant, dit Etienne, mais c'était dangereux ; un postillon triste et misanthrope l'aurait volé.

— Non, reprit Robert, les misanthropes sont hon-
nêtes ; c'est pour cela qu'ils sont misanthropes; mais ce
cher Balzac, cette histoire le peint tout entier ; il s'était
dit : Je ne comprends pas l'allemand, je ne connais pas
la monnaie du pays; mais je comprends le cœur humain, mais je connnais le langage de la physionomie,
qui est le même dans tous les pays... et il avait su se
faire un dictionnaire, bien plus, un argyromètre du
sourire imprudent et naïf d'un postillon allemand.

— Aviez-vous Méry? demanda Etienne; quel esprit
merveilleux !

— Il n'est pas à Paris ; sans cela... Mais nous avions
Cabarrus, un esprit charmant aussi, plein de vivacité,
de trait, de finesse.

— Je le connais, c'est un homme fort distingué.

— Il nous a raconté un mot ravissant de Montrond
que je ne savais pas. Montrond demandait à un banquier millionnaire de lui prêter de l'argent; le banquier
lui répondit qu'il n'avait pas d'argent : propos de millionnaire bien connu.

— Comment ! vous osez me dire que vous n'avez pas
d'argent ?

— Eh ! sans doute. Quand on est dans les affaires, si
riche que l'on soit, on n'a jamais d'argent. Vous, mon
cher Montrond, vous ne savez pas ce que c'est que les
affaires.

— Les affaires ! reprit Montrond, eh ! si, vraiment, je
sais très-bien ce que c'est que les affaires : les affaires,
c'est l'argent des autres !

Ils causaient ainsi avec une bienveillance presque affectueuse, mais madame de Meuilles ne les écoutait pas,
son émotion allait toujours croissant ; plus ils riaient,
plus elle sentait les larmes lui venir aux yeux. Cette
violence que s'imposaient par pitié pour elle, ces deux
jeunes gens si pleins de passion et de colère ; ce courage qu'ils mettaient tous deux à suspendre leur lutte,
à contenir leur haine, pour lui laisser un jour de repos ;
cette harmonie passagère, cette trêve qu'ils obtenaient
de leur rivalité menaçante, lui paraissaient une si
grande preuve de dévouement et de tendresse, qu'elle
était pénétrée de reconnaissance et d'admiration. Comme
elle les trouvait nobles, bons, généreux !... Elle se sentait moins coupable... ils la plaignaient, ils n'étaient

donc pas indignés contre elle... Ils avaient pitié de sa
souffrance... ils reconnaissaient donc qu'elle était leur
victime; ce n'était donc pas elle qui avait tous les
torts... et, dans leur amour si sincère, si pur, si dévoué,
si généreux, il y avait peut-être une excuse!

Ils parlèrent voisinage de campagne, comédie de société ; Étienne avait vu jouer dernièrement un monsieur
très-ridicule qui l'avait fort diverti. Ce monsieur pré-
tentieux remplissait un rôle de marquis dans une pièce
du temps de Louis XV. Après avoir jeté, avec une
grande insolence, un mot à effet en levant le pied droit
d'un air fat et charmant, le marquis avait voulu, selon
l'usage, lancer son chapeau sous son bras gauche, par
un geste plein de grâce et d'impertinence... mais le
chapeau, lancé d'une main trop vigoureuse, avait dé-
passé le but et s'en était allé tout au bout du théâtre,
qui était très-petit, ouvrir la porte du fond, et il était
parti... tout seul... La porte s'était refermée naturellement, et le marquis était resté en scène, fort stupéfait
de cette sortie inattendue de son chapeau.

— Oh! dit Robert en riant, une sortie qui n'est pas
motivée!... c'est une grande faute au théâtre!...

— Ce monsieur, dont j'ai oublié le nom, jouait avec
une dame non moins ridicule, une madame H...

— Je la connais! interrompit Robert. Oh! quelle
femme! quelle collection de prétentions! Eh bien! peut-
être qu'en jouant la comédie elle est naturelle !

— Non, elle est insupportable! elle roule des yeux,

elle tourne une bouche précieuse et sotte, elle grasseye!

— Oh! que c'est ennuyeux une femme sentimentale et triste qui grasseye!... ça fait une voix de polichinelle mourant qui vous agace les nerfs. Cependant je pardonne tout à cette brave madame H... elle nous a tant amusés cette année! je lui dois les plaisirs de mon été. Elle vient d'acheter un château aux environs de Mazerat, et elle est allée faire des visites chez tous ses voisins de campagne. Madame de Rochemule va un matin lui rendre sa visite : elle arrive, elle la trouve dans son salon avec une petite fille de huit ans assez belle. — Quelle jolie enfant, dit madame de Rochemule, c'est votre fille? — Non, ce n'est pas ma fille, répond madame H... — C'est votre nièce, allait dire madame de Rochemule. Mais l'autre reprend : Ce n'est pas ma fille, c'est un ange que Dieu m'a donné pour m'aider à supporter les peines de cette vie. Vous ne savez pas, madame, ce que cette aimable créature me disait l'autre jour? Je la priais de voir quel temps il faisait. Elle s'approcha de la fenêtre... Ma mère, dit-elle, il fait beau!... Je m'apprêtais à sortir, je vis qu'il pleuvait... Pourquoi, Flavie, lui dis-je, m'as-tu dit qu'il faisait beau?... — Ah! ma mère, m'a-t-elle répondu avec son air angélique, c'est qu'il me semble qu'il fait beau; quand vous êtes là il n'y a pas de nuages, pour moi, dans le ciel.

— Oh! c'est délicieux! parfait! dit Etienne en riant de bon cœur.

— Ce n'est pas tout, continua Robert. Madame de Rochemule revient à Mazerat, et elle nous raconte cette stupidité. Nous en sommes heureux. « Cela me fait penser, dit une amie de madame de Rochemule, que je lui dois aussi une visite, à cette dame; j'irai la voir jeudi. » Elle y va... Elle la trouve toujours dans son salon avec la petite aux nuages, et, sans y entendre malice, elle lui dit : « C'est votre fille, cette belle enfant? » L'autre de répondre : « Non, ce n'est pas ma fille, c'est un ange que Dieu m'a donné pour m'aider à supporter les peines de cette vie... Vous ne savez pas, madame; ce qu'elle me disait l'autre jour? » Et la voilà qui recommence l'histoire de la pluie et le mot des nuages dans les mêmes termes et avec les mêmes grimaces.

L'amie de madame de Rochemule revient à Mazerat, et elle raconte que madame H... n'a pas fait de nouveaux frais pour elle, et qu'elle lui a répété, sans y rien changer, la phrase de l'ange, du nuage, etc., etc. « Il faut que j'entende cette phrase-là aussi, dis-je alors, j'irai demain à... — Je vais avec toi, » me crie Georges de Pignan. Et le lendemain nous partons tous deux à cheval. La dame était dans le salon, la petite fille aussi à son poste; je prononce franchement la question magique : « C'est votre fille, cette jolie enfant? » La dame répond aussitôt, comme un automate poussé par un ressort : « Non, ce n'est pas ma fille; c'est un ange que Dieu m'a donné, etc., etc. » Puis elle arrive à ceci : « Vous ne savez pas, monsieur, ce qu'elle me disait l'autre jour?... » Si, je le sais, pensais-je en regardant Georges

de Pignan ; mais voilà le jeune fou qui pouffe de rire,
et qui s'enfuit dans le jardin. Elle m'a dit le fameux mot
des nuages, et je l'ai beaucoup admiré. Alors cette stupide histoire s'est répandue dans le pays, et tout le
monde, les voisins, les gens qui arrivaient de Paris,
les voyageu.s, tout le monde est allé voir madame H...
pour se faire dire ces deux superbes phrases ; et quand
elle commençait celle-ci : « Vous ne savez pas ce qu'elle
me disait... » c'était un désarroi complet ; les jeunes
filles s'enfuyaient, les jeunes gens jetaient des livres et
des lettres par terre, ils inventaient toutes sortes de
moyens pour prétexter ou cacher leur fou rire. Cela a
duré deux mois, et elle ne s'est aperçue de rien, si ce
n'est de l'empressement qu'on avait mis à lui rendre
visite, et de la bienveillance avec laquelle on l'avait ac-
cueillie dans la contrée ; mais vous avez dû la voir aussi
à la Villeberthier.

— Eh! certainement, dit Étienne, c'est ce qui m'a-
muse tant... elle nous a dit cette même phrase.

— C'est excellent!... A vous aussi ! C'est bien la tren-
tième fois... et on accuse cette femme-là de faire des
phrases... quelle injustice! La malheureuse n'en fait
qu'une, et elle la fait servir longtemps.

Ils regardèrent tous deux Marguerite pour voir si elle
riait. Ils restèrent saisis d'étonnement ; l'émotion de madame de Meuilles avait été plus forte qu'elle, son visage
était baigné de larmes. Elle pleurait malgré elle, elle
pleurait de leur courage, elle pleurait de leur gaieté.

— Ah bien! si vous pleurez, ce n'est pas la peine, s'écria Étienne avec amertume. Ce mot trahissait sa pensée.

— J'ai mal aux nerfs, dit Marguerite d'une voix douce et avec un sourire charmant qui demandait pardon pour ses larmes.

— Nous allons vous laisser vous reposer, dit M. de La Fresnaye.

Ce *nous* amical, qui joignait deux ennemis, était étrange.

Marguerite était contrariée de l'idée qu'il allaient partir ensemble; elle craignait que cette comédie de bienveillance ne se changeât en une explication querelleuse quand elle ne serait plus là. Que faire? Elle ne pouvait éloigner l'un et retenir l'autre; il fallait se confier à eux et tout espérer de leur respect pour elle.

— Bonsoir, madame, dit M. de La Fresnaye, j'enverrai savoir demain de vos nouvelles, mais à une heure convenable; je ne ferai pas comme madame de Branne, qui envoie à minuit chez les malades : elle réveille toute la maison et cause un trouble affreux. Cependant, l'autre jour, pour un de mes amis, cette grande rumeur a produit un très-bon effet. Elle a amené une crise qui l'a sauvé! Aussi il prétend qu'il doit la vie à madame de Branne.

— Quelle folie! dit Marguerite.

— Bonsoir, ma cousine, dit Étienne. Si demain vous souffrez encore, faites venir votre médecin, sérieusement.

13.

Il lui donna une poignée de main, ouvrit la porte et
sortit.

— Faites demander votre philosophe, dit tout bas
Robert à Marguerite; j'ai envie de faire graver sur une
plaque à ma porte : « Sonnette du philosophe, » et vous
m'enverrez chercher toutes les fois...

— Que je m'ennuierai, interrompit-elle en élevant la
voix pour qu'Etienne l'entendit, car vous êtes le plus aimable rieur que je connaisse.

— Allez, c'est beau à moi de rire aujourd'hui...

— Je le sais, dit-elle... Et elle se repentit d'avoir dit
cela. C'était avouer qu'elle devinait sa souffrance, c'é-
tait accepter son amour.

Robert rejoignit Étienne dans l'antichambre, et tous
deux s'observèrent avec inquiétude. Ils étaient redevenus
tristes et soucieux, n'ayant plus personne à distraire. Ils
descendirent ensemble l'escalier sans se parler ; mais
l'un et l'autre avaient la même pensée. Etienne se disait :
Il est frappé aussi... il la trouve, comme moi, bien
malade.

Robert se disait : Pauvre jeune femme ! nous la tuons !
Il faut que tout cela finisse.

Marguerite, attentive, écoutait ; elle entendit la porte
cochère se refermer sur eux ; elle craignait qu'une circonstance fâcheuse, un hasard, ne fit éclater cette malveillance qu'ils avaient jusqu'alors si courageusement
maîtrisée ; mais ses craintes étaient injustes. Etienne et
Robert ne se haïssaient point ce soir-là ; ils s'entendaient,

au contraire, comme deux amis, comme deux parents;
ils avaient, pour quelques heures, le même intérêt : la
sauver, le même effroi : la perdre..... Marguerite n'était
plus pour eux cette proie désirée qu'ils se disputaient
avec tant d'ardeur, c'était une victime menacée qu'il
fallait défendre à tout prix, et chacun des deux comptait
sur l'autre pour l'assister dans cette noble tâche. Bien
loin d'être des ennemis, des rivaux, c'étaient des associés
en sacrifice; ils se faisaient, pour un jour, une sympathie de leur égal dévouement, une fraternité de leur com-
mune inquiétude.

XVIII

— Les paris sont ouverts, cinquante louis pour La Fresnaye! La Fresnaye est favori, messieurs !

Et le baron de ***, en disant cela, posait sa tête sur un fauteuil et ses deux pieds sur la cheminée. C'était dans un des salons du club des Jockeys.

— Vous avez beau dire, Etienne a des chances, reprit le prince de G... en enfonçant son chapeau sur sa tête, comme si le vent du salon allait le faire tomber. — L'usage, dans les clubs, c'est de garder son chapeau toujours; cela signifie : Je suis ici chez moi et même plus que chez moi, je ne suis tenu à avoir de politesse pour personne.

Garder son chapeau est un des droits auxquels on tient le plus dans ces sortes d'associations; même avec une migraine atroce, on garde son chapeau sur sa tête; si, par hasard, on est seul un moment, on l'ôte; mais, dès

qu'il entre quelqu'un, vite on le remet : c'est un droit,
et il ne faut pas, même pour une seconde, renoncer à
exercer un droit. Ce principe est élémentaire.

— Je vous le dis, moi, reprit un troisième sportsman,
Étienne est distancé; il a beau *rouler, rouler,* il n'arri-
vera pas.

— C'est égal, moi, je tiens pour Étienne, et je vais
boire un verre de *Chartreuse* en son honneur. Le prince
de G... sonna.

— Moi, je crois la victoire indécise, dit un quatrième
interlocuteur ; madame de Meuilles serait bien embarrassée de dire celui des deux qu'elle préfère.

— Vous les croyez manche à manche ?

— *Quatorze à...!* cria le marqueur de billard.

Et cet à-propos, qui ressemblait à la voix de l'oracle,
fit rire tout le monde.

— Quatorze à ! répéta-t-on.

— Moi, je suis pour Étienne; je l'ai vu, il y a deux
jours, au bal avec madame de Meuilles, et je vous assure
qu'elle paraissait très-occupée de lui.

— Moi, j'ai vu l'autre soir, au spectacle, madame de
Meuilles. La Fresnaye était en face d'elle, et elle n'osait
pas le regarder; donc elle l'aime !

— C'est qu'alors elle les aime tous les deux ! Un savant hollandais raconte qu'il y avait à Rotterdam une
femme très-belle et très-honnête qui aimait également
deux jeunes gens de sa famille ; elle est morte sans avoir
jamais pu se décider à choisir entre eux. On a ouvert

son corps, et il s'est trouvé qu'elle avait deux cœurs.

— Ah! ah! ah! il faut être savant pour inventer des histoires pareilles!

— Savant et Hollandais! la fable est ingénieuse... C'est pour nous faire croire que les femmes aiment avec leur cœur, mais on sait bien qu'elles n'aiment qu'avec leur tête; or, comme la dame en question n'a pas deux têtes, elle ne peut pas avoir deux amours.

— Non. Elle ne les aime pas tous les deux. Une femme ne peut pas aimer deux hommes; elle peut en tromper dix, mais si elle aime, elle en aime un seul.

— Ah! que ceci est bourgeoisement absolu! comme s'il n'y avait pas plusieurs manières d'aimer! dit un jeune chercheur de paradoxes; moi, je comprends très-bien qu'une femme honnête et délicate, précisément parce qu'elle est délicate et honnête, aime deux hommes également... si elle les aime différemment...

On se récria.

— Laissez-moi développer mon système : Deux jeunes gens aiment la même femme... Bien. Il y en a un qu'elle aime et un qu'elle sacrifie... Bon. Eh bien! auquel des deux voulez-vous qu'elle s'intéresse?... A celui qu'elle préfère?... Non, il n'est pas intéressant, vous en conviendrez. La femme sensible se dira donc : Je n'ai pas besoin de m'occuper de celui-là, sa part est déjà assez belle, le scélérat, je l'aime, il est déjà trop heureux... et naturellement tous ses soins, toutes ses attentions seront pour celui qu'elle a sacrifié, et elle se demandera sans cesse : Que puis-je faire pour lui ?... Comment pourrai-je le consoler ?... Ainsi, vous le voyez, cette femme se trouve, sans remords, sans perfidie, aimer deux hommes : elle aime l'un... parce qu'elle l'aime... et l'autre... parce qu'elle ne l'aime pas !

— Mon cher enfant, un raisonnement comme celui-là, appuyé sur une canne comme celle-ci, qui t'a coûté la rançon d'un roi, cela suffit pour te faire interdire par tes parents.

Et le duc de R... montra à ses amis la canne du jeune fou, qui était d'une magnificence ridicule. Quand je t'écoute, ajouta-t-il, j'ai toujours envie d'aller chez le docteur Blanche, délivrer Edouard.

— J'ai l'air de dire une folie, mais ce que je dis là est très-fort.

— Oh ! très-fort !

— Non, ce n'est pas cela ; elle n'aime pas l'un par amour et l'autre par pitié ; elle aime l'un malgré elle, et l'autre volontairement ; c'est ce qui fait qu'elle est si troublée : elle croit aimer Étienne, et elle ne l'aime pas ; elle croit détester Robert, et elle l'aime, voilà la vérité. Cette lutte rend la situation très-piquante. Je suis bien curieux de savoir comment cela finira.

— Je vais te le dire...

— Elle les jouera à pile ou face !

— Tais-toi, jeune homme, tu as perdu la parole : cela finira ainsi : elle épousera Etienne et elle prendra Robert pour...

— Non, elle épousera Robert, et Étienne sera son...

— Non, elle n'épousera ni l'un ni l'autre : il en viendra un troisième qui les mettra tous les deux à la porte.

— Ah ! vous ne connaissez pas Robert de La Fresnaye ! ce n'est pas lui qui abandonnera jamais une idée ! aussi, j'ai parié pour lui et je gagnerai ; d'abord Étienne mérite de perdre, et il est de notre intérêt à tous, messieurs, qu'il soit battu : ce sera bien fait. Pourquoi ce troubadour de pendule s'avise-t-il de ressusciter le parfait amour moyen-âge !... c'est d'un très-mauvais exemple, ça gâte les femmes. Si ce héros de vieux roman réussit, nous sommes tous perdus, il va faire école ! Ces dames voudront toutes être aimées comme cela. Savez-vous bien qu'il y a sept ans que ce niais soupire pour sa cousine, sept ans !

— Sept ans, s'écria le prince de G... indigné. Eh ! que parles-tu d'amour moyen âge, renouvelé des troubadours ? Ceci est bien autrement vieux ! c'est un amour antédiluvien, renouvelé des patriarches ! Jacob, mon cher, n'en faisait pas d'autres : il a attendu chacune de ses femmes sept ans !

— Ah ! s'il fallait attendre sept ans toutes les Rachel de nos jours !

— N'ayez pas peur, nous ne sommes pas là ; les patriarches vivaient neuf cents ans, ils avaient une patience et une fidélité proportionnées à...

— Je suis de l'avis d'Edgard ; *du moment* où nous ne vivons plus neuf cents ans, il ne nous est plus permis

d'aimer sept ans la même femme. D'Arzac mérite une
punition. Je parie contre lui ; je parie cinquante louis
que d'ici à quinze jours il est *distancé.*

— Je tiens le pari.

— Oh ! l'imprudent !...

Et ce pari, sérieusement engagé, devint le point de
départ d'une suite de plaisanteries fines et malignes, stu-
pides et grossières, selon la nature du plaisant; mais
toutes également offensantes pour les personnes qui en
étaient l'objet. Il y avait là de ces faux élégants, de ces
moqueurs à la suite qui se croient légers parce qu'ils ne
respectent rien et spirituels parce qu'ils rabâchent l'esprit
des autres. Ces gens-là ont la manie de répéter tout ce
qui se dit. Or, comme ils n'écoutent pas, ils ne peuvent
répéter que ce qu'ils comprennent... et c'est affreux !
Ils colportèrent par le monde les propos folâtres tenus
au club sur les deux amours de madame de Meuilles, et
la pauvre Marguerite devint, grâce à eux, ce qu'on appelle la *fable de tout Paris.*

Un de ces propos revint malheureusement à Étienne;
on l'attribuait au duc de R... Étienne lui en demanda
raison : « J'ai le droit de me battre pour ma cousine, se
disait-il, c'est un droit que M. de La Fresnaye m'enviera
bien; je ferai du moins valoir cet avantage. » Et rendez-
vous fut pris pour le jour suivant; l'arme choisie était
l'épée.

Madame d'Arzac était chez son beau-frère lorsque les
témoins d'Étienne le ramenèrent chez lui. Il était blessé

à la main; la blessure n'était pas dangereuse, mais elle pouvait le devenir; il en souffrait beaucoup. On lui ordonna de se soigner sérieusement. Madame d'Arzac voulut connaître tous les détails du duel : Étienne lui raconta qu'il s'était battu avec un étranger à la suite d'une discussion politique à propos de la reine d'Espagne; c'était à l'époque des fameux *mariages espagnols.*

Madame d'Arzac supposa naturellement qu'un hidalgo avait pris la défense de sa jeune reine, et on lui laissa croire tout ce qu'elle imagina. On lui recommanda le secret : il fallait étouffer l'affaire par crainte des tribunaux; on convint d'un récit assez probable; on parla d'un accident arrivé en faisant des armes; le duc de R..., aussi blessé, mais plus légèrement, alla le soir même à l'Opéra pour détourner les soupçons, et comme le duc était très-protégé, la police ferma les yeux sur cette affaire, qui du reste n'avait eu aucun résultat fâcheux.

Rassurée sur la vie de son neveu, madame d'Arzac vit avec plaisir le parti qu'elle pouvait tirer de cet événement pour entraîner Marguerite en faveur d'Etienne. Cependant elle était assez embarrassée. Elle voulait produire un grand effet avec sa nouvelle dramatique; mais, d'un autre côté, elle ne voulait pas donner une trop forte émotion à sa fille, dont la santé l'inquiétait toujours. Elle composa son visage et dit :

— Je quitte à l'instant Etienne; il m'a chargée de t'exprimer ses regrets; il ne pourra pas venir te voir avant deux ou trois jours.

— Il est malade?

— Non.

— Il est blessé?

— Ce n'est rien.

— Il est tombé de cheval?

— Non, il s'est battu pour une niaiserie.

— Mais il est blessé?

— A la main; il pourra sortir dans deux jours.

— Je vais aller le voir, et avec qui s'est-il battu?

— Avec un Espagnol qui s'est imaginé qu'on voulait insulter sa reine.

— Ce n'est pas possible! Étienne? attaquer une femme?... avec assez d'acharnement pour qu'on lui en demande raison? Je ne crois pas à cette histoire-là.

— Ah! ces Espagnols sont si chatouilleux!

Marguerite alla chez son oncle voir Etienne. Elle devinait bien à l'air calme de sa mère qu'il n'y avait rien à craindre pour la vie de son cousin; mais elle était agitée, elle comprenait vaguement les conséquences de cette aventure; elle sentait que c'était une circonstance décisive, et, dans la situation où elle se trouvait, toute décision l'épouvantait. Etienne fut bien heureux de sa présence; ce qu'elle lui disait était si aimable, elle paraissait si contente de lui rendre un peu des soins qu'il lui avait prodigués! Etienne bénit sa blessure; elle lui valut une douce soirée. Il avait persisté dans son mensonge d'Espagnol, mais il voyait avec plaisir que Marguerite n'y ajoutait nullement foi, et qu'elle cher-

chait avec intérêt à pénétrer la véritable cause du duel.
Quand on est obligé de mentir à une personne qu'on
aime, c'est une grande satisfaction que de découvrir
qu'on ne la trompe pas ; on n'a plus de remords, son
incrédulité vous justifie.

Étienne était dans le salon de son père, établi sur un
fauteuil très-large, sa main blessée posée sur un coussin ;
il était entouré de ses amis, de ses témoins, des confidents
de l'affaire, qui venaient savoir de ses nouvelles et qui
louaient son sang-froid et son courage. Madame de
Meuilles était l'objet de l'attention et de l'admiration de
ces jeunes gens, et à chaque minute Marguerite entendait quelqu'un faire allusion à son prochain mariage. —
Oui, c'est elle, disait l'un. — Celle qu'il doit épouser?
—Dans un mois. On fixait l'époque !... Étienne regardait
alors Marguerite, qui souriait malgré elle.

Elle ne pouvait pas dire à ce pauvre blessé : — N'es-
pérez pas, non, jamais, je veux rester libre de penser à
un autre ; je ne vous aime pas... Cela était impossible,
et d'ailleurs cela n'était pas vrai. En voyant Étienne
blessé, pâle, tâchant de sourire à travers ses souffrances,
elle le trouvait aimable et charmant ; en songeant au
danger qu'il venait de courir, elle se sentait trembler
pour lui, et toute sa tendresse passée se réveillait. Ses an-
ciennes pensées de bonheur revenaient naturellement
près de lui. Là, chez son père, dans sa famille, ce bonheur était si facile, il était adopté par tout le monde ;
pas un obstacle, pas un ennui, pas un reproche, pas un

remords. Pourquoi donc résister, pourquoi refuser son avenir à ce jeune homme si dévoué, qui méritait si bien d'être choisi? Il n'y avait aucune raison. Un autre amour! Quelle folie! Aimer un inconnu, un étranger, un monsieur que détestait sa mère... qu'elle connaissait à peine depuis quelques mois et qui n'était pas venu dix fois chez elle!...

Gaston n'était pas là pour parler de son pauvre sauveur oublié : aussi cette bonne journée fut toute en faveur d'Etienne, et quand madame de Meuilles lui dit adieu pour retourner chez elle, le jeune blessé la remercia avec confiance, avec bonheur. Marguerite avait entendu parler de son mariage sans se troubler ; elle avait consenti par un sourire à tout ce qu'on en disait; elle était donc enfin décidée, et puis elle était là, chez son père, presque chez lui, et cette présence le rendait si heureux qu'elle le persuadait; il ne pouvait pas s'imaginer qu'un plaisir si vif fût incomplet; il en déduisait cette conséquence : Je suis heureux, donc elle m'aime, donc elle n'aime que moi! Dans sa joie, il avait presque oublié Robert de La Fresnaye.

Marguerite, arrivée chez elle, se disait . Pourquoi n'ai-je pas le courage d'être heureuse? car ma raison me le dit : Le bonheur est là.

On vint lui demander si elle voulait recevoir M. de La Fresnaye. Son premier mouvement fut de répondre non; mais elle pensa que Robert devait connaître la véritable cause du duel de M. d'Arzac, et elle résolut de le voir un instant pour l'interroger. A peine fut-il près d'elle,

que, prenant un air agité, elle lui dit : — Je ne reçois
personne; mais j'ai voulu vous parler un moment, pour
vous demander si vous savez quelque chose de cette affaire; ce n'est pas avec un Espagnol que mon cousin s'est
battu, n'est-ce pas?

— Non, madame; c'est avec le duc de R...

— Et pour quel motif?

— Pour le punir d'une chose stupide qu'il avait osé
dire.

— Contre lui?

— Contre vous.

— Contre moi! s'écria Marguerite, Étienne s'est battu
à cause de moi?

— C'était son droit, reprit Robert avec tristesse.

— Il ne m'en a rien dit...

— Ah! madame, ce n'était pas à lui à vous le dire.

— Était-ce à vous?

— Sans doute, je suis incapable de nier un avantage
parce que je l'envie. Ah! il a dû être bien heureux! et
je suis sûr qu'il a pensé à moi en se battant, ajouta Robert; il a pensé à moi autant qu'à vous.

Marguerite leva les yeux sur Robert, et l'expression de
sa physionomie lui serra le cœur : Robert avait l'air profondément découragé; cet homme superbe se sentait dés-
armé, c'était lui que ce duel avait tué...

Marguerite ne pouvait se rendre compte de ses impressions; mais, en apprenant que c'était pour elle qu'Étienne
s'était battu, elle n'avait pas éprouvé cet élan de recon-

naissance qu'une telle preuve d'amour méritait; elle
était obligée de se raisonner pour lui en savoir gré dans
sa pensée; certes, c'était pourtant un dévouement che-
valeresque qui devait la toucher; mais Robert enviait ce
dévouement avec tant de grâce! c'était si généreux à lui
d'avoir appris à Marguerite la vérité!... Sans lui, elle
n'aurait rien su... et Robert était si malheureux de l'avantage que cet événement donnait sur lui à M. d'Arzac,
que Maguerite... c'était bien injuste... se sentait plus
d'admiration pour celui qui lui révélait noblement la
belle action d'un autre que pour l'homme qui avait fait
cette belle action, et éprouvait moins de pitié pour celui
qui venait d'être blessé à cause d'elle que pour l'infortuné
qui enviait si ardemment la blessure...

Il était bien adroit, cet affreux Robert; mais, quelle
que fût son habileté, elle ne valait pas celle de madame
d'Arzac, et il devait être battu par elle.

Marguerite, en revoyant Etienne le lendemain, se
trouva lâche, ingrate; elle eut honte d'elle-même; elle
aurait voulu lui dire : « Je sais que vous m'avez défen-
» due; ma vie entière sera consacrée à récompenser ce
» sacrifice... » Mais elle comprenait que dire : Je sais...
c'était s'engager, c'était tout compromettre, et elle n'é-
tait pas en état de rien promettre sincèrement. Elle se
persuada qu'il y avait trop de monde ce soir-là chez son
oncle, et qu'il valait mieux attendre un autre moment
pour avouer à Étienne qu'elle était instruite de la
vérité.

Mais quel chagrin, quelle situation misérable! Connaître une noble action et feindre de l'ignorer! traiter comme un malade ordinaire un brave jeune homme qui s'est battu et qui est blessé pour vous! et s'avouer tout au fond de son cœur que si un autre avait été blessé à sa place, on n'aurait ni cet embarras, ni cette ingratitude; c'était cruel, il y avait là de quoi rougir.

Et cependant, l'amour est l'amour; on n'aime pas quelqu'un pour les services qu'il a pu vous rendre; on aime avec sa nature et ses impressions, et non avec sa reconnaissance et ses souvenirs. Si un faisan avait sauvé la vie à une colombe, elle ne se croirait pas obligée de l'épouser; elle lui préférerait un simple ramier qui n'aurait fait que roucouler, mais qui aurait cet avantage d'être un ramier. Alors pourquoi demander à l'amour d'autres droits que son attrait même? — Ah! c'est un des priviléges de l'état social : on veut bien se permettre d'aimer, mais on veut savoir pourquoi; et l'on exige, en fait d'amour comme en fait de projets de loi, un exposé des motifs. Hélas! presque toujours on en trouve.

XIX

Voici ce que madame d'Arzac inventa : elle prit sur elle de forger un mensonge ; voyant Marguerite toujours préoccupée, devinant les nouveaux combats qui se livraient dans son âme, elle imagina de lui dire qu'Étienne s'était battu pour elle, pour la défendre des propos que sa conduite étrange et coupable en apparence faisait tenir contre elle!... et ce mensonge, imaginé à grand'peine, se trouva être la vérité. Mais ce qu'il y eut de singulier, c'est que Marguerite, prise au piége, s'écria : — Comment le savez-vous?

Ah! c'est donc vrai! allait dire madame d'Arzac... Elle s'arrêta prudemment, et, avec sa présence d'esprit habituelle, elle répondit très-adroitement : — On a bien été forcé d'en convenir, puisque je l'avais deviné ; mais, ma chère enfant, ce duel ne sera bientôt plus un secret pour personne : déjà madame d'Estigny m'en a parlé, —

c'est elle qui en avait parlé à madame d'Estigny, — ce bruit va se répandre dans tout Paris, tu seras compromise, cela te fera le plus grand tort. Sois raisonnable, ma fille ; dans l'intérêt de ta réputation et de ton bonheur, il faut te décider à annoncer ton mariage avec Etienne tout de suite ; alors on apprendra le duel, la cause du duel et le mariage en même temps, et le scandale sera évité ; sinon les propos changeront de nature, et qui sait si ce pauvre Etienne ne sera pas obligé de se battre une seconde fois pour ton honneur.

Cette idée qui était bizarre épouvanta madame de Meuilles ; elle devint rêveuse, et sa mère, jugeant le moment opportun, lui déclara formellement sa volonté. Quant à moi, continua-t-elle, tu le sais, ton mariage avec Etienne est mon désir le plus cher ; ce mariage te laisse toute à moi, il me semble que tu épouses mon fils, que tu es deux fois ma fille ; un autre mariage me désolerait ; j'y donnerais mon consentement parce que jamais je ne serai un obstacle à tes souhaits ; mais un autre mariage, je te le répète, ferait le chagrin de ma vieillesse. Je ne crois, moi, qu'à l'amour d'Étienne, qu'à l'affection d'Étienne. On ne me séduit pas, moi, avec une comédie de sentiment bien improvisée, et six semaines d'œillades ne valent pas pour moi deux ans de soins, sept ans de dévouement à toute épreuve. J'aime Etienne, tu es engagée à lui, et tu ne peux sans déloyauté reprendre la parole que tu lui as donnée ; il te la rend, il veut te la rendre, soit ; sa délicatesse lui or-

donne peut-être d'en agir ainsi, mais la tienne te commande, à toi, de refuser cette liberté qu'il vient t'offrir,
parce que tu sais bien qu'il se fait violence en te l'offrant ; Marguerite, ce n'est pas une raison, parce qu'il
veut être généreux, pour que tu sois ingrate et cruelle.
J'espère qu'une autre idée, qui serait une idée malheureuse, folle, inpardonnable, n'est pas entrée dans
ta tête; mais, en tout cas, je te déclare que si la personne à laquelle je fais allusion revient encore ici,
chez toi, après le scandale dont elle a été la cause, car
elle seule est cause du duel... tes étranges hésitations
l'ont amené; mais qui a amené ces hésitations si offensantes pour celui que tu avais d'abord choisi et dont
tu avais accepté l'amour? Qui a fomenté ces troubles?
C'est cet homme fat et méchant que je ne veux pas
même nommer... Eh bien ! si tu le reçois encore, malgré
mes avis, malgré le désespoir d'Étienne, malgré les
promesses faites par toi à son père, malgré tout, je ces-
serai, moi, de venir dans cette maison. Je ne veux plus
rencontrer cet homme ! Son insolente figure me déplaît,
je le trouve ridicule, sot, impertinent, et je ne comprends
pas comment un pareil faquin a pu trouver accès auprès de toi.

— Il a sauvé la vie de mon fils! répondit Marguerite
avec courage.

— Beau mérite! tout le monde en aurait fait autant;
si Étienne avait été là, il aurait fait mieux.

— Avec cette manière de juger, on pourrait dire

aussi qu'un autre se serait battu à la place d'Étienne.

— Oui, et qu'il aurait tué son homme, n'est-ce pas?

— Oh! ma mère, je ne dis pas cela; mais si vous voulez que je sois raisonnable... soyez juste... Engagez-moi à épouser mon cousin, si vous croyez que son affection puisse assurer notre bonheur à tous; mais ne m'ordonnez pas de chasser de chez moi l'homme qui a sauvé mon enfant.

Marguerite avait des larmes dans la voix en parlant ainsi. Madame d'Arzac comprit qu'elle avait été trop loin.

— Mon Dieu! dit-elle, je ne demande pas qu'on le chasse à jamais : je veux seulement que, pendant quelque temps, tu évites de le recevoir, et que tu me prouves enfin que ce n'est pas sa fatale influence qui t'empêche d'épouser Etienne, ton cousin, que tu aimes, que tu aimais du moins, et que tu avais choisi. Comment veux-tu que je lui pardonne à ce monsieur d'avoir, d'un mot ou d'un regard, — ils sont pourtant bien durs, ses regards, — d'avoir détruit tous nos projets, bouleversé notre avenir, réduit au désespoir Étienne, et amené cette affaire scandaleuse, ce duel qui pouvait coûter la vie à ce pauvre enfant et qui la lui coûtera peut-être...

Marguerite leva sur sa mère des yeux inquiets.

— Oui, continua madame d'Arzac encouragée par cet effroi, Etienne était moins bien ce matin; tu lui as fait beaucoup de peine hier soir; il t'a trouvée préoccupée, d'une tristesse désolante, et il a très-bien compris que tu avais revu son rival et que tu étais retombée sous son empire.

— Mon Dieu! s'écria Marguerite.

— Écoute-moi, mon enfant, et crois-en mon instinct de mère : cet homme te sera funeste; cesse de le recevoir... pendant un mois; laisse-toi guider par nous qui t'aimons, qui t'aimons, va... mieux que personne, — et elle appuya sur ce mot, et tu verras que cet empire n'est qu'une influence passagère; que cette amourette de hasard, de salon, n'a aucune racine dans ton cœur, et avant un mois, tu riras toi-même de tes rêveries chimériques, de cette puissance fatale qu'un inconnu a la prétention d'exercer sur toi... Oui, tu ne comprendras même plus ce qui l'a fait naître ni sur quoi elle était fondée. Est-ce demander trop? Je n'exige de toi que ce sacrifice. Reste un mois sans recevoir ce monsieur, Marguerite; il y va de ton repos, du mien. Ne peux-tu faire cet effort pour calmer toutes mes inquiétudes? Je t'en prie, je t'en conjure! me refuseras-tu cela, Marguerite?

— Mais alors, je ne recevrai personne...

— Personne, soit; je serais si contente de ne plus le voir, que je me résignerais à vivre dans un désert.

— Mais il faudra lui écrire!

— Lui écrire? Non. Laisse-moi faire : il viendra deux fois, on lui dira que tu n'es pas visible, et je t'en réponds, moi, il ne reviendra plus.

— Je ferai ce que vous exigez, ma mère.

14.

— Embrasse-moi, je suis contente de toi, et je te promets de le saluer très-gracieusement la première fois que je le rencontrerai.

Quelle consolation touchante! chassé indignement par la fille, mais salué très-gracieusement par la mère!

Marguerite garda le silence, vaincue par un affreux chagrin. Ces paroles de sa mère étaient tombées sur son cœur et sur son amour comme une pluie froide et l'avaient glacé; elle comprenait que cet amour, qui vivait de poésie et d'ardeur, allait mourir dans ce climat tempéré, dans ces régions de modération et de famille où l'on voulait le transplanter. A des raisonnements si justes, elle ne pouvait répliquer. A une autorité si sainte, elle ne pouvait rien opposer. Il n'y avait qu'un mot pour détourner de telles menaces, pour expliquer l'audace de la rébellion, si elle avait eu le courage de la rébellion; mais ce mot magique, elle ne pouvait pas le prononcer : Je l'aime!... Elle ne pouvait dire à sa mère : Cet homme que vous haïssez, que vous méprisez, que vous chassez, cet homme-là, je l'aime!... Dans une scène de famille, et contre des raisonnements de convenances, comme cette toute-puissance de l'amour disparaît! Dites donc à un oncle en courroux, à un tuteur pédant, qui vous parlent chiffres et contrats, à une mère qui vous parle ménage, dites-leur donc avec inspiration, foi, exaltation : Je l'aime!... Ils s'écrieront : Je l'aime, je l'aime, ce n'est pas répondre! Et si vous persistez, ils vous jetteront ce trait mordant stéréotypé dans toutes les fa-

milles : Eh! ma chère, si vous aimez celui-là, vous en
aimerez bien un autre !

Madame d'Arzac quitta sa fille; mais elle devait revenir au bout de quelques instants pour la mener chez
M. d'Arzac, le père d Etienne. Marguerite, restée seule,
se révolta contre cette tyrannie qu'elle n'osait pourtant
braver, et le résultat de cette révolte fut qu'elle ne se
marierait point, qu'elle ne verrait plus Robert, mais
qu'elle resterait libre. Je ne ferai pas ce que je veux,
mais on ne me forcera pas à faire le contraire; je vivrai
seule, et je serai du moins maîtresse de mes pensées.

Madame d'Estigny fit demander à la voir. Marguerite
la reçut, et cette visite fut encore une épreuve qu'il lui
fallut supporter. L'épreuve était moins pénible, mais
aussi fut-elle plus décisive. Madame d'Estigny parla du
duel avec de grands ménagements et en donnant à cette
affaire moins d'importance que ne l'avait fait madame
d'Arzac; mais elle reconnut que ce duel forçait Marguerite à se décider.

— Moi, ma chère enfant, disait-elle, je ne vous dirai
point, comme votre mère : Il faut épouser votre cousin,
le bonheur est dans ce mariage-là pour vous... Je vous
dirai : Il faut vous marier; on s'occupe de vous depuis
quelque temps, peut-être beaucoup trop; on prononce
trop souvent deux noms avec le vôtre ; on sait que deux
jeunes gens spirituels, aimables, veulent vous épouser et
se disputent votre préférence; l'heure est venue de choisir entre eux. Je n'ai pas les préventions de votre mère;

j'aime Étienne de tout mon cœur, mais je trouve M. de
La Fresnaye très-séduisant, très-distingué, et je comprends parfaitement qu'une femme comme vous le choi-
sisse; ainsi je suis tout à fait impartiale : que vous pré-
fériez l'un ou l'autre, je vous approuverai également; je
ne vous dis donc pas : Choisissez celui-ci ou celui-là, je
vous dis : Choisissez celui que vous voudrez, mais choi-
sissez-le tout de suite. Le monde n'aime pas à s'occuper
si longtemps de la même personne. Il n'est pas très-mé-
chant tant qu'on l'amuse, mais du moment où on l'ennuie, il devient impitoyable. Que voulez-vous, ma chère,
c'est un public impatient, il s'irrite des dénoûments qui
traînent, et quand une scène n'en finit pas, il la siffle.

— Vous avez raison, et je vous remercie, répondit
Marguerite avec douceur.

Ces avis, dictés par l'amitié et donnés sans exagération, lui rendirent un peu de confiance; ils eurent plus
d'influence sur elle que les ordres impérieux de sa mère;
ils amenèrent un résultat important; ils la *décidèrent*
à se *décider* ; mais pour qui? c'était là le mystère.

Madame d'Arzac revint chercher Marguerite, qui passa la journée avec elle chez son oncle. Étienne était plus
souffrant, il avait la fièvre; le médecin était inquiet. Et
puis il était triste, ennuyé; il avait l'air d'un malade
qui ne veut pas guérir.

— Grondez-le donc, je vous prie, madame, dit le
médecin à Marguerite; il ne m'écoute pas. Sans doute
il sera plus docile à vos conseils.

Madame de Meuilles, qui causait avec son oncle, se leva et vint s'asseoir près d'Étienne.

— Est-ce vrai que vous m'écouterez, moi? dit-elle avec son sourire plein de charme.

— Non, répondit-il, ne me dites rien, je ne veux pas que vous me trompiez par pitié.

Marguerite se troubla.

— C'était possible, reprit-il, tant que ma blessure encore douteuse pouvait alarmer, mais aujourd'hui que je suis hors de danger, il faut être sincère... Vous n'avez plus le droit de m'abuser pour me guérir.

— J'ai le droit de guérir une blessure qu'on a reçue pour moi, reprit-elle.

— Comment! s'écria-t-il, qui vous a appris... Et la joie brillait dans ses yeux; puis il s'attrista de nouveau et dit avec une noble inquiétude: — Marguerite, il ne faut pas que cela vous engage, c'est comme votre parent, comme votre cousin que j'ai pris parti pour vous. M. de Meuilles vivrait encore, que j'aurais agi de même.

Marguerite, profondément touchée de cette délicatesse, tendit la main à Étienne en disant : Soignez-vous, soyez docile, songez que votre blessure est un remords pour moi; tant qu'elle ne sera pas guérie, je me la reprocherai comme un crime.

Ah! si vous m'aimiez, je guérirais tout de suite!

— Allez ! dit-elle, il faut que je vous aime bien ! sans cela...

Elle n'acheva pas et rougit vis-à-vis d'elle-même de

son étrange pensée. Sans cela... je me déciderais pour
un autre que j'aime aussi... Voilà ce que — sans cela —
voulait dire, et c'était plaisant; et ce qui fut encore plus
extraordinaire, c'est que ce mot naïf rendit à Etienne
toute sa confiance.

— C'est vrai, se disait-il, si elle ne m'aimait pas, elle
accepterait franchement l'amour de Robert : il est plus
beau, plus riche, plus élégant que moi; à la place de
Marguerite, toute autre femme se serait depuis longtemps
décidée en sa faveur; qu'est-ce donc qui la retient ? c'est
qu'elle m'aime, il ne peut pas y avoir d'autre raison. Et
Etienne, le front radieux, regardait Marguerite avec reconnaissance et bonheur.

Tout à coup elle entendit près d'elle une voix qui
disait :

— Méchante femme, me rendras-tu enfin mon fils?

C'était le vieux comte d'Arzac qui s'était traîné jusqu'au fauteuil d'Etienne et qui venait implorer Marguerite.

— Femme sans cœur, continua-t-il, ne seras-tu pas
attendrie par ce spectacle si touchant : un goutteux
priant pour un blessé ? Cette scène d'hôpital ne te cau-
sera-t-elle aucune émotion? Mon fils a manqué de se
faire tuer pour vous, madame, laisserez-vous périr votre
chevalier? Ne récompenserez-vous point sa valeur?...

Étienne, impatienté par cette plaisanterie de son père,
lui faisait signe de ne point presser Marguerite; mais le
vieillard ne voulait pas le comprendre.

— Que vous fassiez languir ce jeune soupirant, c'est
pardonnable encore; mais que vous fassiez languir un
pauvre vieillard comme moi, c'est cruel... Allons, coquette, décidez-vous! à quand la noce?

Marguerite était tremblante et oppressée. L'attente
pleine d'angoisse de sa mère, la prière de ce vieillard
qu'elle avait failli priver de son fils, et surtout la joie
charmante d'Etienne, agissaient sur son cœur et l'en-
traînaient malgré elle; quel obstacle raisonnable opposer
à ces souhaits si vifs, à cette supplication si puissante?
le souvenir d'un étranger, c'était bien peu de chose; à
peine en ce moment l'image de Robert se présentait-elle
à sa mémoire. Fallait-il désespérer trois personnes qui
la chérissaient, pour un inconnu qui dédaignerait peut-
être bientôt ce grand sacrifice? Fallait-il immoler des
affections profondes, naturelles, légitimes, éprouvées, à
un amour éphémère, sans passé, sans avenir, sans droits?
Pouvait-elle dire à ce père : On tenait sur moi et sur
deux jeunes gens qui m'aiment des propos indignes qui
ont amené un duel; l'un de ces deux jeunes gens, qui
est votre fils, s'est battu pour moi... j'épouserai l'autre?
Pouvait-elle dire à sa mère : Je vous brave, celui que
vous haïssez sera mon mari? Pouvait-elle dire à Étienne :
Je ne vous aime pas?... Non... Elle se laissa donc entraîner par la force de la situation, et lorsque son oncle
lui répéta cette question décisive : A quand la noce? elle
répondit :

— Quand vous voudrez.

— Alors, dès qu'Etienne sera guéri.

— Je suis guéri, s'écria Étienne en se levant comme un fou et en jetant par terre ses oreillers et ses coussins, je ne veux plus de cet attirail de malade, je ne veux plus souffrir! Vous entendez, Marguerite, je ne veux plus souffrir!

— Heureux âge où l'on déclare qu'on ne veut plus souffrir! dit le vieux comte; viens m'embrasser, ma chère nièce, ou plutôt ma chère fille! N'est-ce pas, Marguerite, que c'est bon de faire des heureux?

Marguerite embrassa son oncle; Etienne courut vers madame d'Arzac. Elle se tenait modestement dans un coin du salon, elle triomphait trop pour oser paraître. Étienne embrassa sa tante avec transport; c'était un tableau de famille vraiment touchant. Tout le monde était content, excepté celle qui contentait tout le monde.

XX

Madame d'Arzac ramena Marguerite chez elle; mais à peine fut-elle seule avec elle, qu'une crainte vague l'agita. Toute sa joie était tombée; entre la mère et la fille, il y avait une hostilité voilée qui ne se trahissait que par le silence. Madame d'Arzac, au comble de ses vœux, était tourmentée... Marguerite, au dernier degré de la soumission, était imposante. Madame d'Arzac, malgré le bon sens qui l'avait inspirée, malgré cette haute raison qu'elle croyait avoir déployée dans cette circonstance solennelle, sentait un remords naissant; quelque chose lui disait qu'elle venait de signer la sentence de sa fille. Plus Marguerite était résignée, plus elle voyait son imprudence; elle commençait à avoir peur de sa responsabilité; et si Marguerite avait pu choisir un autre homme que M. de La Fresnaye, elle lui aurait rendu sa liberté à l'instant même; mais elle détestait si affreusement cet

15

homme! Pouvait-elle jamais imaginer qu'un être ainsi
détesté par elle dût faire le bonheur de sa fille!... Et
pourtant si elle avait été de sang-froid, elle aurait reconnu qu'elle ne haïssait de la sorte cet homme que
parce que sa fille l'aimait trop.

Marguerite retrouva avec plaisir la solitude de sa maison. Pour la première fois de sa vie, la présence de sa
mère la faisait souffrir. Elle avait agi comme une esclave,
cédant à la volonté de celle-ci, à la prière de celui-là;
on lui rendait son libre arbitre; on la laissait chez elle
rêver, se souvenir, aimer; c'était un grand soulagement.

M. de La Fresnaye était venu le matin; on lui avait
répondu que madame de Meuilles passait toutes ses journées chez son oncle, et qu'elle ne serait pas visible avant
cinq ou six jours. C'était la réponse imaginée par madame d'Arzac. « Dans cinq ou six jours il apprendra qu'elle
se marie, il comprendra et il ne reviendra plus. »

En effet, la nouvelle du prochain mariage de madame
de Meuilles avec son cousin se répandait déjà dans son
monde à elle, et Robert fut un des premiers à qui on
l'annonça.

Il ne voulut pas y croire; il alla voir une troisième
fois Marguerite; elle était sortie, lui dit-on; il entra
chez madame d'Estigny; là du moins il aurait des nouvelles certaines. Madame d'Estigny avait vu madame
d'Arzac le jour même, elle savait par elle que le mariage était décidé. « Après ce duel, c'était probable, »
dit-elle. Mais elle n'osa rien ajouter : elle fut épouvan-

tée de l'effet que cette nouvelle avait produit sur Robert ;
toute la passion de son âme était dans ses yeux ; il avait
l'air d'un furieux qui va tuer son ennemi... Puis, au
lieu de tuer personne, il se mit à rire... mais d'un rire
de théâtre anglais, d'un rire fou et méchant : « C'est
impossible ! madame, » dit-il, et il s'en alla. Dès qu'il
fut parti, madame d'Estigny monta chez Marguerite ;
elle la trouva pleurant : Marguerite avait reconnu les
chevaux de Robert, elle avait entendu qu'on le ren-
voyait.

— Elle pleure, pensa madame d'Estigny, je m'y attendais. Ma chère Marguerite, vous m'inquiétez, dit-elle
avec l'accent d'une véritable affection. Vous avez l'air
bien malade ; sortir tous les matins, par ce froid, cela
ne vaut rien pour vous.

— Je suis restée chez moi aujourd'hui, répondit Marguerite.

— Ah ! je croyais... quelqu'un m'a assuré être venu
pour vous voir et ne vous avoir pas trouvée... Oui,
M. de La Fresnaye vous a demandée, et on lui a répondu que vous n'étiez pas chez vous.

— Vous l'avez vu ? dit Marguerite. A peine eut-elle la
force d'articuler ces mots.

— On lui avait appris votre prochain mariage. Il n'y
croit pas.

— En vérité, il a raison. Je serai morte avant d'être
mariée.

— Si vous aviez le courage d'être heureuse, vous n'au-

riez pas ces sombres idées... Mais vous n'êtes pas confiante avec moi, vous ne m'avouez pas la vérité... Hélas!
pauvre femme, vous ne vous l'avouez peut-être pas à
vous-même.

— Oh! ne parlons pas de moi, je ne m'appartiens
plus, je suis engagée. Etienne est si bon! qu'il soit heureux, je supporterai tout!

— Mais vous n'oublierez pas.

— Il faudra bien que j'oublie.

— Marguerite, il me semble que je vous devine; ayez
un peu de volonté, il est encore temps.

— Je ne peux pas soulever le monde à moi seule!
reprit Marguerite avec amertume.

— Vous n'êtes pas seule... — Et madame d'Estigny la
regarda avec finesse. Elle ajouta en souriant :

— Ils sont trois, eh bien! nous aussi, nous sommes
trois : lui, vous et moi. Je me charge de ramener votre
mère, fiez-vous à Etienne, sa générosité l'aidera à se
consoler.

— Non, Etienne ne se consolerait pas... et lui... lui,
il est si léger, il me fera l'injure d'attendre que je n'aime
plus mon mari.

— Ah ! Marguerite, ne le calomniez pas ; il vous respecte et il vous aime pour votre loyauté. Vous le sacri-
fiez et vous l'injuriez ! c'est indigne de vous : il ne mérite pas cette pensée, il est bien malheureux.

— Lui !

— Vrai ! il m'a profondément touchée et même in-

quiétée... On m'appelle... je reviendrai ce soir. Pardonnez-moi, Marguerite, mais rien ne peut m'ôter de l'esprit que vous l'aimez... et quand je vous vois vous
engager avec un autre, il me semble que je vous vois
courir vers un gouffre ; il ne faut pas m'en vouloir si je
fais tout pour vous arrêter...

Cette conversation calma un peu Marguerite ; elle en-
trevit un moyen de retrouver sa liberté, et puis madame
d'Estigny avait l'air de comprendre qu'elle aimât Robert,
ce n'était donc pas un crime de l'aimer !

Comme elle réfléchissait aux conseils que venait de lui
donner son amie, on lui amena Gaston pour le gronder ;
il ne voulait pas manger, il se disait malade et ne faisait que pleurer. Marguerite lui demanda ce qu'il avait :

— J'ai du chagrin, répondit-il, et j'ai mal à la tête.

— Quel chagrin as-tu, mon enfant ?

— Vous le savez bien, vous m'aviez dit que vous ne
vous marieriez jamais ! j'étais si content ! Et Gaston se
mit à sangloter.

Marguerite le prit sur ses genoux, et elle pleura avec
lui en silence. Bientôt Gaston, qui était réellement souffrant, s'endormit, et Marguerite passa la soirée à caresser, à câliner le pauvre enfant. Elle rêvait, en admirant
ses beaux yeux fermés dont les cils encore humides dessinaient leur ombre sur ses joues ; elle suivait la trace
de ses pleurs que le sommeil avait séchés ; elle remarquait avec douleur la tristesse sérieuse de cette bouche
enfantine ; elle pensait à celui qui avait sauvé la vie de

cet enfant et qui l'aimait si tendrement, et ses larmes tombaient amères et brûlantes sur cette tête chérie; si bien qu'au bout d'une heure les cheveux de Gaston étaient tout trempés de larmes.

Étienne surprit Marguerite dans ce muet désespoir dont il fut effrayé ; sa blessure était guérie ; il venait tous les jours chez madame de Meuilles. Marguerite s'empressa de le rassurer en continuant à pleurer franchement. Je suis bien malheureuse, dit-elle, ce vilain enfant ne veut pas être raisonnable ; depuis qu'il sait que nous allons nous marier, il ne fait que pleurer. Il ne veut plus ni manger ni jouer; c'est désolant. Tâchez donc de le rendre aimable.

— Je fais ce que je peux pour l'attendrir, reprit Étienne avec impatience, mais on lui dit tant de mal de moi que tous mes efforts sont inutiles.

— Voulez-vous appeler pour qu'on l'emporte ? dit-elle ; il dort profondément.

— Je le porterai moi-même dans sa chambre.

Et Etienne prit l'enfant dans ses bras... Mais comment exprimer cela : on devinait, à sa manière de le tenir, de le regarder, de l'emporter, on devinait qu'il ne l'aimait pas; il y avait dans ses soins quelque chose de gauche, de contraint, de maladroit, de froid, qu'on n'a pas quand on tient dans ses bras un enfant qu'on aime. Etienne avait l'air d'un passant complaisant qui transporte un enfant inconnu de l'autre côté d'un large ruisseau ; il n'avait pas l'air d'un ami qui vient de prendre sur les genoux de sa mère l'enfant chéri de la maison.

Mais Etienne ne pouvait aimer Gaston, qui lui rappelait le premier mariage de Marguerite, son plus affreux chagrin, qui lui rappelait M. de Meuilles, qu'il détestait. Robert pouvait l'aimer, lui, cet enfant; Robert ne connaissait Marguerite que depuis son mariage; il n'avait jamais vu M. de Meuilles; Gaston ne lui rappelait que Marguerite, et il l'aimait parce qu'il avait les yeux et les cheveux de sa mère. La position était bien différente.

Madame d'Estigny vint le soir : Marguerite, entre Etienne et madame d'Arzac, lui parut gardée comme dans une forteresse. Elle comprit que la malheureuse jeune femme restât sans force, opprimée par la confiance respectable de l'un et l'autorité implacable de l'autre. Madame d'Arzac avait si bien persuadé à Étienne que depuis qu'il s'était battu pour elle, Marguerite l'adorait, qu'Étienne était plein de foi. Il était heureux d'une manière désespérante. Il n'y avait pas une femme capable de lui dire cruellement et sans remords : Votre joie est une erreur, on ne veut pas de vous; on l'aurait tué sur l'heure. Marguerite, qui l'aimait, pouvait-elle avoir ce courage !... On avait dit à Étienne que M. de La Fresnaye était parti, que pouvait-il craindre ?

Madame d'Estigny était venue aider Marguerite à lutter contre eux; mais elle s'avouait elle-même hors d'état de les combattre; elle se retira mécontente, désespérée. *Lui seul* pourrait tout changer, pensait-elle, mais il n'est pas là. Le lendemain elle écrivit à M. de La Fresnaye pour

l'engager à venir chez elle, « elle avait à lui parler
d'une chose qui l'intéressait, *lui*, sérieusement. » M. de
La Fresnaye répondit qu'il était malade, mais qu'il ne
partirait pas sans aller prendre ses ordres. Il refusait de
venir, il s'éloignait... Il n'y avait plus d'espérance.

Plusieurs jours se passèrent et l'on n'eut aucune nouvelle de M. de La Fresnaye. Marguerite se demandait s'il
n'avait pas droit d'être fâché contre elle. Elle pensait à
envoyer chez lui Gaston de sa part : c'était une preuve
de souvenir bien naturelle, et cette démarche n'avait
rien de compromettant... lorsqu'un matin, on lui remit
cette étrange lettre, signée : Robert de La Fresnaye :

« Vous aviez raison, madame, de me dire que vous
sauriez bien me forcer à partir. Je partirai ce soir ;
mais avant de vous quitter, peut-être pour longtemps,
je voudrais solliciter de vous une faveur ; c'est au nom
de Gaston que je la demande. Me permettrez-vous d'avoir
l'honneur de vous porter aujourd'hui ma requête et de
vous faire mes adieux ?

» Veuillez agréer, je vous prie, madame, mes respectueux hommages. »

L'écriture de cette lettre était admirable, moulée, bu-
rinée ; les pleins et les déliés en étaient formés avec une
régularité parfaite, d'une main ferme et exercée ; on
aurait dit une exemple d'écriture ; il n'y manquait
qu'une guirlande d'oiseaux et une flèche menaçante
pour terminaison coquette.

Madame de Meuilles se sentit offensée de la pédanterie de ce style et de la beauté de cette écriture. Il y avait, jusque dans la pureté du cachet, quelque chose de net, d'officiel, d'administratif qui était un langage. Cela signifiait : tout roman est fini entre nous. Marguerite fit répondre qu'elle serait chez elle toute la journée et qu'elle le recevrait. Ah ! elle pouvait bien le recevoir sans crainte ; un monsieur qui écrivait des lettres comme celle-là n'était plus dangereux ; elle était rassurée, mais aussi elle était plus triste : il lui semblait qu'elle venait de perdre un dernier espoir.

Vers trois heures, elle était dans son salon et elle attendait Robert. La pensée de cet adieu lui serrait le cœur, et pour expliquer ce reste d'attendrissement après cette lettre si froide, elle évoquait le souvenir de Gaston, et s'imaginait regretter seulement l'homme qui avait sauvé son fils. Elle se demandait avec curiosité quelle était cette faveur sollicitée par M. de La Fresnaye. — Il part, est-ce qu'il veut me prier de lui écrire ? Mais non, il doit bien comprendre que... que c'est impossible...

Elle entendit marcher, ouvrir la porte... Le voilà !... Et son cœur battit avec violence. — Je l'aimais, je l'aimais, se dit-elle. Et les larmes lui vinrent aux yeux.

— Enfin ! madame, dit Robert en entrant, vous voulez bien me recevoir, et il faut pour cela que je parte le soir même.

Marguerite n'osait le regarder.

15.

— Emmenez-vous votre sœur ? lui demanda-t-elle ?

— Oui, madame.

— Elle sera contente de revoir son pays.

Marguerite était inquiète de savoir si Robert allait rejoindre la duchesse de Bellegarde.

— Mais je ne vais pas en Italie, répondit-il d'un air fâché.

— Ah ! je croyais...

— Vous n'avez pas le droit de me faire cette injure, madame. Vous pouvez me sacrifier, mais vous devez au moins croire en moi, et vous savez bien que, dans le désespoir où je suis, je ne peux pas aller en Italie.

— Le désespoir !... répéta-t-elle, et elle leva les yeux sur lui. Elle resta muette et troublée. La vue de Robert lui fit mal. Oh ! il n'avait pas besoin d'affirmer qu'il avait souffert, la plus véritable douleur se lisait sur son visage ; le désespoir se trahissait dans son maintien. Ce n'était plus ce jeune merveilleux, mis avec tant de recherche, si élégant, si mondain, qui semblait défier l'envie ; c'était un pauvre jeune homme sans prétention, sans espoir de plaire, qui ne songeait plus à faire valoir ses avantages, qui avait rompu avec toutes les vanités. Ses cheveux en désordre, sa cravate à peine attachée, cette tenue de voyageur qui faisait songer aux adieux, donnaient à toute sa personne un air de tristesse et d'abandon plein de charmes. Il était bien plus beau ainsi que dans ses parures d'homme à la mode ; ce découragement modeste, cette humilité d'un amour dédaigné chez ce héros d'a-

ventures brillantes était une grâce nouvelle. Marguerite
le regardait étonnée, attendrie; jamais Robert ne lui
avait paru plus séduisant, et sans comprendre elle-même
ce qu'elle lui disait ni à quelle idée elle répondait en lui
parlant...

— Alors, pourquoi cette lettre? dit-elle... cette lettre
si...

— Stupide! interrompit M. de La Fresnaye, et si froide!
Pour être reçu, il fallait bien l'écrire ainsi; une vraie
lettre qui vous aurait parlé de mes vrais sentiments m'aurait valu encore un refus... et je tenais à vous revoir...

Marguerite eut un mouvement de joie qu'elle voulut
réprimer, mais qu'elle n'essaya même pas de cacher.

— Vous avez à me demander quelque chose? dit-elle.

— Oui. Après avoir épuisé toutes les souffrances je me
suis trouvé cette consolation... Car vous ne savez pas,
madame, combien j'ai été malheureux, en apprenant
votre mariage! J'ai manqué en mourir de douleur tout
bonnement. J'avais tant d'espoir !... Je le confesse, pour
le dernier jour, ça m'est égal de vous fâcher... j'étais
persuadé que vous m'aimiez, et j'avais construit tout
mon avenir sur cette idée... Enfin, j'étais tellement con-
vaincu que vous seriez ma femme, que chez moi, dans
ma maison... Mais non ! je ne veux pas vous dire cet
enfantillage, vous vous moqueriez de moi, et puis cette
pensée me déchire le cœur...

Il avait des larmes dans les yeux en disant cela... et
Marguerite l'écoutait avec délices. A mesure qu'il racon-

tait ce qu'il avait souffert, elle reprenait à la vie, elle
entrevoyait une chance de bonheur. Oh! elle n'hésitait
plus... c'était bien Robert qu'elle aimait; maintenant
elle ne pouvait plus s'y tromper. Robert réunissait en
ce moment cette double séduction que définissait si plaisamment le jeune faiseur de paradoxes du club des
Jockeys : Robert réunissait l'intérêt et l'attrait; on l'aimait parce qu'on l'aimait et puis aussi parce qu'on le
sacrifiait! il était à la fois séduisant et intéressant; il
était paré de mélancolie, il méritait d'être aimé pour ses
souffrances et pour sa tendresse. Marguerite, enfin clair-
voyante, comprenait que Robert était son maître et que
lui seul au monde, elle pouvait l'aimer de tous les amours :
amour de nature, amour de cœur, amour d'orgueil...
car il ne faut pas oublier cet amour-là. Aimer avec orgueil, être fier de ce qu'on aime! ce n'est qu'un luxe,
mais c'est un bien beau luxe! il y a même des gens qui
ne savent pas se passer de celui-là.

Cette foi nouvelle, mais déjà profonde, inspirait à
Marguerite du courage; elle se proposait de lui dire...
et pour cela il lui fallait faire un effort... qu'elle aussi,
depuis quinze jours, avait horriblement souffert, et
qu'elle voyait enfin que le bonheur n'était pas là où
elle avait cru devoir le chercher... lorsque M. de La
Fresnaye, continuant son récit, s'écria :

— Ah! que l on est fou quand on aime! Heureusement je me suis souvenu que j'étais philosophe, et j'ai
appelé la philosophie à mon secours; maintenant me

voilà calmé ; mais les premiers jours, j'étais furieux ;
je voulais tuer tout le monde, et surtout le duc de R...
pour vous prouver que M. d'Arzac était maladroit ; je
voulais vous attendre à votre porte et vous faire des
scènes épouvantables, je voulais vous enlever... je vous
ai écrit plus de cent lettres... j'avais une fièvre !... Ah !
j'avais la tête perdue ! !... Mais tout à coup j'ai fait un
raisonnement bien simple qui m'a rendu à moi-même ;
je me suis dit que j'étais là, dans la même ville que vous,
logé dans le même quartier, que vous n'aviez qu'à me
dire : Venez, pour me voir accourir ; que vous étiez encore libre, que vous n'aviez qu'à me dire : Je vous aime,
pour être à moi... et qu'au lieu de me dire : Venez,
vous me disiez : Va-t'en ; qu'au lieu de me dire : Je
vous aime, vous me disiez : J'aime Etienne ; que, par
conséquent, il était bien clair que je ne vous plaisais
point, que vous ne vouliez pas de moi, et que ce que
j'avais de mieux à faire, c'était de me résigner.

Marguerite était au supplice... En vain ses regards
pleins de tendresse et de douleur lui révélaient tout son
amour ; il ne faisait pas attention à elle : il se complai-
sait dans le récit de sa cruelle guérison.

— A présent que tout est fini, je n'en suis pas fâché ;
je vois dans ce revers la loi du destin ; le destin ne veut
pas que je me marie, puisqu'il donne à un autre la seule
femme qui m'aurait fait aimer le mariage ; tant mieux,
je ne me marierai jamais... et je ferai Gaston mon hé-
ritier.

Marguerite sourit avec amertume.

— Pauvre Gaston! dit-elle, et elle essuya ses larmes...
ses larmes qu'il ne voulait point voir.

Il regardait la pendule, lui qui oubliait toujours l'heure
auprès d'elle... Pensant qu'il voulait s'en aller, elle lui
dit pour le retenir :

— Eh bien ! vous ne dites pas ce que vous voulez me
demander.

— Ah! c'est une grande preuve de confiance; je voulais vous demander de me laisser emmener Gaston pendant huit ou dix jours.

— Oh ! je le veux bien, répondit-elle vivement; le
pauvre enfant a tant de chagrin! il m'ôte tout mon
courage... .

Elle espérait qu'il comprendrait ce mot, mais il n'eut
pas l'air de l'entendre.

— Je l'emmènerai avec M. Berthault, qui vous le ra-
mènera. Il vous gênerait beaucoup, ce cher enfant, pendant votre lune de miel, ajouta-t-il en riant et sans
aucun dépit.

Oh ! comme il semblait résigné et consolé! Marguerite rougit, son impatience était visible; il l'interpréta
faussement.

— Allons, vous trouvez que je reste trop longtemps,
dit-il; au fait, il est quatre heures... c'est l'instant où le
bien-aimé doit venir, je m'en vais; calmez-vous, il ne
me verra pas ici; je lui cède la place humblement... Je
suis devenu bon garçon, avouez-le; mais vous verrez

qu'on peut faire aussi de moi un ami sérieux... D'ailleurs, je serai toujours pour vous le sauveur de Gaston, n'est-ce pas ? S'il vous arrivait quelque malheur, vous penseriez à moi.

Elle étouffait, elle ne pouvait répondre.

Il se leva et vint s'asseoir sur le canapé auprès d'elle.

— Adieu, madame, dit-il d'un ton brusque mais ému, et il lui tendit la main.

Elle mit en tremblant sa main dans celle de Robert. Au contact de cette main nerveuse et brûlante, un ardent frisson la fit tressaillir, un feu rapide courut dans ses veines.

— Adieu, vous me promettez de vous adresser à moi, si jamais je puis vous être utile, et de compter sur moi toujours et partout... de me traiter en confident, en parent, en frère... Oui ?... eh bien ! embrassons-nous comme deux vieux amis, et disons-nous adieu.

Il la prit dans ses bras avec une cordialité toute naïve, une familiarité toute amicale ; et posant ses lèvres sur son col tristement penché, il lui donna un franc baiser, un vrai baiser de parrain.

Marguerite s'éloigna de lui vivement... Elle était pâle, froide, immobile... on l'aurait crue frappée par une commotion électrique ou atteinte par un poison violent. Son émotion était si puissante qu'elle lui ôtait la force même de la ressentir. Elle ne voyait plus, elle n'entendait plus ; sa respiration restait suspendue, son sang

s'était arrêté, son cœur avait cessé de battre... un degré
de plus, c'était la mort.

Robert contemplait ce trouble avec des yeux pleins de
joie et d'amour. Lui aussi était pâle, lui aussi était op-
pressé par une émotion puissante; mais il pouvait regarder Marguerite, et en la voyant vaincue, il était heureux.
Il se rapprocha d'elle, et d'une voix affaiblie et voilée
par la tendresse, il dit :

— Ah ! Marguerite, est-ce là un adieu?

Elle aurait voulu répondre : Non, c'est un engagement...
c'est ma vie que je vous ai donnée ; prenez-la ; je vous
appartiens!... Mais elle ne pouvait parler, et, sans forces,
succombant à cette oppression brûlante qui suspendait
sa vie, éperdue, enivrée, mourante, elle se laissa tomber
dans ses bras.

— Enfin! s'écria Robert.

Madame d'Arzac entra. Marguerite, à sa vue, n'éprouva ni confusion ni crainte ; avec une audace inconnue,
que lui donnait la foi de son amour, elle alla vers elle,
et, lui montrant M. de La Fresnaye :

— Ma mère, dit-elle, je vous présente mon mari.

XXI

— Son mari !... lui ! s'écria Madame d'Arzac ; elle jeta
sur Robert un regard indigné... et elle sortit en fermant
la porte avec violence. On l'entendit encore répéter plusieurs fois en s'en allant : La pauvre femme, elle est
folle ! elle est folle !

Marguerite, un moment attristée, se remit bientôt, et
s'approchant de Robert :

— Elle vous aimera, lui dit-elle, pour le consoler de
cette injure... Mais Étienne va venir !... mon Dieu !

— Il ne faut pas qu'il vous retrouve ici, répondit.
Robert, venez vite, appelez Gaston.

— Où irai-je ?

— Nous verrons, mais partons tout de suite, dépêchez-
vous, je vais donner vos ordres.

Il parlait déjà en maître.

Marguerite alla s'habiller pour sortir et chercher Gaston.

— M. d'Arzac va venir, dit Robert au valet de chambre, qu'il avait sonné; vous lui direz que madame de Meuilles est chez sa mère, et qu'elle le prie de venir l'y rejoindre.

Marguerite et Gaston montèrent à la hâte en voiture. Dans l'agitation où elle était, madame de Meuilles ne put entendre ce que M. de la Fresnaye disait au cocher. Les chevaux semblaient deviner qu'il s'agissait d'un enlèvement, ils allaient un train de poste, et bientôt Marguerite se trouva dans des quartiers de Paris qu'elle n'avait jamais vus.

Ils voyagèrent ainsi pendant près d'une heure en silence; ils avaient l'air de se bouder, mais ils étaient heureux à en devenir fous. Comme je l'aime! se disait Marguerite. Comme je vais l'aimer! pensait Robert. Gaston seul babillait et faisait mille questions auxquelles il répondait lui-même. Il comprenait vaguement qu'il y avait un grand événement dans cette promenade et que cet événement lui plairait. Il riait, il chantait, il embrassait Robert, il embrassait Marguerite, il se chargeait d'exprimer à lui tout seul la joie étouffée, la tendresse réprimée que sa mère et son sauveur n'osaient se témoigner devant lui.

La voiture s'arrêta en face d'une grande porte artistement sculptée.

— Ah! c'est là? dit Gaston, comme c'est loin aujourd'hui.

Robert ne put s'empêcher de sourire à cette naïveté.

On passa sous une voûte éclairée *à giorno*, et Marguerite, en descendant de voiture, entra dans un vestibule
tout rempli de fleurs. Elle monta quelques marches,
sans savoir ce qu'elle faisait, étourdie, charmée, ravie...
Elle traversa plusieurs pièces richement meublées, or-
nées de tableaux, de statues, et arriva dans un salon
d'une élégance exquise, où une femme qui lui était inconnue semblait l'attendre. L'aspect de cette étrangère
la rendit à la raison, elle se sentit embarrassée près
d'elle, et, regardant M. de La Fresnaye avec inquiétude,
elle lui dit :

— Mais où suis-je donc? chez qui suis-je donc?

— Chez vous, répondit M. de La Fresnaye en s'inclinant.

— Chez vous, madame, dit l'étrangère avec un léger
accent italien.

— Chez vous, madame, dit à son tour une jeune fille
que Marguerite embrassa de bon cœur.

— Pas encore, Térésa, reprit Marguerite en rougissant, je ne...

— C'est vrai, interrompit Robert, qui ne voulait pas
effaroucher Marguerite; aujourd'hui, vous n'êtes encore
qu'en visite; mais dans huit jours... oui, madame, dans
huit jours, vous y reviendrez comme la maîtresse de la
maison. Voulez-vous, avant le dîner, venir visiter votre
appartement? Vous verrez si je pensais à vous !

On monta au premier étage de l'hôtel. Gaston faisait
les honneurs de la maison à sa mère avec un sérieux

plaisant. « Je connais tout ça, disait-il, je suis venu ici vingt fois. » Il conduisit Marguerite dans un appartement nouvellement arrangé avec un goût parfait et un luxe intelligent, ce qui est rare. Robert allait dire : « Vous n'aurez pas à craindre ici l'odeur de la peinture. » Il s'arrêta : c'était rappeler Étienne et attrister Marguerite. Le fait est qu'on n'avait pas donné un coup de pinceau dans tout l'appartement. Les plafonds, les murs étaient entièrement recouverts d'étoffes de l'Inde admirables. Les portes étaient remplacées par d'épais rideaux qui interceptaient l'air complétement. Les seuls coups de pinceau qu'on pût remarquer là, c'étaient ceux de Murillo : une madone douce et triste était placée dans un oratoire recueilli, au-dessus d'un prie-Dieu, chef-d'œuvre de sculpture. Dans le salon était un bureau d'une élégance merveilleuse, sur lequel Marguerite reconnut son chiffre ainsi que sur tous les objets qui servent à écrire : cachets, couteaux, etc.

— Vous le voyez, partout votre chiffre! lui dit Robert, profitant d'un moment où les enfants et madame Rinaldi étaient dans le salon voisin; quelle présomption! Ah! je le savais bien, moi, que vous m'aimiez!

— Ainsi ces faux adieux... étaient un piége?

— Non, d'honneur; si, en me disant adieu, vous n'aviez pas éprouvé cette émotion que je pressentais, je me serais dit : Je me suis trompé, elle ne m'aime pas... mais j'espérais bien que vous l'éprouveriez.

— O ciel! j'ai cru que j'allais mourir, dit-elle en rou-

gissant, et je n'aurai de repos que quand je serai votre
femme. Ce n'est pas bien d'aimer comme je vous aime,
celui qui n'est pas encore votre mari.

— Comment, vous avez des remords!...

— Oui!... et le souvenir de ce moment la fit alors
pâlir. Marguerite était sincère : elle sentait que ce moment l'avait livrée. L'amour sait bien mettre toute sa
flamme dans un regard, il peut bien mettre toute sa
passion dans un baiser.

Elle rejoignit, émue et tremblante, madame Rinaldi
et les enfants. Elle prit Gaston par la main et le garda
près d'elle. Elle se sentait si faible pour résister à Robert, qu'elle le fuyait avec une lâcheté héroïque. Elle
avait une peur affreuse de se trouver seule avec lui,
et toutes les peines qu'elle prenait pour retenir Gaston,
qui voulait aller jouer, pour entraîner d'une chambre à
l'autre madame Rinaldi, qui voulait rester tranquille,
pour rappeler Térésa, qui voulait aller s'habiller ; tous
ces efforts d'une faiblesse si franche irritaient M. de La
Fresnaye, l'impatientaient, mais le faisaient rire et le
rendaient encore plus amoureux.

Quand on fut réuni dans le salon du rez-de-chaussée,
Marguerite, rassurée, osa regarder Robert et se permettre
de l'aimer. Oh! comme elle le trouvait charmant! si
distingué, si noble!... Elle le voyait là, entouré de tous
êtres qui le chérissaient, qui le bénissaient, qui devaient
leur bonheur, leur existence même à sa générosité, à
son courage ; c'était sa sœur Térésa, qu'il avait sauvée

de la misère et de la honte, peut-être... c'était Gaston, qu'il avait sauvé des loups et de la rage; c'étaient tous les vieux serviteurs de sa mère qu'il avait gardés près de lui et qui l'adoraient; c'était enfin madame Rinaldi, qui ne tarissait pas en éloges sur lui, et qui terminait ses admirations par cette exclamation, qui les résumait toutes pour elle : Il est si bon, et il est si beau !

Tout à coup, Gaston arriva en courant dans le salon; il était rouge de plaisir, ses yeux étaient étincelants.

— Est-ce vrai, maman, ce que je viens d'apprendre? dit-il bas à Marguerite, vous n'épousez plus mon cousin et vous allez vous marier avec M. de La Fresnaye?

Ce mot vous n'épousez — *plus* — mon cousin rendit madame de Meuilles confuse; les enfants sont de terribles faiseurs d'épigrammes.

— Tais-toi, dit-elle, c'est un grand secret; n'en parle pas.

— Oh! quel bonheur! je l'aime tant, lui!... Et Gaston courut embrasser Robert.

Marguerite, heureuse, essuya ses yeux pleins de larmes: elle trouvait un dédommagement dans l'approbation de son fils; le *consentement* de son enfant remplaçait du moins celui de sa mère.

Mais elle l'obtiendrait aussi bientôt celui-là, et même encore celui d'Etienne; ne l'avait-il pas dit : L'amour est involontaire. Étienne lui pardonnerait. Étienne se consolerait, qui sait? peut-être... il épouserait un jour... il épouserait Térésa... et Marguerite ne serait plus pour lui qu'une sœur chérie.

Tout s'arrangerait, tout se concilierait, elle en était
sûre, et il fallait bien que tout s'arrangeât pour le mieux;
car il fallait qu'elle fût heureuse, et elle ne pouvait pas
s'imaginer qu'un pareil bonheur fût troublé... Après
tant de combats, tant de fausses résolutions prises à
contre-cœur, rentrer dans le vrai de sa nature... c'était
si doux!... au lieu de lutter contre le vent, d'aller contre
le flot, se laisser porter par la brise et descendre le
cours mollement... quelle fête! Marguerite était comme
ces pauvres arbres voisins d'une maison qu'on bâtit,
arbres précieux qu'on ne veut point abattre, et qu'on
protége avec soin, mais dont on courbe les rameaux,
qu'on attache avec des cordes, pour qu'ils ne gênent
point la manœuvre des travailleurs. Ils souffrent à la
fois toutes les tortures; leur tête baissée blanchit sous
la poudre brûlante de la chaux; leurs branches, violemment retenues, luttent en même temps contre le vent,
qui les secoue, et contre les liens qui les retiennent; jusqu'à ce qu'enfin, la maison terminée, on détache les
cordes et on les délivre... alors, leur tête fatiguée se re-
lève et se balance avec orgueil dans l'air, leurs bras
meurtris s'étendent avec complaisance, et la brise
joyeuse, agitant leur feuillage, chasse au loin cette poussière calcinée qui les faisait mourir.

Ainsi Marguerite avait souffert dans ces liens qu'elle
chérissait, mais qui étaient contraires à ses instincts. En
vain son cœur l'entraînait vers Robert, elle refusait
d'obéir à son cœur. Tous ses sentiments étaient faussés

par ses volontés; elle souffrait à chaque heure du jour, emportée puissamment par les uns, retenue violemment par les autres, jusqu'à ce qu'enfin l'amour lui eût rendu la liberté et l'eût ramenée à sa nature; car dans l'âme de Marguerite les affections du cœur, les affections sociales étaient vaincues par les affections de nature. Le mari et l'enfant l'avaient emporté sur la mère et l'ami; en préférant Robert et son fils, elle était dans le vrai; mais la société permet-elle qu'on soit dans le vrai, et la destinée humaine permet-elle qu'on trouve le bonheur?...

Qu'importe! Marguerite, bercée comme dans un rêve, oubliait tout; il lui semblait qu'elle n'avait jamais eu d'autre habitation que cette belle demeure; que cette maison était sa maison et que tous ces êtres, qui la soignaient, qui l'entouraient de tendresse étaient sa famille réelle, ses véritables parents. Une joie ardente l'oppressait, un vertige invincible troublait ses idées. Plus ce qu'elle éprouvait lui semblait nouveau, plus elle avait de confiance; tous ces symptômes de passion folle lui confirmaient son amour; et loin de lutter contre sa violence, elle s'abandonnait, comme une voluptueuse proie, aux délicieux tourments de cette fièvre inconnue.

Et lui! comme il l'adorait! avec quel orgueil et quelle tendresse il la suivait des yeux! comme il était fier de son triomphe! La voir enfin chez lui, penser qu'elle y viendrait bientôt comme sa femme pour ne plus le quitter jamais, quelle joie! Après tant de chagrins et d'inquié-

tudes, c'était trop beau! Marguerite était là, à cette
même place où depuis un mois il passait de longues
heures à penser à elle, à chercher un moyen de la reprendre à ceux qui la lui ravissaient. Comme il avait
souffert la veille encore dans ce même salon, où il la
voyait si heureuse et si belle! Quelle angoisse il éprouvait alors... que de craintes! si elle refusait de me recevoir! si elle n'était pas seule! si ce dernier adieu ne la
trouble pas comme moi! s'il me faut revenir ici, sans
elle, sans l'espoir de l'y ramener jamais!... Ah! quelle
agitation... Et à travers toutes ces folies que de combi-
naisons profondes! C'est bien toujours le même homme!
le même caractère fait de calcul et de passion! Robert
avait, pendant quinze jours, préparé cette scène qui devait décider de son sort; il avait, pendant quinze jours,
médité un adieu... un adieu qui devait lui donner Marguerite pour toute sa vie.

Cette journée fut charmante et fatale; on les paye
cher ces moments d'ivresse. Cela n'est pas permis que
deux êtres vivent ainsi l'un pour l'autre et oublient la
création entière pour ne plus voir qu'eux seuls; il faut
châtier de telles insolences, l'univers mérite des égards,
on ne peut pas comme cela le supprimer impunément;
l'univers est susceptible, il trouve toujours le moyen de
se venger tôt ou tard, et d'une façon cruelle, de ces bonheurs dédaigneux qui ont eu l'audace de l'oublier... Et
puis, il ne faut pas se faire d'illusions et il faut bien déclarer cette vérité à tous les cœurs menacés... L'amour

est un malheur toujours, même quand il est partagé,
même et surtout quand il est heureux... un grand malheur... Mais c'est un malheur qui fait aimer la vie, ce
que ne font pas toujours les bonheurs les plus raisonnables et les plus certains.

Le soir, madame de Meuilles, en rentrant chez elle,
trouva une lettre de sa mère ; elle la lut en tremblant.

XXII

Madame d'Arzac envoyait à Marguerite son consentement. « Mariez-vous tout de suite, disait-elle ; il est » temps de mettre un terme à ce scandale. Tout ce que » je puis faire pour vous, c'est d'assister au mariage à » l'église ; Dieu seul pourra me donner la force de » cacher ma haine. » Le reste de la lettre était de cette dureté.

Marguerite, le lendemain, dès le matin, alla voir sa mère. Madame d'Arzac la reçut avec une extrême froideur. En vain Marguerite lui dépeignit tous les chagrins qu'elle avait éprouvés depuis son retour à Paris, les efforts qu'elle avait faits pour vaincre cet amour, qu'elle se reprochait comme un crime ; en vain elle lui parla de Robert avec la tendresse la plus touchante, avec l'enthousiasme le plus éloquent, madame d'Arzac ne voulut ou ne sut rien comprendre.

— Ne me parlez pas, je vous en prie, de cet amour
subit, involontaire, inexplicable, dont je suis honteuse
pour vous... Oui, je rougis pour vous, en pensant qu'un
monsieur, que vous aviez vu trois fois à peine, a pu vous
enflammer au point d'oublier pour lui tout engagement,
toute affection, et je dirai même toute pudeur. Moi, je
vous l'ai souvent répété, je n'entends rien en amour ;
mon gros bon sens me faisait croire que, pour aimer
un homme, il fallait le connaître, savoir s'il était digne
de nous, s'il partageait nos sentiments, nos idées ; jamais
je ne me serais imaginé qu'on pût s'amouracher ainsi
du premier venu, et surtout que ma fille, à moi, fût
capable de ressentir jamais ce genre d'amour... que je ne
veux pas qualifier, et qu'une femme comme il faut de-
vrait, si elle l'éprouve, au moins savoir cacher. Après
tout, c'est encore très-heureux que ce soit un homme de
votre rang qui vous ait inspiré cet amour-là ; vous auriez pu aussi bien le ressentir pour une espèce, et il aurait fallu de même subir cet affront. Épousez donc votre
amant, ma chère, car ça ce n'est pas un mari, c'est un
amant ; tâchez d'être heureuse avec lui ; mais n'essayez
pas de me le faire adopter, parce que moi, je ne l'aimerai jamais ; je n'ai pas les mêmes raisons que vous
pour l'aimer. Vous pourrez venir chez moi tant que vous
voudrez, seule ; mais quant à m'engager à aller vous
voir, c'est inutile, ma résolution est prise ; je n'irai
jamais chez cet homme ; jamais, jamais je ne lui pardonnerai de m'avoir désillusionnée de ma fille, de ma

fille que je plaçais si haut, dont j'étais si fière! et que
j'aimais tant pour sa pudeur et pour sa dignité ! Ah ! le
misérable!

Marguerite pleurait en écoutant ces reproches pleins
d'amertume; à ce mot : le misérable! elle sourit avec
douceur. La colère de sa mère l'affligeait; mais ses injures ne la fâchaient ni pour elle ni pour Robert; sa
mère l'avait avoué elle-même et elle le prouvait : elle
n'entendait rien à l'amour : on ne pouvait lui en vouloir
de ses blasphèmes.

— Le temps vous convaincra, ma mère, répondit
Marguerite avec confiance et avec respect, que je n'ai
manqué ni à la pudeur ni à la dignité, en choisissant un
homme que tout le monde honore et qui m'honore moi-
même en me choisissant. Je comprends vos regrets, je
comprends votre tristesse, mais j'aurai de la patience,
j'attendrai avec courage que vos préventions soient vaincues! J'espère tout de votre justice. Si vous devez me
punir, ce n'est pas par vos reproches que vous y parvien-
drez, je ne les mérite pas et je suis très-forte contre eux;
si vous voulez me blesser cruellement, parlez-moi
d'Étienne; le malheur d'Étienne! voilà mon profond
chagrin !

— Etienne! s'écria madame d'Arzac, il est bon, je ne
le comprends pas; quand je vous accusais, dans mon
indignation, il vous défendait.

— Cher Etienne! dit Marguerite en essuyant ses larmes.

16.

— Savez-vous contre qui était sa colère? Contre moi!
Il m'accusait de l'avoir trompé, de lui avoir dit que
M. de La Fresnaye était parti et qu'il ne venait plus chez
vous depuis quinze jours. Moi, je le croyais. Est-ce ma
faute si ce comédien fait semblant de partir pour reparaître soudain et faire des coups de théâtre? Est-ce
qu'on peut prévoir ces scènes de mélodrame?...

— Etienne me défendait?

— Il avait toutes sortes de bonnes raisons pour vous
justifier. Cette générosité me faisait vous trouver encore
plus coupable. Comment! n'est-il pas allé jusqu'à me
prier, me supplier de revenir à vous et d'être indulgente
pour son rival!... Il a fini par me dire qu'il vous pardonnait tout le mal que vous lui faisiez, et qu'il se consolerait si vous étiez heureuse.

Marguerite, à ces mots, fondit en larmes.

— Où est-il maintenant? demanda-t-elle à travers ses
sanglots.

— Il est parti hier soir... Il est chez MM. de Presles, à
Bellerive. J'aurai de ses nouvelles demain.

— Et son père?

— Le pauvre homme est désolé de ce bonheur perdu;
il dit que son fils en mourra. Ah! son indignation contre
vous est encore plus vive que la mienne. Mais j'ai promis d'aller passer la journée avec lui. Adieu!

Marguerite quitta sa mère le cœur bien affligé, et le
souvenir d'Etienne l'attrista longtemps; mais en rentrant
chez elle, elle trouva Robert, qui lui apprit que, grâce à

ses démarches, toutes les dispenses étaient obtenues, les
bans publiés, et qu'ils se marieraient la semaine suivante.
·Térésa vint jouer avec Gaston ; Marguerite, en la regardant, se rappela ses projets de mariage. Le malheureux
Etienne lui apparut alors dans l'avenir, consolé, joyeux,
infidèle, et elle ne songea plus à le plaindre dans le présent.
Et puis Robert était là, et quels que fussent ses regrets et'
ses craintes, elle ne pouvait pas s'empêcher d'être heureuse quand il était là.

Pendant huit jours, Marguerite alla tous les matins
chez sa mère et elle écouta les mêmes reproches, les
mêmes injures, avec une constance que rien ne décon-
certait. Son amour lui donnait tant de courage ! souffrir
pour Robert lui semblait si doux ! Elle parlait d'Étienne
bravement et sans trouble, et le loyal intérêt qu'elle lui
témoignait étonnait sa mère. Madame d'Arzac, qui s'attendait à de la confusion, à des remords, ne s'expliquait
pas cette tendresse que gardait Marguerite pour un
homme envers qui elle avait des torts si graves. Comme
Marguerite l'interrogeait :

— Nous avons de lui de très-bonnes nouvelles, répondit madame d'Arzac ; il commence à se distraire ; MM. de
Presles l'ont forcé de venir avec eux à une grande chasse
qu'ils ont faite dans la forêt de Sainte-Lucie. Étienne a
tué deux chevreuils, il en envoie un à son père et lui
écrit que cette journée de chasse lui·a fait grand bien.
Je ne crois pas, dit-il, qu'il y ait une passion qui tienne
contre une pareille fatigue ; encore une course comme

celle-ci, et je ne serai plus qu'un chasseur. Mais je crois
l'avoir là, cette lettre, ajouta madame d'Arzac; il me
semble que je l'ai mise hier dans ma poche par distrac-
tion.

— Oh! ma mère, montrez-la-moi! dit Marguerite.

Madame d'Arzac sonna sa femme de chambre; elle
venait justement de trouver une lettre dans la poche de
la robe que madame d'Arzac portait la veille.

Marguerite s'empara de cette lettre avidement. Une
douleur inexprimable la saisit en voyant cette écriture:
son cœur lui disait que cette tranquillité était feinte. Elle
lisait le désespoir le plus violent dans ces lignes indifférentes.

— Laissez-moi cette lettre, dit-elle en pâlissant.

— Étrange femme, pensa madame d'Arzac, on dirait
qu'elle l'aime plus que jamais.

Marguerite emporta la lettre d'Etienne; elle la couvrit
de baisers et de larmes. « Pauvre Étienne ! comme il est
malheureux ! » disait-elle. Et cependant ce billet ne parlait de rien autre chose que d'un chevreuil qu'il avait
tué et qu'il envoyait à son père, et de l'efficacité de la
chasse pour guérir de l'amour.

Tout le reste de la journée, Marguerite fut triste. Elle
serra vite cette lettre dans un tiroir : cette écriture lui
faisait un mal affreux à regarder.

Le jour du mariage arriva, — du mariage à la mairie;
— le mariage à l'église ne devait avoir lieu que le lendemain. Comme ces sortes de cérémonies se font sans

aucune solennité, Marguerite souffrit moins de l'absence de sa mère. En sortant de la mairie, elle alla chez madame d'Arzac; elle avait la conscience satisfaite, le cœur joyeux : elle était la femme de Robert, rien ne pouvait plus les séparer. Elle pensait que sa mère, la sachant mariée, s'adoucirait : l'irrévocable a cet avantage de calmer les esprits en ne leur laissant plus la faculté de travailler. En effet, madame d'Arzac reçut sa fille avec plus de bienveillance, et Marguerite espéra que la cérémonie du lendemain, en l'attendrissant malgré elle, la forcerait à une réconciliation complète. Elle se disait aussi que M. de La Fresnaye serait si respectueux, si affectueux pour elle, qu'il parviendrait à la toucher. Elle quitta sa mère pleine d'espérance, et madame d'Arzac, la voyant si heureuse, se sentit un peu désarmée.

La soirée se passa d'une manière charmante, à parler du lendemain et à préparer le déménagement bienheureux. Marguerite arrangeait ses papiers, ses bijoux dans des coffres, dans de petites tables que l'on emportait à l'hôtel de La Fresnaye. Déjà Gaston y était presque installé; il y avait envoyé ses livres, son piano, ses joujoux, et il y allait courir dans le jardin à ses heures de récréation.

En rangeant ses livres, Marguerite trouva un album qui appartenait à Étienne; elle l'enveloppa soigneusement; elle chercha le porte-crayon d'Étienne et tout ce qui lui servait à dessiner, et, plaçant ces objets dans une boîte, elle les envoya dans sa nouvelle demeure comme des reliques précieuses, souvenirs d'un ami qu'elle ne voulait pas sacrifier.

Robert la regardait, ému et attendri :

— Vous n'êtes pas jaloux? dit-elle.

— Non, répondit Robert, c'est une preuve d'amour que vous me donnez.

— C'est vrai : si je vous aimais moins, je n'oserais pas.

Les veuves se remarient toujours en cachette, et madame de Meuilles, qui avait changé si brusquement de mari, désirait plus qu'une autre le mystère. La cérémonie devait avoir lieu à minuit dans l'église de la Madeleine. Les témoins seuls devaient y assister. Marguerite n'osa sortir de chez elle tant qu'il fît jour; vers cinq heures elle alla voir madame d'Arzac pour convenir de l'heure où elle viendrait la chercher; mais au moment du dîner, Marguerite n'était pas encore de retour. Robert l'attendait depuis longtemps; inquiet et craintif comme on l'est dans un jour solennel. Il se décida à aller trouver Marguerite chez madame d'Arzac. On lui dit que madame d'Arzac était sortie, mais que sa fille était là-haut dans sa chambre. Il pensa que l'occasion était bonne pour envahir la maison maternelle, et que sa belle-mère, en le trouvant chez elle, le traiterait avec plus de douceur. Il monta l'escalier et arriva dans l'appartement de madame d'Arzac.

Il était assez troublé, il avait peur d'être grondé par

Marguerite; mais, en y réfléchissant, il se disait : Elle
est má femme, sa mère a le droit de me chasser ; mais
j'ai le droit de venir chez elle. En traversant le salon,
il entendit gémir, pleurer... Une voix appelait Etienne !
Etienne !... Il reconnut la voix de Marguerite. Il entra
brusquement dans la chambre de madame d'Arzac. Marguerite y était seule, les cheveux en désordre, les yeux
égarés ; elle tenait à la main une lettre qu'elle ne lisait
pas, elle semblait folle de douleur. A la vue de Robert,
elle tressaillit. Elle lui donna la lettre sans pouvoir articuler un mot. Cette lettre, adressée à madame d'Arzac,
était du secrétaire de son beau-frère ; elle disait :

« Madame,

» Un malheur affreux vient de frapper M. le comte.
» Hier, à la chasse, son fils Etienne a péri victime d'une
» imprudence. Son fusil a parti comme il sautait un
» fossé ; on l'a trouvé mort dans le bois. M. le comte
» ignore encore cet accident. Je vous en supplie, ma-
» dame, venez m'aider à l'annoncer à ce malheureux
» père. »

— Pauvre Etienne ! dit Robert... cela ne m'étonne
pas.
— Vous aussi ! vous pensez comme moi que ce n'est
pas un accident! s'écria Marguerite.
Robert ne répondit rien ; de grosses larmes brillaient
dans ses yeux. Il n'eut pas la force de faire un men

songe. Il voulut emmener Marguerite, mais elle le repoussa avec violence. Au premier étonnement de la douleur succéda un désespoir déchirant. — Laissez-moi,
cria-t-elle, c'est vous qui avez causé sa mort; je vous
hais! Sans vous, nous aurions été heureux... il m'aimait
tant! O mon pauvre Etienne!... Et tout à coup, avec un
accent de cruauté farouche... — C'est lui que j'aimais!
dit-elle, pensant que ce mot barbare devait le venger,
je ne veux plus vous voir jamais! jamais! Vous êtes mon
mauvais génie! Ah! ma mère avait raison de vous détester, je vous hais comme elle à présent!

— Je ne vous demande pas de m'aimer, reprit-il, ni
de vous consoler. Je vous demande de pleurer près de
moi. — Et comme lui-même il pleurait... il pleurait
son bonheur perdu, car il sentait bien que cette mort
brisait le cœur de Marguerite... elle s'adoucit peu à
peu; abattue par sa douleur, étourdie par ce coup terrible qui venait de la frapper, elle n'eut plus la force
d'éprouver ni colère ni ressentiment; et elle se laissa
emmener par Robert, avec une docilité inerte, comme
une personne à qui toute chose est devenue indifférente
et que la faculté et le désir de vivre abandonnent.

Oh! ce fut pour Robert un moment affreux! Ramener chez lui cette femme au désespoir et qui le haïssait,
au lieu de cette mariée heureuse qui l'aimait d'un si
fol amour! quel poignant chagrin! quelle déception
amère! S'il avait eu des torts, il les expiait tous dans
ce moment.

En se retrouvant dans ce même salon où, quelques
jours auparavant, elle avait passé de si douces heures,
Marguerite reçut une impression violente; elle s'éva-
nouit... On la porta dans la chambre si soigneusement
préparée pour elle, et on la déposa sur le lit nuptial,
pâle et mourante.

Une telle douleur était trop forte pour cette frêle nature. Une santé si délicate ne pouvait lutter contre cette
suite incessante d'agitations. Marguerite, dès le soir
même, éprouva tous les accidents de la maladie à laquelle elle avait failli succomber huit mois auparavant.
Le danger était grave. On envoya chercher madame
d'Arzac. Marguerite, en apercevant sa mère, comprit
qu'elle était perdue. En effet, il fallait qu'elle fût dans
un état désespéré pour que madame d'Arzac eût consenti à venir chez M. de La Fresnaye.

Dès lors, Marguerite sentit sa pitié se transformer.
Elle ne pleura plus Étienne. Toute sa compassion, toute
sa sollicitude, furent pour Robert, pour Robert qu'elle
allait quitter. Ses ressentiments s'éteignirent; elle retrouva son amour, et elle n'eut plus qu'une pensée :
lui consacrer tout entiers les derniers instants qui lui
restaient à vivre, et pendant ces dernières heures lui
donner tout le bonheur qu'une mourante peut donner.
Elle le gardait près d'elle et lui parlait avec une tendresse pleine de larmes qui déchirait le cœur.

— Oh! pardonne-moi de mourir, lui disait-elle; mais
cet amour offensé me réclame, je le sens qui m'attire

17

dans la tombe avec lui... Ce qui m'étonne, c'est que je
puisse te quitter, toi que j'aime tant! c'est que ton amour
à toi n'ait pas la puissance de me retenir... Quel dommage! nous aurions été si heureux! J'aurais oublié tout
près de toi; oui, j'aurais supporté l'absence d'Étienne;
mais cette mort, cette horrible mort... que j'ai causée!
Oh! cela, je ne peux pas le supporter!... Et puis, s'aimer
comme nous nous aimons, c'était trop! un bonheur si
grand ne peut pas durer. Ces huit jours que nous ve-
nons de passer avec cette espérance enivrante, eh bien!
Robert, ils valent toute une vie! Si l'on m'avait dit:
Vous éprouverez pendant huit jours cette joie folle et
vous mourrez après, j'aurais répondu: Cette joie vaut
la mort! je veux connaître cette joie et mourir! Robert,
rappelle-toi ces jours de délices, et avoue qu'un tel enchantement n'est pas trop payé par la mort... D'autres
fois, voyant son désespoir, elle disait: Rassure-toi, je
vivrai, je t'aime tant que je ne pourrai pas mourir. Cet
amour est impérissable, sa flamme est éternelle, elle me
soutiendra, rien ne pourra l'éteindre!

Robert ne répondait pas. Tous les tourments de l'enfer
lui torturaient le cœur. Dans les rares instants où Marguerite dormait, il descendait s'enfermer chez lui; et
là, seul, il se livrait à toute la violence de son désespoir. Ce qu'il éprouvait, lui, c'était de la rage, c'était
une haine insensée pour le malheureux dont la fin tra-
gique avait détruit son bonheur. Dans sa fureur, il lui
parlait, il l'accusait de cruauté, d'égoïsme et de perfi-

die ; il lui reprochait sa mort comme une méchanceté...
Un jour plus tard, quelques heures plus tard, s'écriait-il,
Marguerite était à moi ! et dans la voluptueuse ivresse
de notre amour, dans le vertige de nos ravissements,
elle n'aurait pas même compris que tu n'étais plus là;
elle n'aurait pas senti ta perte, elle n'aurait plus rien
entendu que ma voix qui l'aurait doucement bercée ;
elle n'aurait plus rien compris que ma présence... elle
aurait oublié les vivants et les morts et le monde entier
dans mes bras ! Va ! si elle avait été à moi un moment,
tu n'aurais pas pu la reprendre !...

Quand il revenait près de Marguerite et qu'il la voyait
pâle et mourante, étendue sur ce lit si élégant, orné
avec une magnificence si pleine de tendresse ; quand il
se rappelait les rêves délicieux qu'il faisait encore la
veille en préparant cette chambre bien-aimée, et qu'il
songeait à toute cette joie perdue ; quand il se disait que
la mort, l'implacable mort allait lui arracher cette
femme qu'il avait conquise avec tant de passion et tant
de peines, il tombait vaincu par sa douleur, et il pleurait, il sanglotait comme un enfant. Il passait de longues heures à regarder Marguerite, à se pénétrer de son
image, et cette admiration poignante l'exaspérait jusqu'à
la folie. L'idée que cette beauté céleste allait disparaître,
que cette forme charmante allait se perdre à jamais, le
révoltait, le transportait jusqu'au blasphème ; il la pleurait comme amant et comme artiste ; il aurait voulu du
moins sauver sa beauté ! Il trouvait que Dieu était crue

de détruire dans toute sa fleur sa plus belle créature ;
il lui semblait que cette créature d'élite si parfaite, si
heureusement et si merveilleusement douée, devait
trouver grâce devant lui. Ses yeux s'attachaient sur elle
avec avidité, comme s'ils voulaient retenir cette image
chérie et l'empêcher de s'effacer à jamais ; il étudiait
ces traits si purs, il s'imprégnait de leur expression angélique, il ne voulait pas perdre une minute de cette
contemplation suprême... Il l'admirait, il l'adorait, et il
éprouvait une joie déchirante quand il la voyait sourire
de cette adoration insensée.

Madame d'Arzac soignait sa fille en silence avec un
courage qui faisait mal à observer. Elle n'avait qu'une
préoccupation, cacher à Marguerite sa haine pour M. de
La Fresnaye. Oh ! maintenant cette haine instinctive ne
lui était que trop bien expliquée. Sans lui, se disait-elle,
Etienne vivrait et ma fille ne succomberait point au remords de l'avoir tué !

Elle accusait Robert, et il était moins coupable qu'elle.
Robert n'avait fait que suivre l'inspiration de son
amour ; il n'avait fait qu'obéir à ses lois, car le devoir
de l'amour c'est de poursuivre sa proie et de l'obtenir
malgré tout et à tout prix, morte ou vive... Mais madame
d'Arzac avait joué ce triste rôle que jouera toujours le
faux bon sens aux prises avec l'exaltation d'un sentiment
vrai. Le faux bon sens, cette idole des cœurs égoïstes,
des natures froides et pauvres, cette raison de conven-
ition qui refait, pour l'agrément de la société, des carac-

tères négatifs à son image, qui supprime l'enthousiasme de la pensée, le feu du cœur, le sang des veines;
qui se vante de ne point connaître les passions et qui
se mêle de les conduire! Faux bon sens, c'est toi qui
causes tous les malheurs: les révolutions chez les peu-
ples, les catastrophes dans les familles! Sans l'espoir
trompeur que lui avait donné madame d'Arzac, Etienne,
préparé par ses craintes, dans ses heures de découragement, aurait pu renoncer à Marguerite; mais trouver le
désespoir au moment même du bonheur, c'était trop;
on ne peut pas tomber de si haut sans périr.

Plusieurs jours se passèrent ainsi, dans des soins inutiles, sans amener d'espoir. Un matin, Marguerite se
trouva moins oppressée; elle fit demander M. l'abbé de...
A cette demande, Robert pâlit.

— N'ayez pas peur, dit Marguerite en souriant, c'est
pour nous marier; oui, vous savez que j'ai des scrupules,
ajouta t-elle en rougissant... — Pauvre femme, elle
avait encore un peu de force pour rougir.... — Je n'aurai de repos que quand je serai votre femme devant
Dieu.

Elle se confessa, elle communia, et le lendemain, à
dix heures, elle se fit porter dans son oratoire, qu'on
avait disposé en chapelle, et où les témoins de son mariage et sa mère étaient réunis. Elle était si charmante,
et elle semblait si heureuse qu'elle donnait de la confiance à tout le monde. Non, ce n'était pas une mourante, la mort n'a pas cette grâce, l'agonie n'a pas cette

, sérénité. Jamais Marguerite n'avait paru plus jolie. Ce long voile de dentelle qui l'enveloppait de la tête aux pieds, ces beaux cheveux qu'elle avait voulu tourner en deux grosses boucles et qui encadraient sa noble et douce figure, cet attendrissement profond qui troublait ses yeux, cette dernière ardeur d'un feu prêt à s'éteindre qui colorait ses joues fiévreuses, ce sourire d'amour qu'elle avait pour tous les êtres aimés qui l'entouraient et qui la flattaient de leurs fausses espérances, cet attrait de la mort si mystérieux et si puissant, donnaient à sa personne une beauté surnaturelle. Cet éclat nouveau avait, malgré toutes les craintes, quelque chose de rassurant : on ne pouvait pas croire qu'il fallût sitôt pleurer cette beauté rayonnante.

Pauvre Gaston ! en voyant sa mère si belle, il était déjà tout joyeux.

— Pourquoi donc me disait-on que maman était malade ? Voyez donc comme elle est contente ! disait-il.

La chapelle improvisée était admirable. Tout ce que le luxe et les arts peuvent imaginer pour parer un autel catholique avait été employé pour donner de l'éclat à cette douce et funèbre cérémonie. La madone de Murillo dominait l'autel, recouvert d'étoffes précieuses et de riches dentelles ; de superbes candélabres dorés l'éclairaient ; de hauts camélias sortant de vases magnifiques l'entouraient de tous côtés de leurs rameaux en fleurs. Marguerite, devant un prie-Dieu d'un travail plein de goût, était à genoux sur des coussins de velours rouge ; Robert était près d'elle... mais il était si pâle qu'il attristait tout le monde. Sans cette pâleur qui rappelait le malheur de la situation, on aurait eu de l'espoir ; sans sa pâleur fatale, on aurait pu croire que le bonheur survivrait cette union d'un jour, funèbre fantaisie, dernière fête d'une jeune mourante.

Le prêtre dit la messe. On voulut aider Marguerite à se lever ; mais elle était forte et brave, elle se leva seule et elle se remit à genoux sans avoir besoin du secours de personne. Quand Robert passa à son doigt l'anneau de mariage.... il frissonna.... la main de Marguerite était glacée. Il s'approcha d'elle avec inquiétude, et elle le rassura par un regard plein de tendresse et de joie... mais cette joie n'était déjà plus de ce monde.

La cérémonie terminée, elle inclina sa tête sur le prie-Dieu et voulut se recueillir. Robert, pensant que de rester si longtemps à genoux était une trop grande fatigue pour elle, lui prit la main et voulut l'aider à se relever ; mais Marguerite resta immobile comme la statue de la Prière... Robert, alarmé, la saisit dans ses bras... Elle était morte... morte en priant pour lui.

On trouva son testament, qu'elle avait écrit en secret la nuit précédente, avec l'aide d'une des femmes qui la gardaient. Elle nommait M. de La Fresnaye tuteur de son fils. Dans quelques lignes adressées à sa mère, elle lui expliquait sa conduite et lui peignait ses tourments. L'histoire de ses chagrins et de son bonheur si triste se

terminait par cet aveu : « J'ai bien combattu, mais je
» n'ai pu vaincre ces deux puissances rivales. Deux
» amours de natures différentes se sont, malgré moi,
» partagé mon cœur : à l'un je n'ai pu résister, à l'autre
» je ne puis survivre. »

FIN.

www.ingramcontent.com/pod-product-compliance
Lightning Source LLC
Chambersburg PA
CBHW071902020726
47502CB00003B/857

* 9 7 8 2 0 1 1 9 5 0 6 1 1 *